Rizzoli

Giovanni Ferrero

Il cacciatore di luce

Rizzoli

ISBN 978-88-17-08574-8

Prima edizione: febbraio 2016

Il cacciatore di luce

Al mio caro papà

I

Cominciava ad albeggiare. Sul mare di Città del Capo si specchiavano, come fiamme di un colossale incendio, i primi raggi del sole, che sulla terraferma lambivano i tronchi delle palme da cocco. L'oscurità si ritirava intorno all'unica abitazione sullo sperone di roccia più alto del promontorio.

Ernest si svegliava accarezzato dalla prima luce del giorno; per questo non abbassava mai del tutto le tapparelle. Dalla stanza da letto, man mano che il sole si alzava, poteva scorgere le chiome delle palme che circondavano la casa scompigliate dalla brezza, i tronchi tinti di un grigio biancastro e le fronde di una tonalità verde acceso. Solo quando aprì le tapparelle, quella mattina, si rese conto di come fosse bella la giornata, e gli venne in mente un pensiero di Picasso: "Ci sono pittori che dipingono il sole come una macchia gialla, ma ce ne sono altri che, grazie alla loro arte e intelligenza, trasformano una macchia gialla nel sole". Poi guardò lontano, oltre la rena di un bianco osseo, oltre l'acqua cristallina a riva, oltre il blu più intenso del golfo, e sulla linea dell'orizzonte scorse una miriade di nuvole che disegnavano mobili trame di luci e ombre sul tratto di mare che attraversavano. L'oceano si stendeva limpido e oleoso: a quell'ora, tutto sembrava una promessa di bonaccia. Lungo la spiaggia il mare moriva in uno sciabordio placido, mentre in prossimità delle scogliere si rompeva con una passiva regolarità sugli spuntoni corallini.

Osservando quel paesaggio incantato dall'ispirata bellezza, sembrava impossibile anche solo pensare che lungo quel tratto di costa decine di navi fossero affondate per le tempeste che v'infuriavano durante la stagione invernale. Ma non poteva essere considerato vendicativo né disonesto, l'oceano. Era semplicemente crudele, come il resto della natura. Quando era così calmo, però, era un piacere intenso nuotare avvolti da quel manto di seta, così, dopo un caffè, l'uomo s'infilò le infradito, prese un asciugamano e scese lungo lo stretto sentiero di ghiaia che conduceva alla caletta sottostante. Fece duecento bracciate verso il mare aperto e altrettante per tornare indietro, finché sentì sotto i piedi i ciottoli della riva. Dopo essersi asciugato, risalì lo stretto sentiero.

Per quanto modesta e un po' trascurata, quella ex casa di pescatori in legno dipinta di bianco era comoda e ben ventilata, ombreggiata da una fila di palme da cocco: l'aria era sempre satura di resina e muschio balsamico. Le mura perimetrali erano scrostate e, dentro, le pareti grigie non intonacate erano così corrose dall'umidità dell'oceano che esalavano il gusto amaro della salsedine. Ma da lassù, inondata di luce dal sole africano tutto il giorno, la vista del mare era uno spettacolo incantevole: sì, quello era il posto perfetto per uno come lui, che aveva fatto della pittura la sua ragione di vita. Dopo una frugale colazione, con la seconda tazza di caffè fumante in mano l'uomo salì scalzo su per una scala a chiocciola al piano superiore, in una stanza stracolma di tele: il suo atelier. Ogni volta che ci entrava, aveva la confortante sensazione di essere scivolato lungo la spirale di una conchiglia di nautilo, e di essere giunto in un rifugio lontano dal mondo pieno di bozze nereggiate al carboncino, acquerelli che esultavano di tinte lievi, disegni a pastello dai colori primaverili, dipinti a olio dalla superficie granulosa e dalle rozze e spesse pennellate. Non si vedevano più le pareti, perché ogni centimetro di superficie era coperto di ritratti, paesaggi, suggestioni, astrattismi. Ultimamente trascorreva ore in stato di meditazione a contemplare quelle tele, forse perché con gli anni iniziava a intuire sempre più che le scene dipinte – il brulichio di un mercato africano, il volto scavato dalle rughe di un capo tribù bantu, quasi una corteccia di quercia – non si trovavano fuori ma dentro di lui, nella risacca della sua memoria e nella profondità del suo inconscio.

Quella mattina, però, come purtroppo gli stava capitando sempre più spesso, non si sentiva abbastanza ispirato per dipingere. Ormai sapeva che a nulla sarebbe servito intestardirsi su una tela: con l'esperienza aveva scoperto il rimedio per non soccombere sin dalle prime ore del giorno alla frustrazione della paralisi creativa: bastava limitarsi a preparare i colori, mescolando le pigmentazioni in cerca del giusto cromatismo. Così decise che, per migliorare il dipinto sul quale lavorava da settimane, dove su un chiarore velato si stagliavano le sagome di alcune barche, occorrevano, per delimitare la linea dell'orizzonte, toni freddi di cui non aveva ancora elaborato la miscela. Mescolò dunque in un barattolo bianco, blu e una quantità minima di Siena naturale fino a impastarli in un azzurro luminoso. Fece molte prove sulla teglia da forno che usava come tavolozza, sporcando il miscuglio con del giallo. Poi, soddisfatto del risultato, si guardò bene dal mettersi a dipingere. Avrebbe recuperato domani il tempo perso: non gli mancava molto per finire il quadro.

Verso le nove scese al piano di sotto, si vestì e montò sul fuoristrada, un Land Rover grigio, diretto in città. Perdersi nella folla che popolava i quartieri del centro gli dava l'impressione che l'intero mondo si riversasse dentro di lui, e questo giovava molto alla sua ispirazione. Ma in quel periodo non lo amareggiava solo la paralisi creativa: avvertiva infatti una sensazione di inutilità e insensatezza che gli sottraeva ogni slancio vitale, ogni desiderio, anche quello di salire nell'atelier. Provava nei confronti del creato una sottile delusione che non aveva ragione apparente: possedeva tutto ciò che un uomo poteva desiderare e soprattutto aveva una passione, la pittura. Ma gli mancava qualcosa che non riusciva a identificare. Tutto gli appariva vacuo, inutile, persino l'arte gli sembrava un palliativo per mascherare il non senso dell'esistenza. Forse era solo un vecchio immaturo e viziato, incapace di accettare che la giovinezza era ormai irrimediabilmente alle spalle.

Quando girava per la città in cerca d'ispirazione, spiava commessi e parrucchieri, e la loro energia, la loro spensieratezza lo lasciavano interdetto. Cercava di carpire loro il segreto della vitalità che li animava. Ma ogni tentativo si rivelava vano. Era assurdo invidiarli, pensava, eppure lui, artista di fama internazionale, si sentiva defraudato rispetto alle imprese, seppur ordinarie, che gli altri compivano, anche se in realtà non desiderava per sé niente di ciò che gli altri avevano. E il fatto che la vita in quel periodo non lo stesse trattando con i guanti bianchi – privilegio che riteneva spettasse di diritto agli artisti – lo prostrava nel profondo. Si chiedeva a cosa valesse dipingere capolavori, e la malinconia lo conduceva al capolinea creativo. Le fasi di stallo, lo sapeva bene, non erano una novità nella sua vita artistica.

Fin dagli inizi della sua carriera, Ernest aveva funzionato a cicli creativi, ed erano sempre state le donne che aveva avuto a ridargli la fiducia e la nuova linfa necessarie a uscire dall'abisso di depressione in cui sprofondava. Perché mister Hamilton non era solo un grande artista, ma anche un grande bambino. Infatti aveva sempre avuto bisogno di una donna accanto, una musa ispiratrice capace di dissolvere i suoi dubbi, seducente e insieme protettiva, a cui chiedere consiglio e, in definitiva, cui sottomettere per approvazione ogni intuizione. Donne madri e amanti, pronte a dirgli sempre che credevano in lui, che era il migliore. Senza di loro navigava alla deriva, perso nel mare delle proprie incertezze. Le donne che aveva amato erano state il suo faro, mentre ora viveva in solitudine totale, ormai da qualche anno. Dietro ogni grande artista c'è sempre una donna che gli impedisce di rovinare a terra dal piedistallo del proprio talento, e l'estroso artista inglese ne era la conferma. Nonostante non fosse mai stato considerato il migliore della sua generazione, era stato adorato dalle sue donne, anche se le aveva rese tutte disperatamente infelici a causa del suo carattere bizzoso e imprevedibile. Nel suo ambiente, però, era sempre stato trattato da *enfant prodige*, così ora, a più di cinquant'anni, non era cambiato in nulla rispetto alla sua prima giovinezza: era rimasto narcisista e vulnerabile, esuberante e insicuro.

A qualche miglio di distanza, Serena alzò la saracinesca del negozio, accese la luce e l'insegna PASSIONS FLOREALES illuminò le due vetrine che davano sulla strada: un'esplosione di colori che donava vivacità a quell'angolo della Cape Town coloniale, il centro storico della città. Davanti alle due ampie vetrine, riparati dal sole da una spessa tenda verde, c'erano secchi traboccanti di fiori e lunghi rami di foglie decorative: non ti scordar di me, rose bianche e rosa, primule e tante campanule. Dentro il negozio, le composizioni ordinate dai clienti, disposte in vasi di vetro trasparenti. Attorno agli steli avvolti stretti da nastri di raso stava pigiato del muschio vellutato, che manteneva l'umidità impedendo alla calura delle ore centrali della giornata di rovinare i petali e far appassire i fiori.

Serena guardò l'orologio – era stranamente in ritardo sul solito orario di apertura – e si recò subito nel retrobottega: occorreva carteggiare il tavolo, che cominciava a scheggiarsi dopo anni di servizio. Il legno era ruvido, e la carta vetrata per fare presa necessitava di molta forza, lasciando la sua trama impressa sulle dita. Pulito il pianale con un panno umido, spazzò il pavimento, raccogliendo i gambi recisi, le spine, i petali e i grovigli di filo da fiorista lasciati per terra il giorno prima. Spinse poi sul marciapiede le rastrelliere metalliche su cui avrebbero fatto bella mostra i fiori durante le sue composizioni. Poi aprì la pesante porta di metallo della cella frigorifera: dentro era buio e fresco, con i fiori allineati lungo le pareti, schierati in perfetto ordine, per famiglia, lunghezza del gambo e fioritura. Si era fatta un'ottima reputazione nel quartiere, e poiché non aveva ancora avuto il tempo di reclutare un assistente, doveva svolgere tutti i compiti da sola. Il lavoro era molto, per questo tutto doveva essere organizzato alla perfezione, da quando la domenica si recava al mercato dei fiori per fare il pieno per la settimana. Prima di aprire la porta – verso le nove di mattina – Serena andò a sedersi dietro la cassa, a osservare in strada; era l'unica pausa che si sarebbe concessa da lì alla sera. A quell'ora, era un intermibabile andirivieni, un affaccendato brulicare di persone e traffico. Trascorse una decina di minuti a osservare la fiumana di impiegati diretti verso i propri uffici. Poi aprì la porta, prese dalla cella una dozzina di calle stillanti, con i variopinti petali avvolti stretti e si mise a prepararle in bouquet. L'acqua colava dai gambi sulle maniche sottili della sua camicetta di cotone.

A metà mattina, Ernest stava ancora bighellonando per la città, soprappensiero, come inseguendo una visione alla quale non riusciva a dare corpo. A volte, nelle giornate ispirate, capitava che un'intuizione passeggera attraversasse il suo sguardo. Spesso, durante quelle epifanie, estraeva dalla tasca un bloc-notes per tratteggiare uno schizzo. Ma quello era un giorno nato storto, e, forse per questo, quando vide il negozio d'angolo, decise di fare un sopralluogo: quegli accostamenti di colore tra i fiori, in fondo, erano anche il suo mestiere. E del resto Ernest amava definirsi un "cacciatore di luce". Quando si rese conto di non essere solo – due clienti lo precedevano – fu preso dall'impulso di andarsene, impaziente di natura com'era. Ma si rimise subito in fila, rapito dall'armonia e dalla bellezza degli accostamenti floreali disposti sul pavimento.

«Mi ha mandato Paul. Vuole gli stessi fiori dell'ultima volta, esattamente gli stessi» disse il primo cliente.

«Paul...? Ah sì, certo! Le porta i fiori ogni settimana, vero? Penso che abbia nostalgia di com'era un tempo. Bene... mi metto subito al lavoro!» rispose la ragazza, alzando un fiore viola scuro con un sole giallo al centro: «È una primula, bella, vero?». Aveva la forma di una girandola e se la fece roteare fra il pollice e l'indice prima di prenderne altre e inserirle nel mazzo. Dispose poi alcuni lillà intorno alle primule e fece comparire al centro delle pervinche, lasciando cadere a spirale fuori dalla composizione alcune campanule ondeggianti color avorio. Poi avvolse dei rametti di rosmarino intorno ai gambi e infine avvolse il mazzo in una carta marrone legata da un nastro bianco. Ernest trovò che quel bouquet avesse più a che fare con una scultura che con un semplice mazzo di fiori. Il cliente allungò a Serena cinquecento rands.

«Aspetti che le do il resto. È più del doppio!» disse.

«No, va bene così... Purché non gli faccia mai mancare i fiori a inizio settimana. Ci tiene tantissimo. A presto!» salutò, poi mise i soldi sul banco e uscì.

Il secondo cliente era una donna sulla quarantina. «Vorrei un mazzo di fiori speciale» esordì.

«Per che occasione?» chiese Serena.

«Per far sapere a qualcuno che lo amo...»

«Ah, capisco...» fece la fiorista, complice. E pensò subito alle rose, da sempre archetipo del romanticismo e della passione, ideali per dare voce ai sentimenti. Bisognava stare attenti nella scelta dei colori: rosse significavano amore, gialle gelosia... Il linguaggio segreto dei fiori era condiviso in tutte le culture occidentali, e lei, Serena, lo conosceva a menadito. Scelse quelle più scenografiche, le Meilland, dal nome del suo creatore. Avevano i petali di un caldo color oro che sui bordi divantavano rosa carminio. Ai raggi del sole, emanavano un profumo fruttato intenso, che terminava poi su note dolcemente speziate. Una volta prese dalla cella frigorifera, le allineò sul tavolo da lavoro. Erano perfette: i petali lisci e compatti, i boccioli avvolti a spirale. Mentre componeva il bouquet, il viso di Serena si trasformava, acceso dalla passione. Staccò dei fusti di pervinca dalle radici per farli diventare lunghi fili flosci e afferrò una dozzina di luminosi crisantemi rossi, avvolgendoli in un nastro e usando il filo da fiorista per farli scendere in frondosi riccioli intorno al cuore del mazzo. L'effetto era un fuoco d'artificio, una vera e propria dichiarazione naturale!

Quando le fu consegnata la composizione, il viso della donna s'illuminò, e poco dopo uscì dal negozio raggiante, certa che il suo sentimento sarebbe stato corrisposto.

Ora Ernest, impacciato, era rimasto l'unico cliente, e Serena non riuscì a evitare di squadrarlo incuriosita. A giudicare da come vestiva – camicia immacolata, un foulard di seta dai disegni cachemire al collo e pantaloni di tweed – non corrispondeva al genere di cliente che frequentava il suo negozio. Aveva quasi l'aria di un aristocratico del secolo scorso, forse un po' dandy, e questo la intrigava. Doveva avere una cinquantina d'anni: così abbronzato, con quel viso energico acceso da due occhi intelligenti, limpidi, una chioma perfettamente pettinata, sale e pepe con una spruzzata d'argento sulle tempie, e un pizzetto ordinato. Era impossibile non notarlo.

«I fiori sono per lei o destinati a qualcuno?» gli chiese a un tratto Serena.

Dopo una breva esitazione, Ernest rispose a casaccio, colto impreparato: «Un matrimonio! Ecco... avrei bisogno di un mazzo di fiori da regalare alla sposa».

«Benissimo, adoro i matrimoni!» esclamò deliziata, e si mise subito al lavoro.

Poco dopo, un trionfo di peonie si adagiava su un cuscino di verbena color neve e grappoli di pallide rose rampicanti scendevano a cerchio dal mazzo stretto nel nastro di raso. Come stregato, Ernest restò qualche istante a guardare l'insieme. Poi finì col dire: «Sono davvero senza parole, non lo nego. Quanto ha appena realizzato è un vero capolavoro! Non pensavo nemmeno lontanamente si potessero fare composizioni così belle con dei fiori. Credo diventerò un cliente abituale. Possiede un tocco speciale, su questo non c'è dubbio! Ha un... non saprei come dire, ecco, sì, un modo particolare di ispirarsi?»

«Ispirarmi?» chiese Serena divertita, osservando quell'uomo elegante, il prototipo del gentiluomo. «Io lavoro d'intuito, tutto qui! Ho la passione dei fiori sin da bambina, sono cresciuta in campagna, e cerco di interpretare i bisogni di ogni cliente, mettendo insieme l'emozione che vuole esprimere e la straordinaria capacità che hanno i fiori nel darle voce...» Lo squadrò ancora, per accertarsi che quell'uomo elegante non la stesse semplicemente prendendo in giro. Aveva notato un lampo nel suo sguardo, innocente come quello di un bambino, che le era piaciuto, ma ora l'interlocutore le sembrava ancora più misterioso.

«Anche questo effluvio di essenze» continuò Ernest «è molto piacevole. Vede, sono un pittore, e il mio atelier sa sempre di trementina e colori a olio. Anche se potrei giurare di saper distinguere i diversi colori dall'odore, in realtà si tratta di semplice suggestione. Come il giallo limone che, quando viene spremuto dal tubetto argentato, profuma di sole, o l'azzurro oltremare che sa di salsedine. In verità, quasi tutti i pigmenti hanno lo stesso odore, perché sono mescolati con olio di semi di lino... Ma deve scusarmi, lo so, sto divagando. Non intendo farle perdere tempo! Mi premeva solo complimentarmi. A giudicare da questa composizione, lei possiede una sensibilità artistica molto superiore a tanti creativi miei amici che si vantano di essere pittori di fama! Possiede una, come dire... una vocazione per i colori, un dono raro, che va al di là del mero senso estetico. Riesce a leggerne il valore d'insieme. Per cui, si lasci dare un consiglio: è ancora giovane, deve coltivare questo talento. Ha mai provato a dipingere?»

Questa volta fu la giovane a esprimere stupore: «Dipingere?! No, non mi è mai capitato, se non quando faccio degli schizzi per i miei bouquet. Da questo lavoro attingo l'ispirazione per i miei clienti. Li vuole vedere?».

Ernest annuì, entusiasta. «Eccome! M'interesserebbe molto dare un'occhiata!» disse con il suo sorriso sornione, le labbra sottili e arcuate, gli occhi ammiccanti.

«Oh, rimarrà deluso, lo so, non sono nulla di speciale… ma se ci tiene! Li ho disegnati in tutti i modi, i bouquet: a matita, col carboncino, a inchiostro, alcuni persino a pastello. Stia tranquillo, non la farò aspettare! Ce li ho qui in negozio!»

La giovane donna si allontanò un istante nel retro, dove prese uno schedario in rovere nel quale aveva raccolto i disegni delle composizioni. Quando glieli mostrò, Ernest constatò che la tecnica pittorica era piuttosto rudimentale, ma i colori erano tra i più perfetti che avesse mai visto, e gli accostamenti magnifici. Rimase a lungo a studiarli, con il fiato sospeso.

«Non pronuncio a cuor leggero le parole che sto per dirle, ma non mi è mai successo in tutta la mia vita artistica di trovare un talento così cristallino, così promettente, completamente a digiuno di tecnica!»

«Anche se stento a crederci, ne deduco che… le piacciono i miei disegni?» lo interruppe Serena, stupita della propria impudenza.

«Le immagini sono grezze. La prospettiva è spesso sbagliata. Ma di questo non mi preoccupo… del resto, la si impara.»

«*Impara!* E come? Ma dice sul serio? Le sembra che io sia dotata? Dovrei iscrivermi all'Accademia di belle arti, o qualcosa del genere, per imparare a dipingere, vero?»

«Be', sì, in effetti… Ma prima però dovrà essere certa

di poter sostenere con successo gli esami di ammissione. E fino ad allora, se vorrà, l'aiuterò io con i rudimenti, mi dia fiducia!»

Serena si portò le mani sul petto, incredula: «Cosa? Non mi sta prendendo in giro, vero?».

«Tutt'altro, signorina. Mi permetta di presentarmi. Mi chiamo Ernest Hamilton. Sono un pittore, e sarei onorato di guidarla a coltivare il suo talento!» A quel punto, le rivolse un sorriso che Serena non poté fare a meno di ricambiare.

«Piacere, Serena» fece lei. Intuì che aveva di fronte qualcuno che non si sarebbe scandalizzato del fatto che, durante la giornata, trascorreva ore a fissare i fiori, a studiarne la conformazione delle foglie, accarezzarne gli steli. La maggior parte della gente l'avrebbe giudicato un comportamento bizzarro, ma quest'uomo, entrato per caso nel negozio e mai visto prima, *lui* sì che avrebbe capito: perché tutti ci esprimiamo con la massima naturalezza con le persone simili a noi.

«Vede, ho fatto del dipingere un mestiere, e conosco molti aspiranti artisti, creativi di ogni età ed estrazione sociale. Ma glielo assicuro, non parlo per piaggeria: lei ha un dono, una vocazione per i colori, e non deve sciuparla. Il talento non ha età, e la tecnica si può sempre imparare. E di questo si tratta, di una predisposizione innata!» cercò di persuaderla.

«Davvero? Non l'avrei mai immaginato! M'inorgoglisce, detto da un professionista!»

«Mi faccia la cortesia, venga a trovarmi nel mio atelier. A fine giornata, dopo il suo lavoro. Basterà qualche seduta, vedrà che si appassionerà alla pittura. È un modo forte, almeno credo, di esprimere le emozioni. A proposito, quanto le devo?» chiese, allungandole il suo biglietto da visita.

«Quattrocento, signore» rispose Serena sbadata, leggendo il biglietto: “Ernest Hamilton, pittore, Cape Point n. 112”.

«Quattrocento?» ripeté lui meccanicamente, tastandosi la giacca un paio di volte per trovare il portafoglio. Gli ci volle qualche istante per accorgersi che lo stava cercando nel posto sbagliato. Quando lo estrasse dai pantaloni, ci curiosò dentro come se non fosse suo, facendo scivolare qualche scontrino sull'impiantito e accartocciandone qualche altro. Poi prese le banconote, quasi tirando un sospiro di sollievo. Era buffo, tanto era maldestro: dava l'impressione di essere stato catapultato lì per sbaglio da un altro pianeta. Dopo aver pagato, congedandosi, le porse una mano forte e nodosa, segnata da anni di olio, vernice e ruggine, con l'articolazione ingrossata nel punto in cui, con ogni evidenza, doveva tenere la tavolozza.

Dopo la timidezza iniziale, Serena ora sprizzava entusiasmo da tutti i pori. Non riusciva più a trattenersi, così gli chiese d'impeto: «Lo intendeva veramente?».

«Che cosa?»

«Aiutarmi a dare gli esami di ammissione all'Accademia...»

«Ma certo! È una scuola molto selettiva, ovviamente, quella a cui penso io, e una delle più prestigiose... La saluto, Serena. A presto, allora!»

Guardandolo allontanarsi da dietro il bancone in legno grezzo, la donna si sentiva confusa. Non aveva mai pensato a dipingere, né, tantomeno, a diventare una pittrice! Non riusciva proprio a immaginarsi una vita senza fiori: ora che ci pensava, però, una cosa non escludeva l'altra, anzi, ne sembrava il complemento, e la sfida la intrigava. Decise quindi che avrebbe seguito i consigli di Ernest ancora prima che lui uscisse dal negozio, perché sapeva che se fosse rimasta quella che era, con il tempo avrebbe iniziato a sciogliersi, a colare via da se stessa come un orologio in un quadro di Dalí.

E così accadde. A quel primo incontro, ne seguirono molti altri. A fine giornata, per quasi un mese, circa un'ora prima della cena, la talentuosa fiorista si recava a casa di Ernest per apprendere i fondamentali dell'arte pittorica.

Anche quella sera, era andata a piedi a Cape Point. Le occorreva un'ora di cammino, ma Serena preferiva andare a piedi piuttosto che utilizzare i mezzi di trasporto collettivi, perché se s'imbatteva in una pianta sconosciuta fra la propria casa e quella del pittore, poteva staccarne uno stelo e metterselo in borsetta; poi, una volta rientrata, avrebbe messo in un bicchiere d'acqua il bocciolo sofferente con il collo sottile ripiegato sul vetro per analizzare le parti del fiore: i petali, le foglie, se lanceolate o a forma di cuore, il polline o i semi nell'ovario, la presenza di liquido lattiginoso o di altre secrezioni, non senza però prima averlo tenuto nel palmo della mano per qualche istante. Ogni fiore le dava delle visioni. Nella sua famiglia, le donne si trasmettevano da generazioni la pratica della floromanzia, l'antica arte di predire il futuro leggendo i fiori, e Serena in ciò non si discostava da sua madre e sua nonna. Solo successivamente, avrebbe cercato la famiglia di appartenenza nei dizionari di botanica, e in seguito schizzato sui suoi taccuini un primo abbozzo. La cucina di casa sua, a causa di queste spedizioni, sembrava una serra piena di vasetti da marmellata colmi di fiori dalle foglie appuntite e cartoni del latte tagliati a metà e dal fondo bucherellato, veri e propri vasi improvvisati.

Proprio quella sera aveva notato per la prima volta uno strano fiore dalle foglie lanceolate blu notte, punteggiato di minuscole macchioline gialle, dall'ovario pendulo e intriso di una sostanza lattiginosa. Non aveva resistito alla tentazione e si era fermata a contemplare a lungo quel piccolo prodigio di botanica. Ma dato che aveva già con sé una composizione floreale – per sdebitarsi con il suo mentore, componeva per lui dei meravigliosi bouquet – non lo sradicò. Procedette invece a passo spedito, s'inerpicò lungo il promontorio verso l'abitazione del pittore, che si buttava a capofitto in mare con un dislivello di quasi cento metri.

Giunta dinanzi alla casa, notò che la porta dell'uscio era socchiusa. Entrò quasi in punta di piedi, senza fare rumore. Notò il giornale abbandonato per terra, il sigaro ancora acceso nel posacenere, un mezzo bicchiere di whisky sul tavolino. Scrutò l'orologio da polso: era arrivata mezz'ora in anticipo. Appoggiò il mazzo di fiori sul tavolo, poi salì la scala a chiocciola e, arrivata al piano superiore, vide Ernest con il pennello in una mano, la teglia da forno che usava come tavolozza nell'altra, che scrutava prima la baia, poi la tela. Lo sguardo era teso, fisso, aggrottava la fronte e si mordeva il labbro inferiore fino a renderlo esangue. Espandendo le macchie di colore sulla tela, respirava in piccoli gemiti e aveva la fronte madida di sudore. Aveva applicato strati di vari colori – questo Serena ormai riusciva a capirlo, dopo tutte quelle lezioni – e ora stava dando maggiore profondità a un'ombra e alleggerendo un riflesso di luce. Era un continuo fermarsi e indietreggiare con il pennello fra i denti per osservare il dipinto. A un certo punto, insoddisfatto e indispettito, prese una spatola e raschiò via il colore appena applicato. Serena era rimasta sull'uscio senza annunciarsi, e intuì che Ernest stava stilizzando la sagoma di un veliero sospeso sulla linea d'orizzonte, il cavo teso dalla prua all'albero maestro che creava un triangolo di luce sullo scafo. Quello che Serena non sapeva era che Ernest aveva impiegato due giorni di prove per dipingere il mare, mescolando al titanio puro del blu cobalto per farne un azzurro luminoso, dove sulle onde si riflettevano i lampi metallici del sole. Era il suo segreto catturare la luce, riprodurne la rifrazione, le cadenze mistiche sulla tela, un segreto fatto di mille sfumature.

In quel momento, osservandolo in preda a quel fervore, mentre dava corpo e contorno alla barca, Serena pensò a una partitura musicale interpretata da un musicista che la conosceva alla perfezione. Inconsapevole della presenza della giovane, indifferente al trascorrere del tempo, in pieno travaglio creativo, Ernest perfezionava la sua creatura.

Provava un'emozione strana, Serena, nel vederlo dipingere: da un lato sentiva di essere di fronte a qualcosa che le apparteneva profondamente – il tentativo di dare voce a delle intuizioni – dall'altro era travolta dalla pura gioia della scoperta: mai prima di allora aveva visto

Ernest all'opera! Rimase ancora a osservarlo con il fiato sospeso, concentrandosi con tale intensità che dopo qualche minuto gli occhi iniziarono a farle male, tanto che fu costretta a strofinarli. Avrebbe dato qualsiasi cosa per poter un giorno dipingere come lui!

A un certo punto, Ernest respirò per quasi un minuto con fervore quasi doloroso, completamente immobile davanti alla tela. Allora Serena capì che, per quella sera, aveva finito. L'uomo depose il pennello e la teglia. Nel profondo silenzio di quell'ora, amava assaporare la stanchezza soddisfatta dopo un lavoro ben riuscito, attimi dolci di distensione. Poi, dopo qualche istante, indietreggiò, squadrò la tela con attenzione, sciacquò i pennelli con acqua e sapone e li mise ad asciugare, pulendosi le mani nel grembiule imbrattato di colore.

Allora Serena decise che era arrivato il momento di annunciarsi.

«Ciao, Ernest! Com'è andata, oggi?» chiese, lievemente imbarazzata, tirandogli affettuosamente il pizzetto. Era il loro modo abituale di salutarsi, e quella nota di spavalderia nella voce acuta ma dolce della ragazza era molto buffa, quasi infantile.

«Mia cara, sei in ritardo, non ti avevo detto che ti aspettavo per le sette?» rispose lui un po' stizzito. Erano passati al tu dopo la prima lezione a casa Hamilton. A quel punto non se la sentì di spiegargli che era lì già da un po', che lo aveva sorpreso a dipingere e aveva deciso di non disturbarlo.

«Come fai a sapere che sono in ritardo? Nessuno dei tuoi due orologi dà l'ora esatta!» replicò con un sorrisetto sarcastico.

Ernest consultò i suoi due orologi sfasati, la media tra i quali, però, gli aveva sempre fornito un'utile approssimazione dell'ora esatta.

«Posso dirti che sono trascorse le sette da almeno una decina di minuti. Non è così?»

«Sì, è così. Ma non sarebbe meglio avere un solo orologio preciso invece di due sballati?»

«Avere due orologi mi rassicura, ormai lo sai...»

Serena sorrise, divertita dalle stravaganze di quella mente creativa, geniale ma inadatta alla vita quotidiana. Finse poi di accorgersi solo in quel momento del dipinto: «Ah, vedo che stavi lavorando a un nuovo quadro! È già asciutto? Posso toccarlo?».

Ernest si limitò ad annuire. Poi disse: «Guarda la tessitura... È parte del fascino dei colori a olio, vero? Sono tanto più intensi dei colori ad acqua...».

Le fece segno di toccare la tela. La giovane, con gli occhi sgranati ed entusiasti, seguì le pennellate con la punta delle dita. Era vero, sembrava che il dipinto possedesse una qualità quasi scultorea, corposa. Ma tastando con la mano i cambiamenti di luce e di forma, si rese conto che non era tanto la sostanza fisica della pittura quanto il suo colore a conferire rilievo all'immagine.

«Come puoi constatare, è la pennellata la chiave della pittura a olio. Ora, però» continuò Ernest, scrutando preoccupato i due orologi sfasati, «bisogna mettersi al lavoro, sennò perdiamo il tramonto. Ho preparato quasi tutto, mancano solo le diverse gradazioni del rosso fino all'arancio. Gli altri colori sono già disposti sulle tavolozze. Prima di cominciare, vai a guardare le foto, se vuoi, così mi dai il tempo di finire tutto. Ho sviluppato l'intera sequenza, e l'ho appesa. Quando avrai finito, potrai scegliere i fotogrammi dei tramonti che preferisci e studiarne le tonalità a casa. Ti aiuterà per il colpo d'occhio. È importante saper scegliere al volo quale colore utilizzare!»

«Sei proprio adorabile, Ernest, grazie. Do un'occhiata, poi, se per te va bene, prendo quelle che mi piacciono di più e me le studio tranquilla a casa!»

«È fondamentale che prima di dipingere qualsiasi soggetto, tu te lo possa rappresentare nella mente nei minimi particolari. E quando avrai negli occhi dell'anima l'immagine cristallizzata, allora potrai *vederla*, non solo *guardarla*. La pittura è innanzitutto l'arte del saper vedere, cogliendo le sfumature così come l'insieme!»

Serena si avvicinò a una delle portefinestre. Il muro sopra il ripiano dove si trovava una macchina fotografica era tappezzato di foto di tramonti fatte con diversi filtri e da diverse angolazioni: a guardare gli scatti uno dietro l'altro, sembravano quasi i fotogrammi di un film, e Serena a quel punto chiese a Ernest se preferiva fotografare o dipingere.

«In passato ho fatto per diverso tempo il fotografo giramondo. Mi ci è voluto qualche anno per scoprire che m'interessava solo immortalare le immagini per poi studiarmele... Ma forse dovrei continuare con la fotografia. In fondo, un poeta francese l'ha definita il rifugio dei pittori falliti!» rise Ernest.

Le portefinestre davano su un belvedere incorniciato da una pompeiana sovrastata da rampicanti che, nella brezza serotina, rilasciavano un profumo aromatico. Il tavolo di fianco al cavalletto era ingombro di vasetti di colore, barattoli, pennelli, spatole e tavolozze, oltre a un gran numero di disegni e litografie impilate. Sull'unica porzione di muro libera, c'era una mensola con disposte sopra una ventina di scodelline con i colori, alcuni vasi pieni di acquaragia e qualche bottiglia di acqua minerale.

Dopo aver indossato un camice di lino, seduta su un seggiolino pieghevole, Serena era pronta per iniziare a dipingere. A quell'ora della sera una luce prima pesca, poi rosa e arancione, e finalmente rosso sangue, filtrava dalle ampie portefinestre.

Anche Ernest rimase qualche istante a osservare quello spettacolo. Lui, che prima di essere pittore era un cacciatore di luce, un sinesteta – giacché percepiva cose che esseri normalmente dotati non vedevano, sentendone i sapori e i suoni, per poi dipingerli – amava quell'ora, soprattutto per gli strani giochi di colore sulle scogliere e sugli spuntoni corallini durante il tramonto. Appena Serena iniziò a dipingere, prese posto su una sedia di vimini. Prima di iniziare a leggere il giornale, afferrò dal taschino della camicia un sigaro, lo accese e, strizzando gli occhi per difenderli dalle volute del fumo azzurrino, tirò due profonde boccate, senza apparentemente prestare attenzione alla donna. In realtà, la scrutava con la coda dell'occhio; adorava vederla dipingere. Davanti al cavalletto, cantava sempre a bassa voce, e in quel canto c'era una segreta litania, appena percettibile, dolce e misteriosa. Serena era tanto aggraziata, con quel suo tratto leggero e delicato, che dava l'impressione di incipriare la superficie bianca della tela, come quando le donne si truccano allo specchio, tamponandola con dei piccoli buffetti. Era una delizia, vederla all'opera, con quello stile così diverso dal suo: Ernest, quando dipingeva, sembrava in preda a spasmi di follia, vinto come da una febbre, con l'impeto di un invasato.

Di tanto in tanto, Serena si girava verso il proprio mentore con un sorriso dei suoi, limpido e spontaneo, che sapeva di primule e cannella, di piume e gelsomino, come a ringraziarlo di quell'opportunità. Ritrarre quei cieli arancione che sanguinavano verso il basso e si dissipavano verso l'alto la entusiasmava; non ce n'erano mai due uguali, tutti possedevano uno splendore e un'intensità drammatica particolare.

Poi, a un tratto, come illuminato, Ernest espresse a parole ciò che Serena provava in quel momento: «Se ti chiedi perché sono ormai due settimane che ti eserciti solo con i tramonti, pensa che è come chiedere a un credente perché continua a pregare Dio: lo fa per conoscerlo meglio, questa è la risposta. E quindi il tramonto devi dipingerlo per conoscerlo in ogni stagione, in ogni sfumatura della vita. Non è mai lo stesso e tuttavia è sempre lo stesso e sempre buono, come Dio Padre. I pittori hanno bisogno di considerare il mondo come il loro catechismo. Per questo possono anche dipingere lo stesso motivo per una vita intera, senza mai annoiarsi».

Serena allora si voltò verso l'uomo annuendo: condivideva appieno la visione che le aveva appena dischiuso, perché anche dipingere era una forma di preghiera, un inno alle bellezze del creato.

Non trascorse molto che la stanza s'impregnò di un odore acuto di colori a olio e di sigaro Avana. Fuori, gli uccelli nascosti nel fogliame lanciavano grida sottili e cantavano con toni sempre più assonnati. Dopo avere letto il giornale, Ernest lo appoggiò su un comodino, guardandosi distrattamente per qualche istante le mani. Le unghie segnate, irregolari e indurite, il colore incrostato negli interstizi intorno, la pelle macchiata e il dorso coperto da peli pallidi come paglia. Un reticolo di rughe e di vene azzurrognole si stendeva dalle unghie al polso: l'età stava gettando la sua rete. Sforzandosi di non pensare a quell'inverno della vita che era la vecchiaia ormai alle porte, si rimise a leggere il quotidiano, chiudendo sempre più spesso le palpebre arrossate finché si addormentò. Schiacciò un pisolino di una mezz'ora; quando si svegliò, si era quasi dimenticato di dover valutare l'opera di Serena. Il disco infuocato del sole si era completamente inabissato nel mare, e in cielo rilucevano le stelle. Dopo essersi alzato a fatica, si avvicinò al quadro, scrutandolo in ogni minimo particolare.

«Si vede che hai talento, Serena. Se lavori sodo, diventerai molto brava. Però devi imparare le ombre, non solo le luci: lo sfumato, lo sfumato... mi segui?»

Fino a dieci giorni prima, la fiorista non conosceva la parola "sfumato": Ernest le aveva spiegato che era la tecnica per rendere in un quadro il confine tra la luce e il buio, e che era fondamentale per conferire realismo alle immagini.

«Tienilo bene a mente, Serena: non tutto è bianco o nero, gran parte della realtà è costituita da ciò che sta tra i due poli, le luci e le ombre della terra di confine. Saper catturare i segreti e l'incanto della luce non è niente senza il gioco di prospettive, la mobile trama delle ombre. Lo sfumato, Serena, lo sfumato, ricordatelo sempre, è la prima regola per far risaltare la luce!»

«Già, la luce!» continuò la fiorista. «Adesso che me

lo dici, mi ricordo che l'altroieri, su un vecchio numero di "Cape Art magazine", ho letto una tua intervista di qualche anno fa. Allora ti definivi in modo piuttosto originale "un imbrattatele cacciatore di luce"... Dimmi, la pensi ancora così sul tuo ruolo di artista o è cambiato qualcosa?»

«Cambiato? No, niente affatto! Devo ammettere che mi piace sempre giocare con le parole. E penso ancora che la luce sia soprattutto qualcosa che vive in te, una sorta di vibrazione, di risonanza, di energia.»

Per pudore di fronte a quella che considerava ormai una sua allieva, non le confessò che soffriva della propria fragilità. In troppe circostanze della vita si era sentito materia nuda, esposta, come i colori dei suoi quadri, fatti di acqua e pigmenti, mentre desiderava con tutte le sue forze quella compiutezza che lo avrebbe reso insensibile agli scherzi della luce. Quante volte aveva invidiato la gente senza particolari talenti, mentre lui, con il suo genio e la sua sregolatezza, nei giorni tetri in cui niente sembrava filasse per il verso giusto e la vena creativa pareva prosciugata come un fiume in secca, amava ripetere: «Non siamo che scherzi di luce!». Grazie a Dio, Serena non l'aveva ancora mai visto sprofondare in una di quelle terribili crisi depressive...

Fissando il cielo ubriacarsi dei colori fiammeggianti del tramonto, disse poi a bassa voce: «Bisogna sempre provare a essere pittori in ogni frammento della propria vita, non solo quando ci si trova davanti al cavalletto. Qui sta il punto. Si può insegnare l'arte della pittura, ma non si può dare lezioni sull'arte della vita. Quella la devi imparare da solo: tempera o graffiti, acquerello o carboncino. Il paradosso è che se non conosci l'arte alla vita, non diventerai mai un buon pittore. Questo, naturalmente, vale anche in amore. Un tempo credevo che per amare bastasse la passione. Oggi invece so che non potrei mai innamorarmi di una donna che in un tramonto vede solo un tramonto. Per amare una persona, c'è bisogno di affinità elettive, di sensibilità che si parlino».

Serena fece un cenno di assenso con il capo – non avrebbe saputo dire quale Ernest le piaceva di più, il maestro della luce che dipingeva, o il filosofo che elaborava di fronte a lei la propria metafisica esistenziale: non si sentiva all'altezza di un contraddittorio con lui, e la discussione morì sul nascere. Inoltre era troppo timida per parlare della sua vita sentimentale, così i due tacquero per un lungo momento, mentre nella stanza era entrato il buio della sera e le ombre si ispessivano sull'impiantito di legno verso il rettangolo della finestra. Era questo l'unico neo del dipingere tramonti: si dissolvevano così in fretta...

Serena posò pennello e tavolozza, si tolse il camice di lino che Ernest le aveva prestato per dipingere, si lavò le mani e si bagnò gli occhi con l'acqua fredda. Dal rubinetto chiazzato di ruggine usciva un getto irregolare. Allora premette la punta delle dita sul metallo gelido, e quando l'acqua scorse limpida, v'immerse i pennelli. I colori si mescolarono, i più chiari fusi in quelli più scuri: il blu cobalto nell'ultramarino, il giallo ocra terra di Siena nell'amaranto.

Dopo poco, Ernest prese da un cassetto un contenitore di metallo cilindrico.

«Che cos'è?» domandò Serena.

«Un protettivo. Ti suggerisco di cominciare ad applicarlo sui lavori finiti con una salvietta di carta. Uno strato molto sottile. Si lascia asciugare per ventiquattr'ore, poi se ne applica un secondo strato. Servirà a conservare i tuoi studi sui tramonti nei secoli futuri» sorrise Ernest.

«Non credo meritino tanta longevità... ma chissà, non si può mai dire! Ah, prima di andarmene» si ricordò Serena, mostrandogli i fiori che aveva portato con sé, «eccoti il bouquet che ti ho preparato: evoca simbolicamente la creazione!»

Ernest, osservando la composizione, restò per qualche attimo senza parole. «Sei sempre squisita, Serena. Non dovevi! Credimi, è un piacere avere un'allieva come te! Sono meravigliosamente coreografici questi fiori: dei ciclamini... e dai colori così sgargianti! Sono un vero inno alla creazione! Grazie!»

«Vedrai che ti porteranno fortuna, anche se non mi sembra tu ne abbia bisogno...» lo schernì Serena.

«Sai che sono superstizioso, vero?»

«Certo! Ormai un po' ti conosco, e sono sicura che sortiranno l'effetto desiderato!»

«Sì, forse hai ragione...» biascicò il pittore, senza distogliere lo sguardo dal mazzo di fiori, ammaliato. «Adesso però è ora di andare, si è fatto buio, e un tratto del percorso è male illuminato. È pericoloso affrontarlo durante la notte.»

La giovane annuì, così i due s'incamminarono lungo lo stretto sentiero di ciottoli che dal *Buen retiro* – come amava definirlo Ernest – conduceva alla strada asfaltata. Sulla volta nera del cielo, le stelle iniziavano tremolanti a irradiare la loro luce attorno al punto fisso della stella polare. Da quella posizione non si vedeva il mare, solo i fasci di luce del faro in lontananza. Ma si sentiva forte il rumore della mareggiata contro gli scogli, sotto, ai piedi del precipizio.

Arrivati all'estremità del giardino, puntellato dalle palme di cocco le cui corone frusciavano in un sommesso cicalio quando erano accarezzate dalle improvvise folate di brezza oceanica, Ernest salutò Serena: «A domani, angelo mio!». Poi osservò la ragazza incamminarsi verso casa; quando scomparve dal suo campo visivo, l'uomo scese lungo il sentiero di ciottoli stretto e ripido. Quando fu sulla spiaggia, osservò il mare, quieto e dilatato come un'enorme distesa di mercurio. Proseguì lungo il litorale, con il pensiero dei successivi incontri con la giovane a riscaldargli il cuore solitario. Per lui che aveva conosciuto così a lungo la solitudine, nutrire amore verso un'altra persona – anche se si trattava di un sentimento protettivo, quasi paterno, piuttosto che di una passione da amante – rappresentava una vera e propria benedizione.

2

La giornata era tersa, non una nuvola nel cielo di Città del Capo. Protetta da una tenda gialla, una ragazza se ne stava seduta al tavolino di vernice scrostata di un vecchio bar di quartiere, sul marciapiede. Nonostante il traffico, da dove si trovava riusciva a sentire la musica smorzata dello stereo che si mescolava con il cicaleccio delle voci, il tintinnio di tazze e piattini, lo stridore delle sedie sul pavimento. Insomma, la rumorosa routine di un pomeriggio normale. Indossava una camicetta di lino bianca, pantaloni grigi e una borsa turchese con una disinvolta eleganza che lasciava trasparire un'immagine da libera professionista. A prima vista quella donna avrebbe potuto essere un'impiegata di banca o un'assicuratrice, e si distingueva dai frequentatori di quel bar, prevalentemente in tuta blu da lavoro.

Lì non servivano Bombay Sapphire, Martini on the rocks, o iridescenti daiquiri con decorazioni di frutta esotica. In quel locale di periferia i vassoi erano colmi di bicchieri di birra e di qualche strano intruglio impossibile da identificare, ma che, a giudicare dall'odore di acquaragia, non lasciava presupporre niente di buono per il fegato. I tavoli in legno erano segnati dagli anni – bruciature di sigarette, buchi di millenarie generazioni di tarli – di certo non invecchiati di proposito per sembrare chic. In vetrina, un'insegna al neon, LION'S BEER, incorniciata da tendine dai bordi sfrangiati, la diceva lunga sull'atmosfera che regnava dentro. Quella birreria occupava il gradino più basso nella gerarchia dei bar di Cape Town. Aveva il fascino di una chiesa barocca decaduta, con il bancone come altare e le vetrate sporche, ed era uno degli angoli più luridi della città. Era questa la ragione per cui aveva scelto un tavolino all'aperto. Ma anche da lì, Kay intercettava le battute che si scambiavano i clienti, le notizie date alla radio che si sommavano al chiasso, il suono metallico delle macchinette che mangiavano i soldi di qualche malcapitato. A un tavolo non lontano dal suo, era in corso una partita a domino. Gli avventori entravano alla spicciolata, alcuni si salutavano, altri no.

Kay Evrett però non si trovava lì per piacere: era in missione. Da qualche mese era entrata nel corpo della Polizia criminale con l'incarico di agente, e quindi poteva essere definita alle prime armi. Per il criterio di ripartizione territoriale delle responsabilità – che in commissariato era il principio di assegnazione delle cariche di primo livello – le era stato affidato un quartiere tranquillo, alla periferia di Cape Town, dove poteva svolgere il tirocinio mettendosi alla prova con una casistica delinquenziale semplice: piccoli crimini, qualche caso di stupro, furti notturni di appartamenti. Esperienze comunque utili a farsi le ossa lontano dai banchi universitari dove aveva seguito i corsi di criminologia. Eccola finalmente in trincea! Di più non poteva chiedere.

Quel pomeriggio si trovava lì per un'infrazione al codice della giustizia. Qualche giorno prima, era stata informata da alcuni infiltrati che in quel bar si spacciavano per originali bevande contraffatte. Certo, non si trattava del caso del secolo, che poteva servire da trampolino di lancio per la sua carriera. La pratica criminosa, oltre ad attentare alla salute degli ignari clienti che bevevano i torcibudella prodotti nel sottoscala, consentiva di evadere il fisco, e si inscriveva nell'ambito della malavita di quartiere che da qualche mese era il pane quotidiano di Kay. Era un lavoro molto lontano da quello avventuroso e pieno di colpi di scena che si era immaginata, ma Kay, con la sua forza di volontà e la sua etica del dovere, oltre a una discreta dose di ambizione, non si lasciava demoralizzare facilmente. Aspettando giorni migliori, il suo obiettivo era che l'ispettore Angel Santos, il suo diretto superiore, iniziasse a considerarla una risorsa di talento. Risolvendo brillantemente questo caso, ne avrebbe aggiunto un altro a quelli di successo che stava inanellando, poco importava il basso rischio: stava ripulendo il quartiere della feccia che lo incancreniva anche se spesso dubitava della rilevanza di questa missione.

Defilata, in una posizione da cui poteva tenere la situazione sotto controllo senza dare nell'occhio, fingeva di leggere il giornale, ma i suoi magnetici occhi verdi non rimanevano a lungo concentrati sulla pagina, erano piuttosto inquieti. Sentiva la tensione crescere, ogni minuto s'irrigidiva di più e aveva la fronte imperlata di sudore, anche se erano già passate le cinque del pomeriggio e il caldo stava dando un po' di tregua. Nel frattempo le si era avvicinata una cameriera di mezza età, dal trucco sbavato e gli occhi stanchi: «Cosa beve? Un mojito? Una birra?».

«Un bourbon l'avete?»

«È un whisky speciale, vero?»

«Anche un whisky andrebbe bene, con ghiaccio... e allungato con un poco d'acqua. Con questo caldo...»

«Bene!» rispose la cameriera, e andò verso il bancone, vicino al quale stava un pappagallo sul trespolo; quando gli passò dinanzi, l'uccello si agitò, gridando qualcosa, forse il nome della donna. Allora lei ricambiò il saluto, ancheggiando in modo volgare, prima di ordinare al barman un whisky della riserva speciale. Un attimo prima che il barista riuscisse a versarne il contenuto in un bicchiere, il padrone, un nero dalle larghe spalle quadrate, gli tolse la bottiglia dalle mani: «Ehi, ma dove s'è mai visto, vuoi forse rovinarmi? Servire a una sconosciuta un whisky autentico... e se poi non ha moneta, quella sgualdrinella che si dà arie da signora?».

«Kinta, ti prego, si vede lontano un miglio che quella ha soldi! Guarda solo com'è vestita!» fece la cameriera.

L'omone lanciò un'occhiata indagatoria verso Kay: vestito dal taglio sartoriale e atteggiamento compassato, assente in quei sordidi ambienti, tutto nella donna diceva che si trattava di un soggetto dal portafogli pieno, ed era l'unica cosa che voleva sapere di lei.

«Hai ragione. È sempre meglio essere diffidenti, però! Con i tempi che corrono, i clienti come si deve scarseggiano!» replicò il padrone.

L'altra fece spallucce. Per il momento non si sarebbe servita della bottiglia di torcibudella – un misto di whisky nazionale e altri liquidi, ricetta personale del capo per aumentare gli utili, che aveva la stessa etichetta del whisky originale. Il cognac autentico, il vermut puro, il whisky non tagliato, insomma, gli alcolici non mischiati e allungati, erano riservati ai rari clienti benestanti che se li potevano permettere. E allora Kinta ne riempì un bicchiere di quello vero, di whisky. Prima di tornare da Kay, vassoio alla mano, la cameriera strizzò l'occhio al proprietario; in fondo, era un brav'uomo. Certo, gli piaceva annacquare i liquori per guadagnare di più, e non esitava ad arrotondare di qualche spicciolo i conti di chi pagava alla fine del mese. Ma al di là di queste meschinità, era un tipo piuttosto divertente, che amava passare le notti a giocare a poker, chiacchierare e ridere con i clienti, sia *aficionados* sia occasionali, e non allungava mai la mano sul personale femminile di servizio, correttezza assai rara in quegli ambienti degradati. Insomma, benché trascorresse dietro il bancone gran parte della giornata, era un tipo gaudente, tant'è che ogni tanto, nel mezzo di una discussione, si passava la mano sui capelli crespi per poi tracannare alla goccia un bicchiere d'acquavite e sputare a terra esclamando: «Acquavite di prima qualità! Nostro Signore Gesù Cristo sia sempre lodato!». Ma soprattutto amava l'intrattenimento più comune: spettegolare su ogni avvenimento della città.

Seguendo l'intera scena con la coda dell'occhio, Kay aveva capito dove l'uomo teneva gli intrugli "tagliati", che gli consentivano di lucrare sui margini: finalmente, poteva entrare in scena, non attendeva altro! Il pensiero che di lì a poco si sarebbe potuta gettare quella storia alle spalle e non mettere più piede in quella topaia la rallegrava non poco, forse più dell'aggiungere alla sua carriera un altro caso risolto. Ma proprio mentre stava per alzarsi, si scatenò l'inferno. Il proprietario aveva colto in flagrante un assistente di sala rubare denaro dalla cassa. In un impeto d'ira, prese a ceffoni sonanti il ragazzo, apostrofandolo a male parole. Quello, sotto una tempesta di schiaffi, non esitò a gridargli in faccia: «Ladro sei tu, che allunghi i liquori imbrogliando i clienti! Dei veleni, ecco cosa sono, quegli intrugli che servono solo a farti guadagnare di più... e a spappolare il fegato, bastardo approfittatore!».

Kay si era alzata dal tavolino. Il cuore le batteva all'impazzata, così tumultuosamente da darle l'impressione di averne in petto due. Sperava che nessuno avesse un'arma a portata di mano; bastava poco, in quegli ambienti in cui la violenza covava come un fuoco sotto la sterpaglia, perché tutto degenerasse in tragedia.

«Cosa? Ripeti cos'hai detto, codardo! Ripetilo, e ti spacco la faccia!» Kinta era alto quasi due metri, e aveva delle spalle come un armadio, mentre il cameriere era basso e mingherlino. Eppure non smise d'insultarlo, cieco d'ira per essere stato schiaffeggiato, sapendo che l'altro sarebbe stato meno veloce di lui a inseguirlo.

«Piuttosto, sorveglia tua moglie, che hai certe corna...»

«Chiudi quel cesso di bocca, se non vuoi che ti dia davvero una lezione, ladro di merda...»

Allora lo smilzo se la diede a gambe, continuando però a gridare: «Cornuto, bastardo che non sei altro!», mentre dietro di lui rotolavano a terra sedie e tavoli e bicchieri, e Kinta lo seguiva a perdifiato tra la folla. Con il cuore in gola, Kay si mise a correre dietro di loro, tirò fuori la pistola dalla fondina e sparò un colpo in aria, in segno di avvertimento: «Fermi tutti, polizia!».

In quel momento, attorno ai due litiganti si era formato un capanello di gente: ogni via di fuga era impraticabile. Prima che Kinta sferrasse il primo pugno, lo immobilizzarono, così lui si limitò a mulinare le braccia come pale al vento per sbollire la rabbia.

«Fermi tutti! Polizia!» continuò Kay, con tutta la forza che aveva nelle corde vocali, facendosi largo, con la pistola bene in mostra. La gente rimase sorpresa che l'ordine venisse da una ragazza giovane, vestita da perfetta borghese. Dal preciso istante in cui aveva intimato ai due lo stato di fermo, era come se, gravido di tensione, il tempo fosse rimasto sospeso, come quando l'aria è piena di elettricità, prima del temporale.

La tensione venne però squarciata dalla sirena della camionetta della polizia che pattugliava. Non appena intervenne, tutto riprese il suo ordine. Anche lo scorrere del tempo, che tornò a fluire indisturbato, come un fiume millenario, irriguardoso delle vicende umane. Ne scesero due agenti, che su indicazione di Kay fecero i necessari accertamenti. Kinta fu deportato sulla camionetta con il cameriere, entrambi ammanettati, per evitare che il litigio potesse degenerare in rissa. Nel frattempo, una nutrita folla si era radunata attorno alle forze dell'ordine.

In quel sottomondo, tra la baraccopoli e la città, un arresto era sempre uno spettacolo che faceva uscire di casa intere famiglie: uccelli in gabbia che stavano a guardare, mentre un loro compagno veniva trasferito in una gabbia diversa, la prigione, ma pur sempre una gabbia.

Rassettandosi i capelli dorati, dai riflessi di un campo di grano in piena estate, in disordine dopo la corsa, Kay ci mise qualche tempo a raggiungere la macchina, che si trovava un isolato più in là, a distanza di sicurezza. Girava su un'utilitaria impensabile per una rappresentante delle forze dell'ordine, con una vistosa ammaccatura sul bagagliaio, le fiancate piene di graffi, i sedili consumati e uno strappo nel rivestimento interno della portiera. Kay sapeva bene che una macchina è lo specchio fedele del suo proprietario – per questo fino ad allora aveva sempre avuto cura dei mezzi su cui viaggiava – eppure, da un po' di tempo, dentro l'auto accumulava documenti, bicchieri di plastica, cartacce. Il posacenere straripava di mozziconi di sigarette, sul sedile posteriore c'erano mucchi di vestiti e nel bagagliaio un'accozzaglia di attrezzi. Per lei, che era una maniaca della pulizia, quell'incuria aveva una spiegazione; fra non molto – non più di un mese, da quanto le avevano comunicato – avrebbe ricevuto una vettura di servizio della polizia, e quella, si era promessa, l'avrebbe tenuta in un perfetto ordine, come casa sua. Ma non era impaziente di ricevere il nuovo mezzo. Anzi, a dire il vero, le dispiaceva sostituire la vecchia utilitaria, perché durante quei primi mesi di servizio aveva investito per renderla più efficiente. Aveva convinto l'officina di riparazione radio della polizia a programmarle la ricetrasmittente Motorola per consentirle di prendere più frequenze oltre a quelle della brigata criminale. Poi, e a proprie spese, aveva fatto montare nel bagagliaio una cassetta blindata per tenerci attrezzature, munizioni di riserva, un giubbotto antiproiettile e un paio di anfibi. Kay infatti era una perfezionista: sentiva di dover fare sempre di più e sempre meglio, e spesso sbagliava per eccesso, per avere sempre tutto sotto controllo. Raggiunta la macchina, mise in moto con uno scoppiettio malato, sollevando una nube grigiastra. Alzò subito il volume della radio e ascoltò centralinisti e agenti parlare fra loro in quella strana lingua fatta di codici e abbreviazioni, del tutto incomprensibile ai non addetti ai lavori. Mentre si stava esercitando a decodificare quei messaggi, il cellulare iniziò a vibrare.

«Kay?» Dall'altra parte del telefono le giunse il timbro baritonale e la parlata strascicata dell'ispettore Santos. Era arrivato in Africa meridionale a dieci anni, con la sola madre – il padre, un agente della *milicia nacional* argentina, era stato ucciso durante un regolamento di conti fra bande rivali di narcotrafficanti – e sebbene vi abitasse da più di trent'anni, aveva mantenuto l'accento ispanico.

Kay s'irrigidì immediatamente; nonostante avesse appena superato la quarantina, Santos era uno di quei poliziotti vecchio stampo, di quando le forze dell'ordine non erano ancora burocritizzate e senza potere come oggi. Un uomo dalla scorza ruvida e dal pugno di ferro. L'ardua scuola della vita ne aveva forgiato la tempra nella periferia povera di Joburg popolata da teppisti e bande rivali, in cui non si poteva sopravvivere senza i *cojones*, per dirla con un termine poco *albionico*, come amava ripetere lui stesso.

La voce profonda dell'ispettore le rimbombava nelle orecchie: «Ehi, bellezza, dimmi dove ti trovi, per l'esattezza... Come dici? Parla un po' più forte! Fa un casino tremendo quel catorcio, non si capisce niente... Dove? Ah, Bellawere Street, dunque a Cape Point! Ok, ascoltami: il tempo della ricreazione è finito. È successa una cosa grave. Ti aspetto nel mio ufficio per il briefing».

«Di... di cosa si tratta?» domandò Kay farfugliando, in attesa del peggio. Aveva l'impressione che le emozioni forti, quel giorno, fossero appena cominciate, e si sentiva come un vetro prossimo a rompersi in mille frammenti, sottoposto a vibrazioni troppo intense.

«Quello per cui siamo pagati, Kay… un omicidio!» le rispose con una qualche soddisfazione Santos, che amava tenere sulla corda i novellini.

La ragazza sussultò sul sedile logoro dell'utilitaria, il cuore che le scoppiava in petto: questa era di certo la sorpresa peggiore della giornata! Non fece in tempo a replicare, che Santos rincarò la dose: «Una brutta faccenda, che con buona probabilità è solo l'inizio di qualcosa di più grande. La Scientifica pensa si tratti dell'opera prima di un assassino seriale. Ti spiegherò meglio quando arrivi. Ti aspetto… muoviti!».

Una brutta faccenda. Quelle parole le rimbombarono in testa, mentre si sentiva sprofondare, come in un vuoto d'aria. Era alle prime armi, Kay, e non si considerava preparata a sufficienza per un caso così impegnativo e potenzialmente rischioso. La prospettiva la agitò al punto che scordò di mettere la freccia sorpassando un furgone, evitando per miracolo un incidente.

Mezz'ora dopo, parcheggiò di fronte a un edificio anonimo, piuttosto moderno, in vetro e cemento, con davanti un labirinto di panchine e aiuole di erba secca. Introdusse il pass e digitò il codice di accesso al tornello, poi entrò trafelata in ascensore e salì al quarto piano. Prima di arrivare all'ufficio del capo, si doveva attraversare un ampio open space animato da un andirivieni di agenti che ricordava le fiction poliziesche, ma senza ridicole battone in calze a rete che masticano gomma e ubriaconi ammanettati alle panche. Nell'ufficio di Santos – che aveva sulla porta la targhetta lucida: QUESTURA - DIVISIONE ANTICRIMINE – regnava l'atmosfera di ogni commissariato e un certo rigore da ambulatorio della mutua che rendeva il tutto piuttosto deprimente. Era un bugigattolo male illuminato, di una quarantina di metri quadrati, occupato da vecchi schedari che assediavano la scrivania da ogni lato, oltre a due mobili scrostati e pieni di classificatori addossati al muro di fondo. La scrivania in metallo grigio era completamente coperta di fogli, una sorta di disordine creativo in cui solo l'ispettore riusciva a raccapezzarsi. C'era poi una miriade di promemoria fitti di annotazioni, recapiti telefonici, indirizzi – parassiti attaccati su tutte le superfici disponibili: il computer, la lampada della scrivania, perfino le poche cornici alle pareti che ospitavano foto di incontri storici di pugilato. L'ispettore non era certo un *digital native*.

Nonostante le veneziane abbassate, considerata l'urgenza del caso, Kay non esitò a bussare. Seduto dietro la scrivania, in controluce, Santos, lo sciupafemmine del commissariato, era molto abbronzato. Era un bell'uomo, e il naso un po' adunco gli dava un'aria da pirata. I capelli a spazzola, gli occhi color nocciola incorniciati da ciglia folte, gli conferivano una fisionomia inconfondibilmente latina.

«Kay! Finalmente anche per te inizia il grande ballo! Prendi nota: Baltimore Avenue, 35. Ieri, fra le 20 e le 21.30. L'ora del decesso è una delle poche informazioni di cui disponiamo. Non occorrono ulteriori accertamenti. Ho qui per te il dossier con le foto, i referti autoptici e gli esami di laboratorio.»

Mentre la donna prendeva posto, Santos ne approfittò per concedersi il più velenoso dei suoi vizi: un sigaro un po' curvo che estrasse dal taschino della giacca. Nonostante fosse proibito fumare in commissariato, lo raddrizzò con cura e ne staccò con un morso la punta. Poi, incoraggiato dallo sguardo accondiscendente di Kay, con un fiammifero lo accese, piazzandoselo tra le labbra. Circondato da una nuvoletta grigia che si dissolveva in volute nell'aria pesante, abbandonando per qualche istante la consueta aria di gravità, le chiese, sornione: «Vuoi qualcosa da bere? Un caffè?».

Kay era sempre colpita dalle repentine metamorfosi del viso di Santos; riusciva a cancellare il suo lato duro e a un tratto assumere l'aria di un giovane divertito: fece cenno di no. Il caffè che serviva di solito l'ispettore era una brodaglia dal gusto amarognolo che nemmeno lo zucchero riusciva a mascherare, la più stomachevole fra tutte le bevande calde del commissariato.

«La faccenda è seria, molto seria. Come ti ho detto, non si può escludere che si tratti della prima vittima di un assassino seriale. Il caso è grave, non possiamo divagare, sennò si rischia sin dalla partenza di fare un buco nell'acqua! Sai come la penso in proposito, no? Entro oggi voglio sulla mia scrivania le pratiche degli incarichi che stai svolgendo. Li affiderò ad altri colleghi, mentre tu ti occuperai solo di questo dossier, ok? D'ora in poi, ogni tuo pensiero dev'essere orientato a metterti sulle tracce dell'assassino, ad avvicinarti sempre più alla sua ombra, sino a farla diventare una persona in carne e ossa. Questa è la prima regola. Ricorda: un'indagine è come un innamoramento… ma con la persona sbagliata! Solo pensando a lui a ogni ora gli metteremo le mani addosso!» Santos rigirò il sigaro tra le dita con una certa soddisfazione, fissandone la cenere sulla punta.

Assassino! E per giunta *seriale*! All'udire quelle parole, a Kay tremarono le mani. Per nasconderlo, cercò di intrecciarle in grembo, con una compostezza che correva il rischio di andare in frantumi da un momento all'altro. Il cuore le martellava in petto, la bocca era secca e i palmi bagnati.

«Credo sia ancora troppo presto per capire se abbiamo di fronte uno psicopatico. Perciò fissati bene in testa la seconda regola: mai fidarsi delle apparenze! Il cadavere, una donna, è stato trovato disteso nel bagno, nella vasca ancora piena d'acqua, il viso era stato imbellettato ed era rivolto verso la porta. Lo sguardo puntava verso l'alto, verso la doccia, come se volesse altra acqua. In una mano stringeva un fiore esotico nero, della famiglia delle orchidee, la *Neris Gloriosa*. Un fiore rarissimo, del tutto assente dalla flora locale, di cui stiamo già studiando il significato simbolico. Proprio questa firma ci autorizza a pensare che si tratti solo dell'inizio. Nel suo genere, macabro quanto si vuole, è un classico!» proclamò Santos, sulle labbra un sorriso sardonico, quasi traesse un sadico piacere nello spaventare la giovane. Stava per continuare a parlare, ma si arrestò di colpo. Aveva notato che quel giorno, sotto la camicetta, Kay non portava il reggiseno. Se lo poteva permettere, dato che non aveva troppo da sorreggere. E conoscendone la serietà, Santos era certo che non lo facesse per malizia o civetteria. In effetti, la giornata era davvero torrida. Ma non gli era sfuggito il premere contro la stoffa di quei seni a coppa sodi e alti, nonostante le piccole dimensioni, quei capezzoli turgidi, e cercava di distolgere lo sguardo. Per farlo, assunse un'aria grave. Era di sangue *caliente*, l'ispettore, ma di tutti i suoi difetti – ben rappresentati dalla trilogia Bacco, tabacco e Venere – l'eccitabilità erotica era forse quello più perdonabile.

«È evidente come, potenzialmente, il fiore rappresenti un indizio di primo livello. Si tratta di certo di una forma di linguaggio simbolico con cui l'assassino vuole comunicarci qualcosa... Sai che all'epoca della regina Vittoria era stato compilato un vocabolario sul significato dei fiori? Solo gli inglesi possono cimentarsi con stramberie del genere!»

«Non è possibile che sia stata la vittima stessa ad impugnarlo, per comunicarci qualcosa sull'assassino?» rilanciò Kay per stimolare un contraddittorio.

Santos, prima di abbozzare una risposta a quella domanda che la diceva lunga sull'incompetenza di Kay, guardò imbarazzato fuori dalla finestra. Scrutò il profilo della Table Mountain che cingeva quell'apparentemente pacifica città che invece era come l'orlo del cratere di un vulcano dormiente: dipendeva solo da quanto la si conosceva, e lui la conosceva molto, forse troppo. Così rispose: «No, non credo. Anzi, è da escludersi come ipotesi, perché la vittima è stata strangolata quando ancora stava facendo il bagno. L'assassino ha avuto modo di introdursi nell'appartamento indisturbato. Il fiore è stato posizionato dopo, a delitto compiuto. Sulla dinamica dell'uccisione, la Scientifica è categorica e dobbiamo fidarci, sennò rischiamo di trovarci nel campo della pura speculazione, senza alcuna linea investigativa!».

Strangolata! Kay si morse il labbro inferiore, tesa, sino a farlo sanguinare. Per dissimulare, le sfuggì una stupida risata in falsetto. Ma tanto in quel momento, guardandola, Santos era occupato solo a non pensare a quel corpo senza veli, a non immaginare che effetto gli avrebbe fatto farci l'amore proprio lì, nel suo ufficio con i testicoli che sbattono contro i bordi della scrivania, nella penombra, la porta chiusa a chiave, il tramestio dei corridoi affollati. Per difendersi da quelle fantasie fuori luogo, aspirò così forte che il sigaro parve sul punto di prendere fuoco, trattenendo il fumo nei polmoni, per poi ributtarlo fuori con un sibilo prolungato. La bestia del sesso iniziava a ruggirgli dentro, ma riuscì a riprendere il filo del discorso, continuando però a guardare fuori dalla finestra: «Stammi a sentire. La vittima, Maggie Stone, un medico di base, stava investigando su Sundpharma, un'azienda farmaceutica locale, ed era in procinto di approfondire gli effetti collaterali di un nuovo farmaco contro la sindrome da immunodeficienza acquisita: il Quadrivia. Una posizione molto delicata, la sua, in un Paese corrotto come questo! Gli interessi in gioco sono enormi, e non c'è etica che possa placare gli adoratori del Dio denaro. Capisci?».

Kay annuì, muta. In quel momento avrebbe pagato per essere trasferita alla polizia stradale. La presenza dell'ispettore, però, la rassicurava. Nonostante la nube grigiastra la facesse tossicchiare, ne osservava le rughe, gli occhi profondi e il gioco duro dei muscoli quando i denti mordevano il sigaro; quell'uomo era per lei virilità pura. Forse per questo subiva il fascino di Santos, e le piaceva ancora di più perché in quel momento non andava per la maggiore al commissariato. Pettegolezzi e voci di corridoio ne facevano una figura discussa. Era uno scomodo – lupo solitario, ex alcolista, l'*enfant terrible* del reparto – che non riusciva a tenere a freno la lingua, una testa calda, sempre pronto a usare la forza, inviso alle gerarchie per i corpi ammanettati e malmenati che lasciava sempre dietro di sé a ogni sua indagine. Dai piani alti gli avevano fatto capire che aveva pestato i piedi a troppi colleghi e che era ora di darsi una calmata, ma a lui non importava, e non aveva mai smesso di rimanere fedele al suo personaggio, l'ispettore dal pugno di ferro e dal grilletto facile. Non era proprio il tipo da issare bandiera bianca prima di aver percorso tutte le piste, tant'è che al commissariato lo chiamavano "lo sceriffo", appellativo che sotto sotto lo lusingava. Avrebbe desiderato oltre ogni cosa vivere all'epoca ruggente e temeraria del Far West, se non altro perché i valorosi con una stella non si perdevano mai in chiacchiere e agivano, dannazione! Legavano una corda all'albero più vicino e ci appendevano i criminali. Per Santos, una stella e un cappello da cowboy sarebbero stati un principio di legalità molto più efficace per ristabilire l'ordine – in quel Sudafrica dall'impietosa durezza, che andava incattivendosi ogni anno di più – di quello che le istituzioni tentavano di imporre con il diritto. L'ispettore avrebbe fatto volentieri a meno di rispettare i diritti costituzionali di delinquenti che, in poco tempo, sarebbero appartenuti alla casta degli intoccabili, tanto era diventato difficile mettere loro le mani addosso a causa di tutta la zavorra della burocrazia, delle procedure, delle assurde lungaggini cartacee. Non riusciva a concepire che, quando lui e i suoi uomini erano certi che un tale aveva commesso un crimine, si dovesse ancora passare dalle maglie della giustizia per averne la conferma. Soprattutto lui, che aveva subìto l'ingiustizia dell'omicidio del padre quand'era ancora in tenera età, sapeva cosa questo genere di ritardi e torti potesse significare. La sua vita era andata in pezzi, e nessuno lo aveva mai risarcito, tanto meno la polizia, per quella perdita. Anche per la sua vena anarchica era ostracizzato del vertice della gerarchia. Ma lui se ne fregava, sin dagli inizi della sua carriera. E siccome era ancora lì al suo posto, nonostante i ripetuti attacchi, iniziava a subodorare la possibilità di uscirne vincitore.

Espirando una boccata di fumo, si sporse in avanti, puntando i due gomiti sulla scrivania, un culturista che non voleva esibirsi troppo, visto che la camicia bianca poco attillata lasciava appena intravedere la muscolatura definita del torace e i bicipiti tatuati: «Allo stato dell'arte, dire che abbiamo piste investigative vere e proprie sarebbe una cazzata. C'è solo qualche traccia indiziaria. Perquisendo l'appartamento della vittima, nella scrivania hanno trovato un tablet. La Scientifica ha scoperto la password. Nel calendario degli appuntamenti, la vittima aveva pianificato tre visite: gli indirizzi sono stati controllati. Combaciano con il potenziale profilo delle cavie abusate da Sundpharma: malati di AIDS nella fase conclamata, sprovvisti di qualsiasi risorsa economica per potersi finanziare una cura, la cui morte passerebbe inosservata. Questa è una pista promettente, Kay, ma sta a te verificarla! Un bel banco di prova per iniziare, no?». Santos sorrise, per sdrammatizzare un po'. Poi, impaziente – odiava la sedentarietà, e quando si trovava in ufficio, non coinvolto in un'azione, era un leone in gabbia – si alzò dalla sedia, iniziando a camminare avanti e indietro, pensieroso. A un tratto si bloccò, quasi sull'attenti, ma in silenzio. Si prese la cravatta e ne studiò i disegni per qualche secondo prima di lasciarla ricadere sullo sparato della camicia e, con il sigaro che appestava la stanza piantato in bocca, continuò: «È un caso complicato, Kay! Il delitto in un'abitazione privata. L'enigma del fiore stretto nel palmo della mano. La professione a rischio della vittima, medico di una ONG di soli trent'anni. Lo conosci il detto…?».

Proprio in quell'istante, qualcuno bussò alla porta. Dall'uscio si profilò la figura di Bates, uno della squadra di Santos: «Scusa, ma è urgente, capo. Volevo chiederti l'autorizzazione per intervenire immediatamente…».

«Immediatamente? Vuoi dire adesso?» s'irrigidì l'altro.

«Questo stesso pomeriggio!»

«Lo sapevo, Bates, accidenti! Possibile che non riesci mai ad attenerti agli ordini? Ho raccomandato altre fasi di accertamento, prima di agire! Non siamo sicuri che il colpevole corrisponda al profilo su cui stiamo lavorando!»

«Ma giocare d'anticipo ci darebbe un bel vantaggio…» ribatté quello, ma scorgendo l'espressione dura di Santos, lasciò la frase in sospeso, abbassando lo sguardo.

L'ispettore gli mise una mano sotto il mento, non in modo sgarbato, ma come faceva più o meno con tutti i suoi subalterni, quando non si attenevano alle disposizioni: un gesto terribilmente privo di rispetto, ma per qualche ragione Bates accettò quell'umiliazione.

«Scusa, capo, hai ragione. Forse è l'ansia di chiudere la partita a ogni costo. Questo tira e molla è durato troppo a lungo!»

«Lo sai che è un errore, però te ne fotti! Accetti un appuntamento con il principale sospettato, scendi a patti con lui e non dici niente a nessuno. E va già bene che noi lo scopriamo per caso, coprendoti le spalle, per evitare che ti succeda qualcosa di brutto…» Santos era furioso. «Ma adesso basta, Bates! Ho dato degli ordini e voglio che vengano eseguiti. Non accetto più questo genere d'imprudenze!»

In quel momento, un altro agente s'infilò nella porta aperta ed entrò senza bussare: «Commissario...». Era una recluta, che gli dava ancora del lei, al terzo giorno di lavoro. Santos montò in collera: «E tu che cazzo vuoi? Non ti hanno insegnato che devi chiedere il permesso per entrare? Questo è un commissariato, mica una clubhouse!».

«Mi dà la sua autorizzazione, commissario?»

«Autorizzazione? Per cosa?» L'espressione di Santos si era fatta ancora più severa, come sotto l'effetto di cemento a presa rapida.

L'agente, allibito, farfugliò: «Per... per... va bene, capisco. Il momento non è dei migliori. Forse è meglio che venga dopo...».

Anche Bates capì che forse non era il caso di insistere. Si sapeva: quando Santos esplodeva in uno dei suoi impeti di collera, non ci vedeva più, era inutile cercare di farlo ragionare. La stanchezza. Questo era il problema di lavorare alla brigata criminale. I nervi troppo tesi, troppo a lungo. La fatica accumulata in lunghi anni di servizio eruttava come lava da un vulcano. Troppe notti senza sonno, troppe violenze e orrori, troppi fantasmi. Ma questa era la dura vita di un poliziotto: lunghe notti trascorse in bar miserabili, violenza, ingratitudine e levatacce con la bocca amara di sigarette e caffè, mentre la stanchezza ti inseguiva come un'ombra. Mai come in quel momento, Santos avrebbe avuto bisogno di riposo, di una vacanza lontano da tutto, anche e soprattutto da se stesso. Ma non si sarebbe mai concesso una tregua, senza prima aver risolto i casi su cui lavorava, Kay lo sapeva.

Di nuovo soli, Santos aspirò qualche boccata generosa del sigaro per ritornare calmo. Poi incontrò lo sguardo della ragazza, piuttosto a disagio dopo la scenata. «Andrà tutto bene, vedrai! E non preoccuparti del fatto che sia seriale… Quello in fondo non cambia niente, sempre di assassini si tratta! Farò il possibile per affiancarti a un ispettore con la pelle di elefante, fidati di me!» La promessa suonò falsa alle sue stesse orecchie.

La voce di lei diventò un uggiolio: «Grazie!» mormorò, e poi ancora: «Grazie!».

Santos si accorse che la ragazza ansimava, turbata, e voleva incoraggiarla. Così passò in rassegna le risorse disponibili, ma si rese subito conto che non poteva affiancarla; non c'erano abbastanza uomini! «Anzi, in realtà… Purtroppo, Kay, non riesco a liberarti nessuno da cui imparare le basi del mestiere in questo primo caso impegnativo. Dovrai dimostrare di essere all'altezza e cavartela da sola sul campo, cara mia! Però, credimi sulla parola, e Santos ne ha una sola, non c'è niente di meglio che un vero battesimo di fuoco, per svezzare i novellini!»

«Se lo dici tu… L'importante è che possa contare sul tuo aiuto nei momenti decisivi. La tua guida, capisci? Mi getterò anima e corpo nel caso, di questo puoi stare certo!»

Santos la scrutò, capendo quanto le costava dire quello che aveva appena affermato. Sapeva che non si sarebbe tirata indietro; sotto quell'apparenza di fragilità, quella giovane nascondeva un carattere di ferro.

«Però ho bisogno ancora di un attimo del tuo tempo. Vorrei… ecco, vorrei un consiglio. Che non ha niente a che fare con questo caso. Ricordi il bar di cui ti ho parlato?» Santos annuì, e lei riprese. «Riguardo la faccenda degli alcolici serviti… ecco, mi sono data da fare, ma si è verificato un imprevisto. C'è stata una rissa. Allora, ho gridato: "Polizia!". Credi abbia agito bene?»

In un primo momento, Santos credette di aver sentito male: che razza di domanda era? E dopo aver discusso di un caso così grave, poi! Va detto che considerava gli arresti la parte migliore del suo lavoro, forse perché era anche la più semplice. Lo aveva capito quand'era ancora ragazzino. Non prendeva quasi mai parte ai giochi degli altri compagni di classe. Preferiva rimanere in agguato durante le ricreazioni in cortile, sperando di cogliere in flagrante qualche compagno a rubare delle figurine nelle cartelle o dei soldatini nascosti sotto i banchi, o ancora la merenda. Poter mettere le mani su un ladro o, perlomeno, sventare un crimine sul nascere lo gratificava immensamente. Da ragazzo Santos assumeva lo stesso atteggiamento di giustiziere anche d'estate, quando andava a trovare i nonni nella *hacienda* di famiglia, a Rosario, nella pampa argentina. Gli capitava di nascondersi e attendere che i bambini della colonia vicina venissero a rubare le arance e i mandarini sul terreno di famiglia. Allora accendeva la torcia elettrica e gridava a squarciagola, affinché qualcuno venisse in suo aiuto. Per lui la cattura era qualcosa di affascinante, che gli regalava adrenalina come nessun'altra esperienza al mondo. Ed era stato l'amore per gli arresti, oltre al desiderio di seguire le orme paterne, a spingerlo a fare domanda alla scuola di polizia.

Adesso, ascoltando il racconto di Kay, soffriva per non averla potuta accompagnare, quel pomeriggio. Le avrebbe dato manforte. Per rincuorarsi, aspirò qualche generosa boccata dal Montecristo numero 12, passandosi una mano sui capelli a spazzola. Poi assunse un'espressione perplessa; da quando militava nei ranghi dell'anticrimine, ormai più di vent'anni, nessuno gli aveva mai posto la domanda che Kay ripeté, in attesa di una sua risposta: «Allora, mi puoi dire se andava bene gridare "polizia"?».

Innervosito dalla banalità del quesito, Santos bofonchiò a bassa voce: «Be', francamente non vedo cos'altro avresti potuto dire!».

«Non era più corretto: "Fermi, in nome della legge"?»

Per la prima volta, ascoltando una sua sottoposta, restò spiazzato: in effetti non si ricordava se fossero prescritte formule rituali. Incrociò le dita dietro la testa e cominciò a massaggiarsi la nuca con i pollici, senza distogliere lo sguardo dalla giovane, in cerca di una risposta sensata. Decise di farla breve: «Quel che si dice non ha importanza, deve solo essere efficace nel decretare lo stato di fermo!».

«Sì che ne ha!» insisté Kay. «La forma è sempre importante. Dimmi piuttosto cos'hai detto tu in tutti questi anni!»

La domanda lo spiazzò ancora più di prima, perché la formula che usava non era esattamente elegante. Suonava più o meno come: «Fermo lì, brutto bastardo, sennò ti faccio saltare le cervella!» o «Figlio di puttana, se solo osi muovere un dito, ti mando al creatore!». Un po' scocciato, pur di salvare la faccia davanti a Kay, mentì, disinvolto: «"Polizia, arrenditi!": ecco la formula che ho sempre utilizzato in qualsiasi circostanza. Ma qualunque altra cosa tu voglia dire va bene!».

«Davvero? Solo questo? Bene! Ci tenevo a sapere se avevo commesso un errore procedurale!»

«Credimi, Kay, la dinamica di qualsiasi arresto ha poco a che fare con una qualsiasi procedura formale. A volte, quando si tratta di criminali armati, si è solo attenti a portare a casa la pellaccia! Ora, però, torniamo al nostro caso. Ricordati la prima regola: pensa a lui quando mangi, quando ti fai la doccia... che sia rivolto all'assassino l'ultimo pensiero della sera, e il primo del mattino. Incubarlo, ecco quello che devi fare. E, ricordati, io sono dalla tua. Aggiornami appena ci sarà qualche sviluppo, ci siamo capiti?»

«Va bene, capo. A proposito, per... per, diciamo così...» non voleva pronunciare la parola "cadavere", «prendere visione dei *fatti*, dove devo andare?»

«All'obitorio della Scientifica. Il medico forense è la che ti aspetta. Gli ho appena parlato. Se ritieni necessario qualche accertamento ulteriore, chiedi, non esitare: possono eseguirlo subito in tua presenza, se i tempi tecnici lo permettono.»

«Ricevuto. A presto, capo! Ti tengo informato *in real time.*»

All'obitorio! Un altro fremito le percorse la spina dorsale.

Prima che se ne andasse, quando era ancora sulla soglia, il commissario le diede un'ultima raccomandazione: «Ah, Kay, dimenticavo. Il mondo è più violento di quando ero giovane io, e c'è un sacco di gentaglia in giro che ha tutto da guadagnare e niente da perdere, il che non favorisce le buone maniere. Sei in prima linea, non commettere imprudenze... Ora chiamo Norah, che ti ha preparato una USB con tutte le informazioni che dovrai conoscere e che l'intelligence è riuscita a mettere insieme in queste ore».

Così dicendo, afferrò il telefono e digitò un numero. Dopo qualche istante si affacciò alla porta dell'ufficio il commissario aggiunto, Norah Wamutsi, una donna di una cinquantina d'anni, d'etnia Zulu.

Non era certo una bellezza; aveva un naso camuso, schiacciato, e occhi scuri, tendenti al nero. Era una figura nota in commissariato: nonostante la sua trascuratezza, esercitava un forte ascendente su chiunque, indipendentemente dalla posizione gerarchica. Possedeva una forza di seduzione non appariscente, una dote innata; le sue movenze sempre calme, la gentilezza dei gesti, l'imperturbabilità apparente avevano nel tempo conquistato tutti. Se da una parte la trasognata svogliatezza di Norah aveva un effetto quasi lenitivo su chi la frequentava – aveva una voce che passava come un soffio di vento, lenta e tiepida – era facile ingannarsi sul suo conto, pensando che fosse una grigia burocrate, una soldatessa dell'ombra. Lasciandosi guidare senza perdere mai la pazienza dallo svolgersi delle indagini, procedeva sempre verso conclusioni inesorabili, che spesso, e con buon anticipo sul resto della truppa, le consentivano di colpire il bersaglio. Perché, nonostante l'atteggiamento apparente, era cocciuta e testarda all'inverosimile nel seguire le proprie intuizioni. Sapeva aspettare per settimane o per mesi, se necessario, prima di puntare al traguardo, il che esasperava gli altri, soprattutto l'insofferente Santos. Diversamente da lui, viscerale e sanguigno, capace solo di buttarsi anima e corpo in qualsiasi indagine, quasi preda di un oscuro invasamento, Norah non perdeva mai il controllo: prendeva la mira tranquilla e aspettava il momento propizio per agire. Si concedeva sempre il tempo per tutto, mentre Santos era un istintivo che, se non correva, si sentiva sempre in ritardo: differenze che non potevano non riflettersi nei rispettivi stili investigativi. Al commissariato, il siparietto di Norah con lo sguardo fisso allo schermo, le braccia incrociate, placida e rilassata, mentre Santos andava e veniva, agitando le braccia, lanciando rapide occhiate intorno senza motivo, con i nervi a fior di pelle – nessuno in quei momenti osava rivolgergli la parola, per paura di incappare in una delle sue epiche sfuriate – era piuttosto usuale, e rendeva difficile a un estraneo credere che i due stessero lavorando sullo stesso caso. Sembrava impermeabile a qualsiasi acquazzone, il commissario aggiunto Norah Wamutsi. Da quando militava nei ranghi della polizia criminale, nessuno l'aveva mai sentita alzare la voce con un collega, o dare in escandescenze, comportamenti, questi, normali nella modalità investigativa di Santos.

Qualche mese prima, durante una frugale pausa pranzo alla caffetteria del commissariato, Kay – che si agitava per un nonnulla e invidiava un po' Norah – le aveva chiesto come facesse a rimanere sempre tranquilla, soprattutto in quell'ambiente, riscaldato da emozioni violente come un campo di battaglia.

«Bella mia, tu sai a che ritmo funziona un'indagine di polizia?» le chiese, con un sorriso sardonico che lasciava intravedere lo splendore di denti lucidi come madreperla.

«No!» rispose Kay un poco interdetta ma sincera.

«Te lo dico io. A un ritmo lentissimo. Bisogna affrontare un punto per volta, tornarci sopra, rielaborare... Spesso ci accorgiamo di una cosa che abbiamo sotto gli occhi solo dopo averci inciampato più volte. A cosa serve esaltarsi o deprimersi, allora? Solo a perdere tempo prezioso, e a non concentrarsi sull'essenziale.» E Norah era la rappresentazione vivente perfetta di quel concetto: sembrava vivere fuori dal tempo e di fronte a qualsiasi circostanza manteneva la serenità per agire. Era come un'atleta il cui cuore batteva molto più piano del normale, e per questo riusciva ad arrivare più in là degli altri. Quando Santos, spossato, subiva il tracollo nervoso ancora all'inizio di un'indagine, Norah era sufficientemente fresca e riposata per non perdere la lucidità necessaria ad aggirare e procedere oltre ogni ostacolo. Ma non era sempre rose e fiori per lei; quello non era un mestiere facile, soprattutto per una donna.

Appena varcata la soglia dell'ufficio di Santos, Norah – sfoggiando un largo sorriso, fatto di denti bianchissimi che contrastavano con il nero antracite della pelle – fece segno a Kay di seguirla. Poi, nel corridoio, si voltò verso la giovane: «Ho visto uscire Bates con la coda fra le gambe, bianco come un cencio! Un'altra delle sfuriate di Santos, vero?».

Kay annuì.

«Ultimamente dà la sensazione di essere una bomba a orologeria, tanto è teso! Non è cattivo, credimi, è solo lo stress... Non sa dire no, troppe indagini e troppo poco riposo. Ti ha detto del profilo della vittima?»

«Sì. Un giovane medico di una ONG. Una certa Maggie, sui trent'anni. Poveraccia!»

«E ti ha detto su cosa indagava?»

«Un nuovo farmaco, da quanto ho capito.»

«Una pillola contro l'AIDS, sperimentata su pazienti senza l'accordo delle autorità sanitarie ministeriali. E senza protocollo di sicurezza, a quanto risulta finora dalle indagini. Insomma, tutti gli ingredienti per un terremoto mediatico in grado di polverizzare qualunque corporation!»

«Be', non proprio benaugurante, come inizio d'indagine...»

Il corridoio era affollato di gente indaffarata. Il suono acuto delle sirene di una gazzella si attivò a poca distanza.

«A proposito, lo conosci il detto "Disturba pure i fanti, ma lascia stare i santi"? Bene, in questo la fortuna non ci ha arriso! Siamo incappati in una delle lobby più potenti del Paese. Ci metteranno i bastoni fra le ruote più che potranno. Non illuderti di poter passeggiare a tuo piacimento per il loro sancta sanctorum!»

Prima, l'assassino seriale. Poi, a stretto giro, il sancta sanctorum di Sundpharma da violare e, appena dietro le quinte, i colossali interessi economici in gioco e le tante morti bianche. Puro sciacallaggio mediatico o c'era in tutte quelle ipotesi un fondo di verità? Se lo chiese fra sé e sé, il cuore che le batteva forte. Deglutì, senza rallentare il passo. Le due donne erano quasi arrivate all'uscita. Prima di salutarla, Norah le consegnò la busta sigillata, all'interno la penna USB. Kay promise di leggere tutto il dossier nelle ore successive, per darle un feedback l'indomani.

«Fammi sapere se posso esserti utile, mi raccomando, Kay. Sentirsi utile è il miglior antidoto per me contro la solitudine. Aspetto una tua chiamata! Ricordati, siete voi la mia famiglia...» la salutò Norah. E in quell'affermazione c'era tutta la sua indole servizievole.

3

La sala d'attesa dell'ambulatorio in cui Johnny faceva il medico poteva contenere una decina di persone ed era sempre tirata a lucido, asettica.

L'ordine e la pulizia erano assicurati dall'assistente di Johnny, una giovane donna di colore di nome Thelma: diciannove anni, era arrivata in ospedale con le doglie, pronta a diventare madre. Durante la gravidanza, alla clinica prenatale, le allieve infermiere avevano riportato per tre volte il battito cardiaco fetale sulla cartella. Il giorno del travaglio, però, le analisi rivelarono che il feto era in realtà un enorme fibroma uterino, e il battito cardiaco era solo una sorta di allucinazione uditiva delle tirocinanti. Di fronte a quella sconcertante evidenza, Thelma dapprima respinse la diagnosi con rabbia: andò dal primario di ostetricia, si slacciò il reggiseno e gli mostrò, premendo un capezzolo ingrossato e violaceo come una mora, lo schizzo di latte che ne fuoriusciva. «Mi dite che non c'è niente. E questo, allora? Può un seno fare questo, se non si sta preparando ad allattare?» Scoprì che sì, era possibile, se la suggestione era così forte da indurre un corpo a crederci ciecamente! Eppure, in un primo momento, per quanto fossero suffragate dalla scienza, le argomentazioni mediche non ebbero il potere di mandare in frantumi i suoi sogni di madre. Scoppiò in una crisi di pianto e capitolò solo davanti all'evidenza dell'ecografia: non c'era nessun feto. Così, con un'operazione, i chirurghi le tolsero non solo il fibroma, ma anche l'utero, rendendola sterile. Il trauma aprì una ferita nel cuore e nella psiche della giovane. Prostrata nello spirito, Thelma non se la sentì di ritornare al suo villaggio senza il neonato e priva di ogni possibilità di procreare. Quel fallimento era una zavorra troppo pesante da portare da sola. Dopo una profonda crisi depressiva di qualche settimana – durante la quale la nutrirono via flebo, perché si rifiutava di mangiare o anche soltanto di bere – Thelma scelse di rimanere in ospedale, dove la autorizzarono a seguire i corsi per diventare infermiera. Durante l'apprendistato, la giovane fornì un'eccellente prova di sé, quasi che avesse iniziato a riporre ogni aspettativa nello svolgere alla perfezione il lavoro d'infermiera. Con una dedizione che aveva qualcosa di commovente, in un Paese dove le infermiere reclamavano il diritto alla pausa pranzo persino in mezzo a un'operazione a cuore aperto, divenne la migliore dell'ospedale. Era una fortuna per Johnny poter fare affidamento su una simile risorsa. Thelma era un prodigio di efficienza anche perché aveva un occhio finissimo nel discernere la gravità delle patologie dei pazienti.

Ogni giorno, sotto un sole cocente, una massa di figure dai colori sgargianti si disponeva in fila all'accettazione per ritirare il proprio numero. Una folta schiera di bisognosi: quelli colpiti da AIDS purtroppo rappresentavano la maggioranza e poi mille altri, che lamentavano perlopiù disturbi dello stomaco – crampi addominali, gastriti, coliche. Thelma aveva subito capito che quella era la maniera locale di reagire a stress, ansia, liti coniugali e altre forme di violenza psicologica. La classica somatizzazione. Gli africani, infatti – come lei, che era di etnia matabele – proiettavano la sofferenza della mente su una parte del corpo. Un marito avvinazzato, che veniva spesso alle mani, o la recente perdita di un familiare spesso avevano qualche legame con l'acidità di stomaco o le difficoltà digestive, e l'accertamento diagnostico rivelava sempre una sequenza causa-effetto piuttosto lineare. Ma era inutile cercare di risalire alle cause, perché non c'era possibilità di rimuoverle, sia per la cronica mancanza di mezzi, sia per la natura stessa del disagio. Occorreva quindi intervenire con qualche palliativo che avesse anche solo un immediato effetto placebo. Per i malati afflitti da questi disordini nervosi, l'esperienza suggeriva che era preferibile prescrivere una terapia: seguire delle regole, curare di più l'igiene, prendere qualche farmaco... così molti pazienti si sentivano già meglio uscendo dall'ambulatorio. Johnny non si oppose mai a tale pratica poco ortodossa; aveva infatti appreso presto che un paziente disperato si rivolgeva sempre a qualcun altro, se il medico non era stato d'aiuto, e di solito a un *curandero* qualsiasi, un cialtrone che avrebbe arrecato più danni che altro alla salute del malcapitato.

Chi non faceva parte di questa categoria particolarmente nutrita era madame Musonga, una matrona ottuagenaria, con un alto turbante dall'arcobaleno di colori e un paio di occhiali da vista spessi come fondi di bottiglia. Sempre vestita e truccata in modo impeccabile, frequentava l'ambulatorio una volta la settimana, ingegnandosi per essere sempre l'ultima paziente del pomeriggio. Le visite finivano alle diciannove, poi Johnny lasciava l'ambulatorio: ma pochi minuti prima di quell'ora l'intraprendente signora faceva la sua comparsa, un'imboscata ordita dalla matrona per potersi trovare a tu per tu con il dottore. Qualche confidenza da vecchia solitaria con Johnny, quasi fosse un conoscente di lunga data. Nonostante l'età, dal punto di vista clinico madame Musonga non aveva nessun serio problema di salute. Quella sera, però, pareva piuttosto provata. Non appena si sedette, le pupille cerchiate dall'*arcus senilis* stranamente dilatate, parlò con una voce querula e un poco esitante, diversa dal suo timbro profondo usuale: «Ho bisogno che lei mi sciolga un dubbio che mi impedisce di dormire ormai ogni notte. Sono allo stremo, dottore... ecco, volevo chiederle se può dirmi qualcosa sul grande sonno?».

«Il... il grande sonno? Cosa intende, madame Musonga?»

«Mi ha capito benissimo, dottore... Nessuno è mai tornato dalla morte, lo so, ma può dirmi cosa accadrà dopo la vita?»

«Se allude alla morte, madame Musonga, non deve preoccuparsi: ha ancora una salute di ferro. Certo, non si può evitare qualche acciacco alla sua età, ma lo consideri un privilegio arrivarci nelle sue condizioni... Quanto al grande sonno, purtroppo su questo argomento mi coglie impreparato. Il solo suggerimento che mi sento di darle è, quando certe idee non le danno pace, di pensare a quelli che ci hanno lasciato prematuramente. Sono certo che troverà conforto...»

«Ma non mi sto lamentando» lo interruppe lei, «vorrei

solo sapere qualcosa sul grande salto nel buio... da qualche tempo non riesco più a pensare ad altro!»

«Le assicuro che la aspettano ancora molti anni di vita! Ma cosa posso dirle io sul grande sonno? Mica ho fatto un viaggio di andata e ritorno nell'aldilà! Però, madame Musonga, è da anni che la conosco: non ha mai ceduto alle avversità della vita. Vuole capitolare proprio adesso? E poi la sua cartella clinica farebbe invidia a una sessantenne!»

La donna lo fissò negli occhi, lo sguardo smarrito in un'acquosa disperazione, come se intuisse di essere destinata a rimanere sola dinanzi a quello strapiombo interiore: «Eppure nell'ultimo mese non faccio altro che pensare a questo, dottore! E non riesco a darmi pace!».

«Ma proprio qui sta la questione: deve sforzarsi di pensare a qualcos'altro. Altrimenti cadrà nella spirale della depressione. Ci vuole un attimo. Si dedichi alle sue prelibate ricette!» Johnny sapeva che il marito di madame Musonga era scomparso anni prima, e che il loro unico figlio era un freddo carrierista che lavorava in una banca a Joburg, e che non trovava mai il tempo per andare a trovarla. Poi rincarò la dose, perché la conversazione cominciava a esasperarlo: «Rischio di essere pedante, madame Musonga, ma lei gode di una salute di ferro! Non ha proprio nulla da temere». Non era un filosofo, Johnny, in grado di fornire risposte escatologiche... sempre ammesso che ve ne fossero di valide! Inoltre, da ateo convinto, non se la sentiva di imbonirla con generiche promesse di vita eterna.

«Sa, dottore, la solitudine è una morte lenta, e non sono più sicura di appartenere ancora al mondo dei vivi!»

«Non si tormenti con queste idee. È nella testa che

succede tutto, madame Musonga! La vita merita sempre di essere vissuta sino in fondo» cercò di tranquillizzarla Johnny.

«Giusto, dottore, ma che cos'è il fondo? È proprio questa la domanda!»

«Madame, non ha senso lasciarsi prendere dall'ansia, se tutto va bene. Cosa farà se invece dovrà combattere contro una malattia del corpo? La lascerà agire senza opporre resistenza?»

«Ma se manca l'appetito per la vita, è inutile sedersi ancora a tavola, non crede? Io me ne andrò a testa alta, di questo sia certo: sceglierò io quando e come far calare il sipario! Mi restano solo due desideri. Il primo è ringraziarla per tutti questi anni. È stato il solo a regalarmi un po' di comprensione, di calore umano. Il secondo è che, quando verrà a sapere che non ci sarò più, mi rivolga un sorriso. L'aspetterò nel grande sonno. La vita è una ruota che gira, se lo ricordi, dottore! Oggi a me, domani a lei, e le farà senz'altro comodo avere conoscenze, sennò l'eternità rischia di essere un infinito presente piuttosto noioso!» Così dicendo, si alzò e uscì.

Quando udì la porta chiudersi, Johnny pensò a suo padre, medico di campagna in uno sperduto villaggio dello Yorkshire, una via di mezzo tra un'autorità civile, un confessore e un maestro: amava considerarsi innanzitutto un curatore di anime, prima che un seguace di Esculapio. Ma Johnny non aveva la sua vocazione umanitaria. O, più semplicemente, la lotta contro il mostro dalle mille teste – l'AIDS – era già di per sé improba, una perenne sconfitta non dissimile dal castigo di Sisifo, che lo aveva consegnato a uno stato di quotidiana stanchezza tale da impedirgli di farsi carico di un'ottuagenaria che cercava un'anima nobile con cui discutere sull'aldilà.

Appendendo il camice sul gancio affisso al muro davanti alla scrivania, con un sospiro di sollievo, s'infilò una giacca di tela, spense la luce e s'incamminò lungo il corridoio. Fuori trovò la sua bicicletta, e prese a pedalare più veloce possibile, fendendo la folla. Inoltratosi in un dedalo di viuzze a ragnatela, poco dopo dovette arrestarsi: l'ulcera si faceva sentire. Prese una bustina dalla tasca interna della giacca, la strappò con i denti e ne inghiottì il contenuto, che gli lasciò una patina bianca sulle labbra che non se ne sarebbe andata per tutta la sera. In pochi secondi si sentì meglio e riprese a pedalare, nonostante l'acido lattico cominciasse ad accumularsi. Giusta spinta ai pedali, ginocchia leggermente piegate verso l'interno: la tecnica era fondamentale. Sentiva il telaio rigido sfruttare ogni singolo watt che lui gli imprimeva con i piedi attraverso il continuo saliscendi dello slum.

Imboccò la strada principale con un certo sollievo, perché il manto stradale non era più gibbuto come il dorso di un cammello. Anche a quell'ora, il frastuono era assordante, tanto il viale era congestionato: un marasma di macchine sgangherate, carri a mano, motorini, tricicli, calessi, biciclette che procedevano in un disordine terrificante. Trombe, clacson, rombo di motori, sonagli, campanelli: una babele di rumori. E poi, un delirio di transumanza umana: venditori ambulanti, bambini macilenti, uomini scalzi che trotterellavano con la faccia stravolta dallo sforzo, portando sulla testa pile di panieri e di fagotti, altri con bidoni fissati alle estremità di una pertica appoggiata sulle spalle. Johnny rallentò molto l'andatura, poi, finalmente, arrivò a destinazione, di fronte a un condominio di una decina di piani, uguale a mille altri in quel quartiere alla periferia di Cape.

L'imbrunire stava divorando gli ultimi squarci di cielo, quando parcheggiò la bibicletta nel cortile del palazzo. Riassettandosi il ciuffo di capelli brizzolati, s'inoltrò lungo un androne ampio e buio che puzzava di alcol, marijuana e sigarette. Le pareti erano grigie e il pavimento di un linoleum scadente, e niente di quel desolante squallore era cambiato da quando vi abitava: il vero linguaggio della miseria, duro, arido, inesorabilmente monotono, sempre fedele a se stesso. Salì al decimo piano: l'ascensore non funzionava, e ora dentro ci dormiva un senzatetto.

In fondo a un corridoio tappezzato con carta da parati in disfacimento, illuminato da fioche lampadine nude, c'era il suo appartamento. Angusto e spoglio, con le pareti marrone e foto di Cape Town dai bordi ingialliti, guardava direttamente sul retro di tre magazzini in pietra grigia, le cui finestre erano trattate con creosoto. Oltre al cucinino, a una misera stanza da bagno con doccia, c'era un salottino che conteneva a malapena divano e televisore, una camera con un letto singolo e una vecchia poltrona con l'imbottitura bene in vista. Sul materasso, le lenzuola grigiastre erano aggrovigliate in un nodo. I vestiti appesi a chiodi piantati nel muro. Sul pavimento c'erano un posacenere stracolmo, e quotidiani buttati alla rinfusa. Eppure, nonostante la sporcizia, Johnny amava quel posto così com'era: una topaia insalubre con le tende a fiori senza orlo, i tappeti marrone sfrangiati e i rozzi mobili di legno scuro, che sembravano provenire da una pensione per marinai. L'appiccicoso squallore di quelle quattro stanze grandi come una scatola di cerini lo faceva sentire in una tana, al riparo dal mondo. Infatti lui stesso si sentiva grigio e squallido, sciatto come quelle mura.

Appena entrato, azionò il ventilatore. Era l'unico sollievo contro il calore, perché gli permetteva di evitare di aprire le finestre, dalle quali sarebbe entrato il maleodore del quartiere. Ronzando come un calabrone, l'apparecchio iniziò a sciabolare pigramente l'aria. L'orologio digitale del microonde segnalava le 12.45, quello a muro le 15.20. La sveglia sul tavolino da notte, invece, le 17.10. Ma Johnny pareva non preoccuparsene. Sapeva di avere davanti a sé una parca cena e un'intera notte – chiamate d'urgenza permettendo – prima che si riformasse la schiera di malati in fila per farsi auscultare dall'*uazanga* all'ambulatorio.

Esercitare la professione medica in Africa era diverso dal praticarla in qualsiasi altra parte del mondo. Gli autoctoni ascoltavano le prescrizioni in una sorta di raccolto fervore, come se lui fosse il profeta di un nuovo vangelo, quello della scienza, e questa ormai era l'ultima gratificazione in una vita cui ormai faticava a trovare un senso. Per contro, quello che gli rendeva difficile lavorare era il fatto che in Africa il medico era sempre l'ultimo a essere chiamato in causa, la coda di una lunga filiera d'impostori: stregoni, veggenti, indovini, curatori del malocchio avevano la precedenza. Negli anni aveva imparato che la pragmatica occidentale non poteva nulla contro una forma mentis impaludata dall'oscurantismo di usanze millenarie. Nemmeno in ospedale i pazienti erano al sicuro: di notte bisognava controllare che gli stregoni non s'infilassero in corsia a praticare i loro riti. Questa era solo una delle ragioni che l'avevano portato a odiare la professione di medico di trincea. L'aveva scoperto per caso, Johnny, di essere allergico a quel tipo di vita.

Come sempre a quell'ora della sera, sentiva i morsi della fame. Spalmò della mostarda su due fette di pane stantio, completò l'opera con qualche cetriolo, prese una soda dal frigorifero e la bevve a lunghe sorsate prima di aprire con mano un poco tremante la dispensa, dove si trovava la bottiglia di whisky. Vederla gli regalò un momento di immediato benessere. Anche se come medico conosceva perfettamente gli effetti collaterali dell'alcolismo, e sapeva che doveva trattenersi, non cedere a quel demone, non cedervi a nessun costo… non ce la faceva sempre, perché non era così semplice, dannazione, non lo era affatto! Sibilò a denti stretti: «Non devo, non devo, per l'amor del cielo, non devo, non questa sera!». Cercò di pensare ad altro, invano, appoggiando la fronte sulle piastrelle lucide. Ma capitolò poco dopo: «E va bene, vecchio coglione, avvelenati pure, alla peggio spappolandoti il fegato finirai a fare compagnia ai vermi!». Soltanto un bicchiere, e il mal di testa sarebbe passato. Solo uno. Quante volte se l'era detto… E poi un altro… due bicchieri per recuperare le forze, per riempire di carburante il serbatoio, per continuare a credere in se stesso, per non ammettere che era un perdente. Tre, e… sarebbe servito, eccome se sarebbe servito, il mondo gli sarebbe apparso sotto una luce migliore. Un momento di sollievo tra quelle pareti lerce, nere come la sua anima, e poi una buona dormita. Per affrontare la solitudine. Già, la solitudine. Merda, quanti danni aveva fatto! La sentiva bruciare dentro, consumarlo, mentre afferrava la bottiglia con le mani che fremevano dal desiderio, l'anima, maledetta, che reclamava la sua medicina! Emise un suono gutturale, e sferrò un calcio al mobile della cucina.

Come cazzo si era ridotto in quello stato? Lo sapeva, eccome, se lo sapeva. Era il flagello che negli ultimi decenni aveva devastato l'intero continente: l'AIDS. Per l'Africa, una vera e propria pandemia, per Johnny, una sorta di personale maledizione. Quella canaglia gli stava succhiando il sangue. Negli anni di professione aveva visto nascite trasformarsi in veglie funebri, vecchi ossuti attaccarsi terrorizzati alla porta di casa, bambini senza più lacrime per piangere i genitori. Era una carogna, quella malattia, che non si manifestava subito con sintomi conclamati. Arrivava lentamente, un orrore subdolo. All'inizio, il malato pensava d'essere protetto da mille amuleti che l'avrebbero tenuta lontana. Poi, da un momento all'altro, si ritrovava in mezzo alla battaglia, in un mezzogiorno di fuoco, disarmato. Così il disgraziato metteva insieme tutte le sue forze per combattere: avrebbe anche giocato sporco, ma purtroppo non si poteva giocare più sporco di quella carogna. Così, per sopportare quello stillicidio del quotidiano, aveva cominciato a bere alcolici di mattino, all'alba a volte: per calmare i nervi e accendere un fuoco sulle cui fiamme avrebbe soffiato tutto il giorno per poi perdere i sensi di notte. Ma l'AIDS, che sulle prime lo aveva tenuto a distanza, aveva finito con il travolgerlo, nella disperazione dei suoi villaggi, fra i disgraziati che ne erano afflitti. Il sangue di Johnny aveva iniziato a bruciargli nelle vene. E lui lo calmava bevendo.

Quando le cose avevano iniziato a sfuggirgli di mano? Non sapeva dirlo. Ricordava solo quando Maggie l'aveva lasciato, questo sì che se lo ricordava, l'unica donna che avesse mai amato. L'unica che, giovane idealista, gli aveva fatto vedere la parte migliore della vita, mentre lui, afflitto da un cinismo disincantato, si ostinava a guardare solo quella peggiore. Maggie gli aveva insegnato che era possibile sperare contro ogni speranza, e lui all'inizio si era lasciato travolgere dalla forza e dalla tenerezza del suo sorriso, dal suo entusiasmo contagioso. Era trascorso poco più di un anno ormai da quel momento d'oro in cui non faceva fatica a vivere.

Come aveva potuto ridursi in quello stato? Con l'alcol non ti accorgi mai davvero che tutto sta andando in frantumi. Finché non arrivi a tenere la bottiglia nella scrivania dove lavori; finché a un certo punto anche la professione ne risente. Poi, ecco che di colpo te ne rendi conto. La mattina ti trema la mano, già a colazione hai voglia di bere. Te ne accorgi brutalmente quando, durante un prelievo, l'ago ti scappa dalla vena, vedi il sangue sprizzarti addosso, e resti lì paralizzato, mentre ti si colora il camice di rosso. Così era rimasto solo. Adesso, se chiudeva gli occhi un istante, poteva recitare a memoria la lettera che lei gli aveva lasciato, intimandogli di non intromettersi mai più nella sua vita. Maggie era stata di parola. Da quando, quella sera, ubriaco fradicio, aveva alzato le mani su di lei, non l'aveva più vista.

Da allora aveva iniziato a vivere in un sottomondo: mai uno slancio di positività, nessun entusiasmo. Johnny sembrava trascinarsi il peso dell'universo al piede. Quando non si vede l'orizzonte per troppo tempo, lo sguardo devia verso il basso, e ci si imbruttisce raccogliendo lo schifo della vita tanto che il bicchiere resta sempre mezzo vuoto. L'avevano cacciato persino dall'ospedale. E infatti adesso forniva assistenza medica in un anonimo ambulatorio di periferia…

Era un segreto ben custodito, all'ambulatorio, il fatto che Johnny di tanto in tanto si prendesse delle solenni sbronze. Poteva succedere che i primi pazienti del mattino fossero già arrivati e del dottore non vi fosse alcuna traccia. La prima volta, quando erano andati a cercarlo, avevano trovato un uomo bianco che camminava farfugliando lungo il corridoio al decimo piano della sua abitazione, occhi rossi da roditore e alito da superalcolici. Lo avevano legato a una sedia di cucina, e avevano chiamato Thelma, la sua devota assistente, che lo aveva accudito e disintossicato con minestrine e passati di verdura. Di solito, dopo una bella dormita, Johnny tornava al lavoro come se niente fosse e, peggio, da bevitore senza ritegno, senza il minimo ricordo di quello che aveva fatto. Nessuno aveva mai osato sollevare l'argomento in ambulatorio, perché l'altro Johnny, il rispettabile e talentuoso medico, si sarebbe sentito ferito da certe accuse infamanti. In un contesto costantemente sguarnito di medici competenti e adeguati al numero dei malati, quegli episodi erano un prezzo tutto sommato accettabile. Come, del resto, era tollerato il suo caratteraccio – che gli altri dottori chiamavano bonariamente il "ritardo sociale"di Johnny. La domanda che alcuni si ponevano era come fosse possibile che un pessimo uomo potesse essere un bravo medico. Ma non c'erano risposte sensate, purtroppo.

Bevve dal collo della bottiglia, atterrando placidamente sul divano. Al secondo sorso, si sentì pervadere da un'ondata di calore benefico e sospirò beato. Bere, purtroppo, era la cosa che gli veniva meglio… e allora, perché mai privarsene? Il whisky di pessima qualità gli scese giù per la gola, bruciandogliela. Tenendo saldamente la bottiglia con una mano, con l'altra respinse la frangia che gli cascava sulla fronte, e chiuse gli occhi, tentando di abbandonarsi all'abbraccio di Morfeo. In pochi secondi ebbe la sensazione di non trovarsi più lì, ma in una nebulosa lontana, dalla quale si guardava. Ma presto sentì qualcuno gridare il suo nome dal pianerottolo. Era Dave, un reverendo di mezza età che, oltre a essere molto impegnato nel volontariato a favore dei senza tetto, cercava di soccorrere i malati portandoli all'ambulatorio presso il quale prestava servizio Johnny. Era un prete al passo coi tempi in tutto, anche nel vestire. Quella sera indossava jeans, camicia di cotone blu e sneakers: solo una croce di metallo appesa a un cordoncino attorno al collo rivelava la sua vera identità.

«So che ci sei, Johnny! Ho bisogno di te! È arrivata ora in ambulatorio una donna in travaglio... L'hanno portata perché è da più di un giorno intero che la tormentano i dolori del parto. Se non le fai subito il cesareo, morirà e con lei il suo bimbo. Aprimi!»

Non rispose. A dire il vero, se fosse stato sobrio, Johnny non avrebbe esitato a rendersi disponibile all'emergenza, anche nel cuore della notte. Amava segretamente le situazioni in cui sentiva il cuore in gola, quando ogni secondo era prezioso e la vita di un essere umano appesa a un filo. Solo in quei momenti non aveva dubbi esistenziali. La vita era a fuoco: il paziente era un essere umano in pericolo e lui lo strumento della sua guarigione. Forse era per attimi come quelli che Johnny si trovava ancora lì in trincea dopo più di quindici anni a spalare merda, non certo per slancio altruistico. In quelle occasioni si sentiva ancora vivo in un mondo che gli pareva avesse un altro sapore. L'Africa poteva ringhiare e mordere quanto voleva, ma il dottore rimaneva lì.

Ancora silenzio, ma Dave non desistette: «Apri, Johnny! Maledizione, apri! Non c'è tempo da perdere... ci sono in gioco due vite!». Le nocche battevano violentemente contro la porta di legno massiccio, mentre il tono della voce si alzava: ora Dave stava urlando. «So che ci sei, dannazione! Muoviti subito! Non capisci la gravità della situazione? Ogni minuto è essenziale!»

Johnny udiva a malapena una voce indistinta dal pianerottolo. Si alzò con la testa pesante, gli occhi infiammati e lacrimanti, il sibilo dal raglio ulceroso, la bocca impastata: cosa cazzo stava succedendo? Possibile che, dopo aver lavorato l'intera giornata con la schiena curva come un facchino, e per giunta in quel merdaio di baraccopoli, non potesse nemmeno concedersi una fottuta sera in pace e solitudine? Si avvicinò all'uscio con passo incerto, faticando a reggersi sulle gambe. Fu allora che riconobbe la voce di Dave. Con mano tremante, aprì la porta.

«Vieni! Non abbiamo un attimo da perdere!» gli urlò l'altro, scrollandogli le spalle. Johnny lo guardò stranito, come se non riuscisse a capacitarsi della situazione, farfugliando qualcosa d'indistinto. Aveva l'alito pesante di alcol, lo sguardo spiritato: Dave capì subito che era ubriaco fradicio. Dopo una serie d'imprecazioni, lo spinse nel bagno, gli prese con una mano i capelli, gli inclinò di forza la testa sul lavandino, poi gli ficcò l'indice in gola e sentì salire il vomito caldo e viscido sulla sua mano. Lottò contro la nausea, e quando si rese conto che il vomito non saliva più lungo la gola, gridò: «Hai sputato fuori tutto, vecchio ubriacone?».

Johnny alzò lievemente la testa, assentendo, aprì il rubinetto dell'acqua fredda e ci spinse sotto la testa.

«Le buone maniere un'altra volta... Scusami, ma non c'è davvero più tempo. Seguimi!» Tenendolo per un braccio, s'inoltrarono giù per le scale.

«C'è una donna che sta per morire, Johnny, e morirà se non le fai il cesareo. Mi hai capito?» aggiunse, aprendo le portiere del fuoristrada.

«Un cesareo? Ci vuole la mano ferma, amico. Guarda come trema la mia!» sussurrò Johnny. «E poi lo sai da quanto tempo non opero? Dai tempi del tirocinio in università. Ti rendi conto del rischio?» Era vero, Johnny non era un chirurgo, ma uno specialista di medicina interna: arresti cardiaci, polmoniti, febbri, eruzioni cutanee, questo era il suo mestiere. Il bisturi in mano non lo teneva dal suo internato, quando, come premio per il suo impegno negli studi, gli avevano concesso di operare un paziente afflitto da un'emorragia interna, ma sotto la guida del chirurgo di ruolo.

«Un'altra volta, Dave... e non per un intervento in cui bisogna tagliare e ricucire.»

«Ti porto in ambulatorio.».

«No, per favore. No. Non ce la faccio...»

Le venuzze rosse sul naso e sulle guance spiccavano sul pallore del viso. Dave gli diede una sberla in faccia. Allora Johnny capì che a nulla sarebbe valso fare resistenza. Il fuoristrada partì subito in direzione dell'ambulatorio a velocità spedita. A quell'ora della notte, la città era deserta.

Trovarono la donna distesa sul lettino in una delle sale; farfugliava parole sconnesse, in un bagno di sudore. Il pancione, con l'ombelico estroflesso, era duro come un uovo di struzzo. Aveva le ginocchia leggermente alzate, e le gambe spalancate. Johnny vide i muscoli contrarsi sottopelle sul suo ventre, nel tentativo di espellere il feto: a ogni spasmo, la donna gemeva di dolore. Aveva ragione Dave: senza il cesareo, sarebbe morta.

«Muoviti, Johnny, non c'è più tempo!» biascicò il reverendo, porgendogli una salvietta sterilizzata. Quando si accorse che a Johnny tremavano le mani, agghiacciato, gli sussurrò, consapevole che si trattava di un intervento disperato: «Ricordati che, prima di tutto questo, eri un medico come Dio comanda, dottor Hoover!».

Quelle parole sortirono l'effetto desiderato. In un sussulto d'orgoglio, le mani di Johnny cessarono di tremare e il tono della voce si fece fermo, quasi risoluto: «Hai ragione, iniziamo subito. Lo vedi il bisturi? Passamelo insieme al divaricatore e alle pinzette, quelle più lunghe». Indicò con decisione gli strumenti sul vassoio sterile di lamiera a Dave, che glieli porse. C'erano solo loro due.

«Hai preparato l'anestesia?» gli chiese poi il reverendo. Johnny annuì, alzando la siringa per guardarla in controluce. Fece fuoriuscire un po' di liquido dall'ago e, senza perdere un istante, ne iniettò il contenuto nella colonna vertebrale della donna, che presto cessò di contorcersi e gemere. Il respiro diventò lungo e regolare. A quel punto Johnny iniziò a inciderla sul basso addome con la lama del bisturi. Dalla precisione con cui eseguì l'apertura, Dave tirò un profondo sospiro di sollievo, intuendo che il dottore agiva in pieno possesso delle proprie facoltà. Ora la sua mano ferma incideva la pelle tesa, arrivando in breve a tagliare lo strato sottocutaneo sino alle spire bluastre dell'intestino, in prossimità del quale si trovava il sacco purpureo dell'utero. Non gli restava che liberare il feto alimentato dalla placenta. I muscoli rosa orlati di bianco, gli strati gialli di grasso, il cordone ombelicale gelatinoso, tutto si liberava della tensione tremenda al tocco taumaturgico del bisturi. In quell'istante sembrava un sacerdote impegnato nel rito pagano di celebrare il miracolo della vita. Le mani inguantate frugavano, spostavano, legavano, muovendosi nel buco aperto dell'addome, finché, trionfanti, estrassero un groviglio di braccine e gambette, che vagì con furia vivace. A quello spettacolo, Dave esplose in una risata nervosa, che veniva da profondità abissali.

«Prendilo tu, io devo ricucire» ordinò Johnny. «È andato tutto bene, la madre se la caverà con qualche giorno di flebo. Si rimetterà come prima!» disse, mettendo in braccio al reverendo il neonato, fradicio e agitato, quindi cominciò a ricucire la pelle, applicandovi in ultimo strisce di cerotto bianco. Quando ebbe finito, coprì la donna con il lenzuolo, si tolse la mascherina e guardò Dave.

«Almeno tre chili li pesa tutti questa bimba!» annunciò orgoglioso Dave. «Ora puoi andare a dormire, e farti un doppio whisky. Te lo sei meritato!»

Johnny guardò l'orologio da polso: «Preferisco stare qui finché si sveglia la madre. È solo l'una di notte!» proclamò. «Dopo tutto, è il mio dovere di medico. Puoi tornare a prendermi domattina.»

Quello che colpì Dave fu la luce che brillava negli occhi arrossati del dottore, una luce indomita di fierezza che non vedeva sul suo volto da mesi. «Non è più necessario» rispose. «Fra poco sarà qui un'ostetrica che sa il fatto suo, credimi! Mi hanno mandato un messaggio: finalmente sono riusciti a rintracciarla!»

Appena arrivò trafelata l'infermiera, un donnone imponente dalla carnagione bruna, Dave accompagnò Johnny a casa sua. Una volta solo, il dottore sapeva che celebrare il successo dell'operazione sarebbe stata un'ottima scusa per farsi un bicchiere, ma sapeva altrettanto bene che il fegato era troppo malridotto per concedersi un altro momento di ubriachezza. Era troppo su di giri per passare il resto della notte in quella fetida topaia. Un diversivo, ecco di cosa aveva bisogno. Quel pensiero lo fece sussultare; voleva riscaldarsi, sentiva l'emozione bruciargli in corpo. Solo la trasgressione avrebbe saziato quel suo appettito. Ogni tanto, non era forse liberatorio buttarsi un po' via? L'idea di trascorrere qualche ora allo Streap Avenue, un locale di lap dance alla moda, soddisfaceva quell'esigenza. Quel pensiero lo mise di buonumore, rimase in casa solo lo stretto necessario per indossare un completo da troppo tempo abbandonato alla naftalina, e fischiettando uscì di nuovo, senza nemmeno cucinarsi qualcosa, nonostante gli fosse tornata la fame.

Montò sulla bicicletta corrosa dalla ruggine, in uno stridio di ingranaggi non oliati, e pedalò sbilenco verso il centro, arrestandosi in prossimità di alcuni ristoranti, che esibivano i menù su cartelli posti sui marciapiedi. Dopo aver legato la bicicletta a un albero con un solido catenaccio, fece qualche passo lungo il largo viale alberato, per poi inoltrarsi in un vicolo stretto, fra due file di case addossate le une alle altre. Lì entrò in un locale con l'insegna al neon: STREAP AVENUE.

All'interno, giovani ballerine inarcavano le schiene, si dimenavano e volteggiavano, aggrappandosi a due pali di ottone al centro del palco. Sotto il gioco di rifrazione delle luci psichedeliche, la libidine animale repressa della popolazione maschile traboccava come aria da uno pneumatico forato. Vicino al bar, le ballerine – assortite come una scatola di cioccolatini – osservavano con sguardi lascivi i clienti. Era un trionfo di natiche rotonde e sode come susine mature, minigonne inguinali, seni gonfiati da protesi di silicone, abbronzature artificiali lucide d'olio, occhi scuri come pozzanghere bistrati e incorniciati da ciglia finte. A ornamento di quel discutibile consesso, una fila di cameriere bolse e letargiche che sbadigliavano, vittime del brutale assalto dell'aria condizionata. Sul palco, un viavai incessante di ragazze; la prima canzone, vestite, la seconda canzone, vestite per metà, la terza canzone, nude, eccetto il perizoma. La coreografia doveva essere eseguita con frivola noncuranza, con impudenza: dalla mano sul palo alla mano sul vestito, che occorreva sfilare dalla testa. Dopo la terza canzone, la ballerina di turno recuperava il vestito, aspettando che arrivasse la ragazza successiva.

Il dottore non era un *aficionado* del locale. Amava assistere a quello spettacolo ogni tanto, quando rischiava di affogare nel pessimismo cosmico. Appena entrato, fece la sua apparizione sulla scena una ragazza dalla carnagione olivastra, un tipo sudamericano, o spagnolo, capelli lunghi color inchiostro di china. Sembrava la più giovane di tutte, poco più che adolescente. Aveva movenze feline, e non pareva temere la violenza degli sguardi maschili. La luce metteva in risalto la sua pelle liscia e luminosa, le forme sinuose e carezzevoli del corpo snello, le anche strette, le cosce lunghe. Il pubblico era ammaliato dalla sua civetteria lasciva, dalle sue labbra, due petali capricciosi e sfrontati. Quel sorriso appena accennato era un ammiccamento, una strizzata d'occhio, come se stesse chiedendo agli uomini che le sbavavano davanti: vero che sono bella, vero che vi piaccio? Sembrava abbandonarsi a ogni movimento al piacere esibizionistico, vertiginoso, oscuro, del dono di sé, pareva facesse l'amore con il pubblico, sicura di potersi concedere qualsiasi libertà. Era una creatura concepita per rappresentare l'ideale di *femme fatale.*

Seconda canzone, per metà vestita, il top abbassato in vita: la giovane afferrò il palo, ed eccola volteggiare in una danza che in un istante stregò l'intera sala, come un lampo di follia carnale. Era come se il respiro del pubblico fosse quello di una gigantesca creatura che non aveva più fiato. La danza di quella dea pagana del desiderio sembrava spontanea, il che la rendeva ancora più seducente. Era come se essere *l'altra donna*, la donna senza volto che tutte le femmine temono, dietro la quale fidanzati-mariti-amanti scodinzolano e grugniscono, la inebriasse, la esaltasse, la rendesse irresistibile.

Terza canzone: la ragazza, ormai quasi nuda, aveva solo un filo interdentale come perizoma. Ballava in una continua esibizione di capelli, seno, gambe. La capacità di trasformare la vergogna in orgoglio, di volteggiare allo sferragliante ritmo della house, ecco il talento di questa adolescente ribelle. Perché spogliarsi è un'arte, Johnny ne era certo, un'arte che si può apprendere; ma la mancanza di vergogna, la dote di trasformare la vergogna in orgoglio, quella è innata. E la giovane dea sembrava possederla in quantità.

Alla fine della canzone, si gettò a terra in spaccata e gli astanti rimasero a bocca aperta. Uno scroscio di applausi fece tremare l'intero locale. Ma nemmeno dinanzi all'ovazione, la donna si scompose, come se l'applauso fosse scontato, anzi, c'era un barlume di strafottenza nel modo in cui guardava la platea, quasi a dire: tutti mi desiderate, lo sento, non nascondetevi, sono la vostra regina!

Ammaliato da quella creatura, Johnny non perse tempo, e dopo l'esibizione chiese al barman come si chiamasse e quale fosse il numero del suo camerino. Faceva parte dello spettacolo anche quello: corteggiare le performer che si dimenavano sotto i riflettori.

«Si fa chiamare Chanel, ma è di orgine messicana. Ed è solo alla sua quinta esibizione. Ha iniziato l'altroieri... un vero animale da palcoscenico. Sta nel primo camerino a sinistra!»

«Bene... vado a fare la sua conoscenza!»

Quando Johnny aprì la porta della stanza e vi entrò, la ragazza gli dava le spalle. Si stava asciugando i capelli. Si osservava allo specchio, senza prestare la minima attenzione al visitatore.

«Disturbo? Sono venuto per complimentarmi, è stata... fantastica, semplicemente fantastica... la migliore!»

Lei si girò per un istante solamente, scrutandolo da capo ai piedi.

«Mmm, *un hombre muy distinto*... Cosa ci fa qui, in un posto come questo? Non ha una donna, un'amante?» Così dicendo, si voltò subito verso lo specchio, infilandosi piccoli orecchini di perla con aria finto scocciata, quasi non gliene fregasse niente di intrattenere una conversazione con l'ammiratore.

A Johnny non sfuggì l'indifferenza con la quale era stato accolto, e pensò che fosse per il corteo di spasimanti che doveva avere ai suoi piedi. Era ovvio: l'imbarazzo della scelta, ecco cosa provocava quell'atteggiamento arrogante.

La ragazza iniziò a struccarsi, come se fosse sola. Fondotinta, cipria, un fazzolettino umido passato con delicatezza per eliminare tutto: anche l'ombretto viola e l'eyeliner argentato, nell'angolo interno dell'occhio.

Johnny, lievemente interdetto e ammaliato da quel fisico superbo, a metà fra l'adolescente e la donna, non sapeva se andarsene o continuare la discussione, così chiese, pur conoscendo già la risposta: «Come ti chiami, bellezza?».

«Tesoro, io mi chiamo Chanel... non te l'ha detto nessuno? Sono l'astro nascente del locale!» Lo disse come un'evidenza, senza lo stucchevole e compiaciuto sorriso della vanità. Aveva un'espressione furba, sguaiata, un'aria da puttanella grintosa, da dura, da spavalda e maschietta di periferia, la mascella sempre protesa in avanti, pronta alla sfida. Tutto ciò piaceva immensamente a Johnny, amante di bellezze femminili alla deriva.

«Sarà un nome d'arte, Chanel... E quello vero?»

«*Vero?*» esclamò lei sorpresa, con un guizzo impertinente. Era un po' tardo, o solo uno sprovveduto ingenuo? si chiese. Poi, forse per provocarlo, la testa reclinata, le labbra contratte nello sforzo, aprì i ganci della guêpière sulla schiena, che si dischiuse come una conchiglia. Restò a busto nudo: i seni sodi e alti, da adolescente, non erano più grandi di una coppa di champagne, e il ventre era piattissimo. Fissandosi nello specchio con un gesto sfrontato e provocatorio, cosciente di essere molto bella, rimase seminuda davanti a Johnny, continuando a struccarsi. Si mise poi un po' di gel, per tenere lontani i capelli dalla fronte e dalle guance, un fermaglio per tenerli indietro. Si muoveva con la disinvoltura di un'attrice consumata. Ma all'improvviso, la porta del camerino si aprì.

«Tutto ok, *guapa*?» borbottò il portiere, i bicipiti enormi, che parevano gonfiati come le ruote di una bicicletta. «Che bello spettacolo!» aggiunse, appena notò il suo seno nudo.

«Tutto ok!» gli rispose Chanel sorridendo. Faceva sentire al sicuro le ragazze, quella domanda.

Di nuovo soli, la giovane chiese finalmente a Johnny, senza smettere di prepararsi: «Che cosa vuoi?». Si era girata, e gli rivolgeva contro i seni impudenti nella loro nudità.

«Ehm...» s'ingarbugliò il dottore, «volevo solo conoscerti, Chanel!»

«E bravo il mio *caballero*... un poco timido, ma *qué bien*! In un posto come questo, gli *hombres* che tengono moneta vengono per qualcos'altro. Sappi solo che la *mujer* non è in vendita. Però tu non sei male, anzi, sei proprio un bell'uomo!» Lo scrutò da capo a piedi, seduta a meno di un metro di distanza, poi accavallò le gambe in modo da sfiorare i pantaloni del dottore con i piedi scalzi, facendo dei movimenti circolari: erano affusolati e curatissimi, le unghie smaltate di rosa, e sulla caviglia una macchia che presto Johnny identificò come un tatuaggio. A un tratto, Chanel gli infilò il piede tra le cosce.

«Ti piace il mio tatuaggio? Me lo sono fatto a Mexico City. Bello, vero?» Era un angioletto con le ali di farfalla. Il dottore lo capì solo in quel momento.

«È… davvero molto bello» riuscì ad articolare lui a fatica, mentre lei muoveva il piede per mostrarglielo e le sue dita gli massaggiavano l'interno coscia. Johnny sentiva irrompere in lui un vortice d'istinti primordiali da cui non sapeva come difendersi. E Chanel ne era profondamente consapevole. Johnny stette lì immobile a farsi massaggiare, come paralizzato da quell'ondata di piacere improvviso, una frustata di godimento che gli faceva mancare il fiato in gola, mentre il sangue gli martellava impazzito nelle tempie.

Poi, con uno scatto, forse perché non voleva lasciarsi travolgere anche lei dalla stessa vertigine, Chanel smise il massaggio allontanandosi bruscamente. Si alzò in piedi e, con un gesto rapido, si mise una camicetta di seta attillatissima che abbottonò per metà – sotto non indossò il reggiseno – s'infilò le scarpe alte, allacciandosele alle caviglie: nere, di vernice, con il tacco a stiletto, lasciavano scoperta una lunga striscia del collo del piede.

«Che fai? Te ne vai? Ci… ci rivedremo?» chiese Johnny, divorato dalla fiamma del piacere.

«Certo che sì, *hombre*, alla *chica* piaci! Ora, però, devo finire di vestirmi e andare!»

«Andare… dove?»

«All'Odeon. Lì, dalla mezzanotte, si serve solo champagne, *amigo*, la bevanda dei campioni, che a me fa perdere la *cabeza*! Ma non puoi venire con me, mi aspetta qualcuno, capisci? Fatti vivo tu, poi, *de acuerdo*? Il numero del camerino lo conosci. Gli *hombres* dallo sguardo triste come il tuo mi fanno impazzire, mi danno l'impressione di essere filosofi, di portare il peso del mondo sulle spalle… insomma, di essere più intelligenti degli altri. *Hasta luego!*»

4

Domenica pomeriggio. Qualche ora al tramonto. La brezza soffiava forte dall'oceano, rinfrescando l'aria mite, quasi estiva. Ernest e Serena, nel salone del *buen retiro*, stavano in piedi uno di fronte all'altra, mentre le tende delle portefinestre svolazzavano accanto a loro.

«Ecco il mazzo che ti ho preparato. Sono i fiori che mi piacciono di più, la mia passione! Forse un po' cupi... ma le forme sono meravigliose!»

«Sei un angelo, Serena. Non dovevi! Non è necessario che ogni volta mi porti dei fiori. Sei tu il mio regalo... Queste orchidee sono davvero splendide, scenografiche, e poi nere non le avevo mai viste!» disse il pittore, osservando la composizione.

La donna fece un sorriso ambiguo, impenetrabile, e per la prima volta Ernest non riuscì a decifrarlo, nonostante l'estrema trasparenza che gli aveva sempre mostrato. Aveva la carnagione chiara come porcellana, cosparsa di lentiggini, un naso sbarazzino e un viso graziosamente ovale, incorniciato da capelli arruffati color sabbia caramellata, e occhi color del mare. «Non chiedermi che significato hanno, come fai di solito... Accontentati del piacere di osservarle. Ecco cosa bisogna chiedere ai fiori, non credi?»

«D'accordo. Ma spero almeno siano di buon augurio queste orchidee! Cupe, questo sì, ma spettacolari, come se madre natura vi avesse concentrato tutta la necessità di incantare. Proverò a metterle su tela, così mi dirai che cosa ne pensi!»

«Io, valutare un tuo dipinto?» ribatté incredula la giovane. «Scherzi?»

«Ovviamente no... sei tu la specialista dei fiori!»

«Grazie, Ernest! Ma prima di dipingerle, sappi solo che non sarà facile averne altre, di orchidee nere. Appassiscono in fretta e non si trovano in giro. Due piante sono tutto quel che mi rimane. Le ho ordinate per un ricco cliente da un esclusivo orto botanico giapponese: devono essere messe in quarantena, occorre un certificato d'idoneità... è complicato averle. Sono arrivate in negozio in appositi comparti, e prima ispezionate, per evitare che portino con sé malattie sconosciute in Sudafrica. Ne ho tenute tre, di piante, solo perché mi piacevano troppo, non per venderle.»

Ernest fissò ancora un attimo le orchidee, poi riprese a parlare: «Lo terrò presente, ma veniamo alle lezioni. Bisogna cambiare soggetto, aprire un nuovo ciclo creativo: iniziamo con i ritratti. E il vecchio che hai davanti ti farà da modello, che dici?»

«Se questo passa il convento, che vuoi che dica?» sorrise radiosa Serena, senza nemmeno un accenno di sarcasmo.

«Perfetto... seguimi! Questa è l'ora migliore» la invitò il pittore con un sorriso sornione. Nonostante avesse superato le cinquanta primavere, sapeva bene di essere un uomo ancora attraente.

I due entrarono in una spaziosa stanza oblunga, tappezzata di quadri. Ernest spiegò a Serena che lì dentro c'erano tutti i ritratti che aveva fatto durante i suoi viaggi in Africa. Quando viveva a Notting Hill era circondato in ogni stanza della casa da facce dipinte da lui, e così un giorno, sentendosi assediato, aveva deciso di raggrupparle in un'unica camera. Giunto in Africa aveva scelto di adottare la stessa soluzione. Già a colpo d'occhio, ci si rendeva conto di quanto Ernest avesse viaggiato in quegli anni: oltre ai morfotipi dal naso camuso e dalla pelle lucida – bantu, makelele, ashanti, zulu – erano ritratte etnie del Nord, quelle subsahariane, uomini dal volto scolpito dal vento e dalla solitudine del deserto, arabi, vecchi pescatori scarni, uomini blu, cacciatori, contadini, tessitori, commercianti. I visi erano tratteggiati con pennellate ruvide e grezze, dai colori brillanti – tessitura che era diventata il suo marchio di fabbrica. L'effetto d'insieme lasciò Serena senza fiato. «Semplicemente fantastico!» esclamò, portandosi una mano alla bocca, intenta a osservare quella collezione di destini racchiusi nei rigidi confini di cornici di ogni tipo e dimensione. Serena non pensava che fosse possibile aprire la finestra interiore che dava sull'anima. «Sai una cosa?» continuò poi, ripreso un minimo di controllo di sé. «I tuoi ritratti sono così veri, che si ha l'impressione che i soggetti possano parlare! Sono bellissimi!»

«Grazie, cara. È un complimento che apprezzo molto, il tuo!»

Il commento le era uscito con naturalezza. Quei volti ritratti erano davvero parlanti, porte aperte sull'animo dei loro ispiratori. Incuriosita, Serena chiese al pittore come avesse scelto i modelli, ed Ernest le spiegò che non gli interessavano le persone belle, ma quelle che avevano il mondo negli occhi. Preferiva, e di molto, fare il ritrattista in Africa, che non nella natia Inghilterra.

«Non l'avrei mai immaginato! Perché?» domandò a quel punto lei, curiosa.

«Vedi, un ritratto è un'esperienza strana per entrambe le parti. Lo capirai presto tu stessa, se proseguirai nel cammino di pittrice. Si instaura un rapporto diretto tra autore e modello: magari si sono appena conosciuti, ma poi eccoli lì insieme, uno che fissa l'altro per ore, con il solo obiettivo di scavare più a fondo possibile nella vita che ha di fronte. La vita di uno sconosciuto. Capisci perché la seduta è uno spazio speciale? È intimo, una sorta di confessionale, di *camera caritatis*. Solo capendo i sogni, i desideri di chi ha davanti, il pittore può dipingerne l'espressione vera.»

«E perché ritrarre in Africa, Ernest?» chiese allora Serena.

«Perché gli africani trovano normale, in un simile contesto, ingannare il tempo parlando della propria vita. Quando posano, chissà perché, ripensano alla loro esistenza. Sono molto più aperti e spontanei di noi occidentali, che ci offendiamo o ci chiudiamo di fronte a domande personali. Mi è capitato anche di vedere una donna piangere durante una seduta. Viene tutto a galla mentre si cerca la giusta postura: i rimorsi, le tragedie, i rimpianti, i matrimoni e i divorzi, le nascite e le morti, le guerre e i rari momenti di pace. Quaggiù, lo sai, è una lotta quotidiana per la sopravvivenza.» Come colto da un pensiero malinconico, Ernest guardò fuori dalla finestra e prese fiato, poi continuò a raccontare: «Dipingerli è un'esperienza non solo artistica, ma soprattutto umana, e maledettamente arricchente. Sono appassionati e comunicativi, gli africani, ed è molto più facile essere empatico con loro. In Europa, invece, fare un ritratto è quasi come dipingere una natura morta o un paesaggio; è un lavoro solitario.»

Serena lo ascoltava, rapita dalle sue parole.

«Per dipingere un buon ritratto» proseguì Ernest «non basta riprodurre proporzioni perfette... Dipingere non è come fotografare! È una sfida molto più avvincente, e forse molto più difficile. Occorre svelare il carattere di una persona per catturarne anima e corpo, non solo la superficie. E per arrivare a questo risultato, serve conoscere la vita del soggetto, capirne il linguaggio non verbale, da come inclina la testa a come incrocia le braccia.»

«Intendi che il ritratto deve avere lo stesso identico aspetto della persona?»

«Proprio così: due metà, due realtà speculari... Bisogna catturare il senso irripetibile che ognuno ha nell'essere al mondo!»

«Dev'essere davvero molto complesso... Non ho mai pensato a niente di tutto ciò prima di oggi! Mi chiedevo solo se un quadro mi piaceva o no!»

Ernest sorrise soddisfatto: Serena afferrava tutto al volo e faceva proprio tutto quanto avesse da insegnarle sull'arte pittorica. Era un privilegio avere un'allieva così. La discussione su come ritrarre finiva sempre con l'infervorarlo. Così le spiegò che doveva ritenersi fortunata a dipingere in Africa, considerando la ricchezza delle fisionomie: il continente offriva un campionario molto ricco.

Le carnagioni degli africani possedevano tutte le sfumature del nero – dai toni brillanti, di ebano o di antracite, a quelli opachi, come nocciola, mogano o cioccolato, oppure ambrati come vino rosso. Il pittore le ricordò poi che, per diventare una brava ritrattista, doveva studiare molto bene il modo in cui le persone esprimevano le emozioni attraverso gli occhi.

«Se ti senti a disagio» spiegò, sistemandosi il farfallino sulla camicia di lino a quadri, «vuol dire che ti stanno dicendo qualcosa che non vuoi sentire! Devi imparare a leggere i volti! Ricordati, le persone hanno già disegnate sul viso le proprie storie.»

Serena annuì; sapeva che occorreva non solo vedere un dipinto, ma anche sentirlo, per evitare sterili esercizi di stile. Ernest allora la avvisò che gli africani avevano un unico difetto: abbandonavano spesso la posa, impossibile farli rimanere fermi più di mezz'ora! Ma questa indisciplina, confessò, in realtà non gli dispiaceva, perché gli permetteva di cogliere lati intimi della loro emotività. Le confidò poi che per dipingere tutti quei volti – più di duecento – aveva abbozzato ognuno in schizzi preliminari a matita, carboncino o gesso. Aveva trascorso molte ore a spiare i segreti di ogni volto, come una sentinella paziente a un incrocio di Mombasa, in un caffè lungo una trafficata via di Youcoumandé, su una terrazza di Accra o al mercato brulicante di Dakar. Battute di caccia solitarie, viaggi senza inizio né fine, innumerevoli bozze che solo in minima parte aveva trasformato in ritratti veri e propri.

Dopo qualche istante di silenzio, Serena notò che c'era un solo ritratto appeso al muro di fondo, e aveva il privilegio d'essere illuminato da un cerchio di luce: un volto di donna – l'unica bianca dell'intera collezione – dall'espressione distante, come smarrita. Il tratto era crepuscolare e delicato, le sfumature dai colori tenui, non sembrava quello di Ernest, che tumefaceva i volti con pennellate ruvide, potenti, tant'è che la giovane gli chiese se era suo. Il pittore annuì, e un arabesco di rughe gli corrucciò la fronte; quello era un raro ritratto di una donna che aveva amato, un'esperienza molto diversa rispetto a quella con le modelle. Serena fece qualche passo in avanti, ammaliata da quell'immagine: «Dimmi... l'hai amata lei, vero?».

Ernest annuì, il viso in controluce, così Serena non riuscì a decifrarne l'espressione nostalgica. Perché in quell'istante, Ernest rivedeva Emma come se l'avesse davanti in carne e ossa: il modo singolare di inclinare il capo mentre lo ascoltava, i lampi dello sguardo quando le sorrideva e quell'incedere sinuoso e indolente, come se facesse un favore al selciato camminandogli sopra, un passo che rivelava l'eleganza della modella che era stata da ragazza. Imbarazzato – non voleva svelare nulla di Emma, apparteneva solo a lui e al suo passato – svicolò, ricordando a Serena che per lei era arrivata l'ora delle esercitazioni di stile. «Ti darò una decina di bozzetti di volti, li potrai studiare a casa... Ma il tuo primo ritratto lo farai del sottoscritto. Il che gratificherà molto il vecchietto! Ora, aspettami» le disse con un sorriso sornione. Poi ci mise qualche tempo a selezionare i ritratti che la giovane avrebbe preso con sé. Una buona mezz'ora dopo, quand'ebbe finito, chiamò l'allieva, ancora intenta a osservare la galleria di dipinti. «Vieni, è ora di uscire: faremo il primo esercizio all'aperto, la luce a quest'ora è perfetta!»

I due s'incamminarono verso il litorale. Erano appena trascorse le diciassette, a quell'ora arrivava un venticello fresco che increspava la superficie delle acque, aprendo piccole cicatrici sulla cresta delle onde. Sotto un ombrellone a strisce bianche e azzurre, Ernest aveva preparato la tavolozza dei colori e la tela sul cavalletto.

Serena si mise al lavoro, con Ernest seduto a qualche metro, girato di tre quarti, la posa classica da ritratto. Dopo meno di mezz'ora, Serena aveva tracciato sulla tela la fisionomia dell'uomo, identificando le zone di luce e quelle d'ombra. Non doveva guardare il viso come un tutt'uno, ma suddividerlo nei singoli elementi, utilizzando ogni tratto come una via per arrivare al successivo. Era stata più di dieci minuti a osservare, prima di profanare la tela bianca. S'imponeva di cominciare, respingendo ondate di paura, per timore di non essere all'altezza. Mettiti a disegnare qualcosa! si diceva, come un monito imperioso. Così, a un tratto, aveva iniziato a schizzare una sorta di esagono, approssimazione dell'architettura del volto. Le proporzioni non erano giuste, ma poco importava, a quello stadio. Poi, in un attimo, l'ispirazione era arrivata. Serena non si era sentita più *fuori* dal ritratto, ma *dentro*: riusciva a rappresentarsi mentalmente ogni tratto del viso, sia di profilo – l'angolo della mascella, la superficie delle guance – sia di fronte – il lungo triangolo del naso, le sopracciglia arcuate che disegnavano l'incavo degli occhi, la frangia brizzolata che gli incorniciava l'ampia fronte, gli occhi color salvia scuro: ogni dettaglio era parte di una frase visiva che riusciva finalmente a tradurre in tratto. Ora, con la lingua che spuntava tra i denti, prima di iniziare a dipingere con i colori acrilici, aggiungeva dettagli: una leggera linea qua, una sfumatura là, un tratto scuro per creare un'ombra sulla fronte o dare più fluidità al volto. Voleva ottenere a tutti i costi un risultato ottimale per Ernest e, in ultima analisi, per sé. Quando tratteggiò il naso, le sembrò così ben definito che le venne voglia di appoggiarci il dito sopra. Ernest in quel momento sembrava tranquillo, seduto su un tronco semisepolto nella rena, che il vento e la pioggia avevano levigato e gettato su quella riva, il capo riparato da un panama a tesa larga, i piedi in acqua: lo sciabordio delle onde – prima la spinta verso l'alto, poi il riflusso che trascinava la sabbia in granulosi rivoletti che si insinuavano tra le dita – gli faceva il solletico. L'acqua era trasparente e bellissima, e si vedeva ogni cresta e ogni ruga nella sabbia. Nonostante quella carezza di seta, il suo sguardo era distante, perso. Sarebbe stato inopportuno chiedergli un consiglio, disturbarlo. Oltre al talento e all'esperienza, Serena gli invidiava quell'approssimazione indolente, quello straniamento, quella capacità di essere altrove rispetto alla realtà, seduto su una nuvola. Avrebbe voluto rubargli lo sguardo, quando coglieva scorci di bellezza stralunata dove altri occhi scorgevano solo la banalità del quotidiano. Alla calma di Ernest si contrapponeva la tensione di Serena per l'esito del ritratto: i suoi lineamenti, mentre dipingeva, avevano perso un po' della loro gioia spontanea e si erano fatti fissi, concentrati, si chinavano e si alzavano in un movimento incessante, sino a quando la mano che impugnava la matita, prima esitante, iniziò a correre di nuovo veloce sulla superficie bianca. Per nulla al mondo avrebbe voluto deludere il suo mentore.

Oltre al canto sommesso del mare e allo stridio degli uccelli migratori, fra i due si udiva solo il debole scricchiolio della matita. Serena si fermò a rivedere il proprio lavoro; dopo aver usato la matita per delineare la fisionomia, il carboncino per dare corpo alle ombreggiature, e il gesso per creare dei punti luce, ora doveva iniziare con la pittura a colori acrilici: era quella la sfida impegnativa, lo sapeva bene. Prima di prendere la tavolozza, intinse il pennello di zibellino nella trementina, poi miscelò i pigmenti per trovare i giusti cromatismi, infine, timida, tracciò il primo segno sulla tela e poi, finalmente, si perse nella musica. Ispirata, disegnò il profilo di Ernest, modellandone l'immagine al ritmo della sinfonia interiore che in quel momento le riempiva l'animo. Niente sembrava poterla distogliere da quel compito. Neanche un pellicano che, dopo essersi alzato in un volo piuttosto sgraziato, d'improvviso ripiegò le ali per precipitare in acqua come una pietra e uscirne subito dopo con la cena nel becco, un pesciolino che gli scomparve presto in gola. Trascorse un tempo indefinito, fino a quando, come per un misterioso richiamo, il pittore sembrò rivenire. Lentamente si mise in piedi, si sfregò i pantaloni sporchi di sabbia, fece due passi verso Serena fissandola, poi bofonchiò: «Davvero il miglior momento del giorno per dipingere a queste latitudini, non credi? A quest'ora la luce è satura e avvolgente, e ci sono parecchie nuvole: l'ideale per eliminare le ombre troppo marcate!».

Il sole non irradiava più quel bianco abbagliante che durante il giorno incendiava lo specchio delle acque, rendendolo simile a un gigantesco crogiuolo di rame fuso che feriva gli occhi.

«Sì, hai proprio ragione, Ernest» annuì Serena.

«Bene… questo dovrebbe agevolarti il compito! Sono sicuro che il risultato sarà più che soddisfacente. A ogni esercizio, sei sempre andata al di là delle mie aspettative. Dimmi: come hai disposto la fisionomia?» le chiese, lasciando trapelare una certa curiosa impazienza.

«Ehm… Io… be', a dire la verità, non capisco che cosa vuoi dire! Ho solo cercato di ritrarre più fedelmente possibile il tuo viso sulla tela, tutto qui.»

«Hai usato la regola del terzo occhio?»

«Non ho mai sentito parlare di una regola del terzo occhio. Cosa intendi?»

Ernest le rivolse un sorriso benevolo. «Ah sì, forse mi sono scordato di parlartene, scusami! Dunque: per ottenere la giusta distanza tra gli occhi del soggetto, spesso i pittori immaginano un terzo occhio tra i due che devono disegnare. E invece la bocca? L'hai centrata usando le orecchie?»

«Le orecchie?! No… cioè, non sapevo che si dovesse fare così…» rispose arrossendo. La reazione era comprensibile. Cimentandosi con il suo primo ritratto, e per di più dell'uomo che in quel momento ammirava al di sopra di ogni altro, si era abbandonata all'atto del dipingere così tanto che aveva finito per credere di non essere un'imbrattatele alle prime armi, ma un'artista compiuta. Ernest notò l'ombra di delusione sul viso della giovane, e si pentì delle sue domande: «Rilassati! Pur avendo ignorato queste regole, devi aver ottenenuto ottimi risultati! Ne ho parlato perché, se in futuro te ne servirai, non commetterai stupidi sbagli. Resta concentrata ora, fino a quando non avrai finito! E, stanne certa, ti dirò sempre tutto quello che penso!».

Quelle parole la spronarono a dare il meglio di sé. Ma il polso era comunque afflitto da un insolito tremore, che non facilitava di certo il compito. Eppure continuò imperterrita. Quando ebbe finito, dopo aver cancellato con il dito una gocciolina di vernice dall'angolo della tela, chiese a Ernest di venire a vedere la sua opera. Lui non si fece pregare; esaminò il ritratto da più prospettive, valutando l'effetto d'insieme e poi ogni dettaglio: no, quello non era un lavoro dozzinale, anzi, la grazia lieve dei tratti, nel loro equilibrio di forza e bellezza, incantava l'occhio. Rispetto alle precedenti esercitazioni di stile, però, mancava di qualcosa: non s'intravedeva quel talento cristallino, quell'argento vivo che Serena aveva dimostrato di avere nel sublimare l'essenza dei colori, quasi dipingesse con vapori che esultavano di tinte luminose e misurate nell'armonia delle sfumature. Ernest si complimentò e le fece notare alcune imperfezioni – peccati d'inesperienza – poi le anticipò che, appena si fosse cimentata con la pittura a olio, più difficile di quella con i colori acrilici, le avrebbe insegnato a far risplendere i volti delle persone. Era complicato, e occorreva grande padronanza nel mischiare le gradazioni dei pigmenti.

«Il Caravaggio, un grande artista italiano del passato» spiegò a quel punto Ernest, «è da lui che dobbiamo imparare a catturare la luce sui volti. E poi Rembrandt, un pittore olandese del Seicento, un altro maestro del genere. Ancora oggi i suoi ritratti ci sembrano più veri di certe fotografie! Del Novecento amo moltissimo, per originalità e realismo, Lucian Freud, mentre detesto gli autoritratti di Marc Quinn della serie *Self*, realizzati con il suo sangue congelato: è solo egocentrica ricerca di sensazionalismo mediatico! Ma è solo un parere personale, avremo modo di parlarne nella prossima seduta. Sull'argomento, una vita intera non basterebbe, tanto inchiostro è stato versato dai critici! A proposito, volevo...» fece per continuare, ma s'interruppe: davanti a lui non aveva la Serena di sempre, spigliata, con quel sorriso che sembrava una canzone, una festa. La ragazza aveva l'aria sofferente: era pallida, preda di un leggero tremolio. Pareva facesse fatica ad ascoltarlo, anche se quelli di solito erano argomenti che la appassionavano. Cosa c'era che non andava? La osservò qualche istante corrucciando la fronte in un intrico di rughe: aveva un'espressione che non era la sua; che fosse malata? Possibile non essersene accorto prima?

«Che c'è, Serena, non stai bene? Ti senti la febbre?»

«No, no, Ernest, tranquillo. Mi sento solo un po' debole. Magari basta fare due passi... è così bello qui!»

«Sicura di riuscire a camminare? Se ti fa piacere, perché no? Ma non sforzarti, ti prego! Lascia stare pennello e tavolozza. Ci penserò io a sistemare tutto. Se vuoi, possiamo cercare qualcosa di bello lungo la spiaggia: sono sempre soggetti eccellenti per le esercitazioni. Seguimi!»

I due non tardarono a trovare a poca distanza qualche conchiglia e un sasso levigato dall'acqua. Poi raggiunsero lentamente il promontorio, dove c'era una distesa di sabbia bianca e fine, e perlustrarono una parte della spiaggia sopra la linea dell'alta marea. Videro un airone bianco in acqua con la testa, il collo e il becco sospesi, che volò via quando si avvicinarono troppo.

«Che posto meraviglioso... quanto di più vicino all'Eden io abbia mai visto sulla terra. È straordinario quanto faccia sentire liberi! Sono certa abbia lo stesso effetto anche su di te, nonostante tu sia abituato...»

«Sì, hai ragione, nulla è cambiato dal primo giorno.

Ma ricordati, il segreto non è riuscire a sentirsi liberi ovunque!»

Quelle parole piacquero a Serena, che prese coraggio e gli chiese: «Ernest, cos'è per te la libertà?».

Il pittore rifletté qualche istante, poi rispose: «Per me libertà significa restare fermi e solidi in un posto, e fare la vita che hai scelto di fare, finché senti che ti corrisponde davvero. Fino in fondo. E poi, lasciami aggiungere una cosa che, seppur banale, è meglio ricordarsi sempre: non tradire ciò in cui credi per i giudizi di chi sta subendo la sua vita senza aggredirla. Porta avanti le tue scelte, per quanto faticose e, soprattutto, difenditi dalla meschinità e dall'ipocrisia di chi siede lontano dal mare e ride del tuo coraggio di nuotare, di cercare un'isola serena in mezzo ai marosi e alle tempeste. Rammentalo bene, mia Galatea». Era così che amava chiamarla, come la statua animata da Afrodite nel mito di Pigmalione: Ernest era un appassionato di mitologia greca. Sul suo comodino si trovavano due oggetti: il grosso tomo sulla mitologia ellenica che leggeva sempre prima di addormentarsi e la vecchia scatola dei colori con cui aveva iniziato a dipingere. «Gli altri ti criticheranno in modo impietoso, senza sosta, solo perché non avranno avuto la tua grinta. Bisogna credere sempre in se stessi per raggiungere quel supremo bene spirituale che è la libertà interiore! E non fare affidamento su nessuno nel corso di questa ricerca.»

Serena lo scrutò per qualche istante: da studente all'accademia di belle arti a fotografo giramondo, a ritrattista su commissione a cacciatore di luce. Quanti cambiamenti avrebbe fatto ancora? La vita era bella per questo, pensò, perché si poteva scompaginarla in ogni momento: finché si provava quel brivido, il desiderio di conquistare nuovi orizzonti, si era vivi.

I due tacquero per qualche tempo, meditando sui rispettivi percorsi di vita e camminando dove la sabbia era compatta e umida, dove il mare andava a morire sulla spiaggia. Videro i paguri con le loro conchiglie sulla groppa che attraversavano di fretta la rena e s'immergevano. Ovunque erano seguiti dai beccaccini, minuscoli uccellini dal becco affilato. Mentre continuava a cercare conchiglie, Ernest si rese conto che la giovane non stava ancora bene, e per intrattenerla le raccontò come, quando aveva bisogno d'ispirarsi, non di rado facesse lunghe passeggiate ascoltando la voce delle onde e dei gabbiani che volteggiavano nel cielo terso di Cape Town. Allora, liberando le proprie intuizioni come un volo di uccelli, queste si sparpagliavano nel cielo, giocavano con il vento, si lasciavano portare dalle correnti in girandole, danzavano in spirali e poi, ubriache di libertà, tornavano da lui ricche di spunti creativi. Ma c'erano anche le giornate più cupe, quando le idee in cielo ritornavano com'erano partite: spente e vuote. Allora prendeva il fuoristrada, andava in città, e organizzava la giornata attorno a banali concretezze: fare la spesa, passeggiare… Ed era proprio così che aveva conosciuto lei! Dunque, neanche quei giorni di paralisi creativa erano poi così sterili!

Mentre le parlava, tenendo la giacca sulla spalla con un dito, Serena sembrò vacillare sulle gambe; pareva ancora più pallida e provata di prima, e sarebbe caduta sulla sabbia se Ernest non l'avesse trattenuta al volo. Non era stata una buona idea quella camminata, si rimproverò il pittore.

«Meglio tornare, Serena. Basta passeggiare. Non hai affatto una bella cera...»

«Scusami, Ernest, non è colpa della passeggiata. Non so cosa mi stia capitando! Forse il caldo... non mi sento per niente bene. Torniamo, sì, altrimenti dovrai portarmi in spalla per tutto il tragitto» cercò di sdrammatizzare lei con un sorriso.

Ritornarono senza recuperare né il cavalletto né il necessario per dipingere, afferrando solo la bozza del ritratto, di cui si fece carico Ernest. Quando salirono la scaletta in metallo che si arrampicava lungo la scogliera, il pittore guardò il mare chiuso tra il cielo e la striscia di spiaggia: la marea era cambiata e non c'erano più uccelli. Succedeva quando mutava il clima, o quando il giorno s'inabissava nella notte e la marea da alta si faceva bassa.

In casa, Ernest fece accomodare Serena sull'unico scalcinato divano, di cui non si sarebbe mai separato. Era il divano sul quale, accanto a montagne di stracci usati per pulire i pennelli, aveva fatto posare le prime modelle nel suo atelier di Londra. Si recò poi in cucina a preparare un infuso per Serena. Nonostante si sentisse molto debole, e afflitta da crescenti dolori inguinali, la donna notò che sul tavolino davanti al divano si trovavano molti schizzi e disegni. Oltre a pittore d'eccezione, Ernest era dunque anche un ottimo disegnatore: gli bastava poco per cogliere l'essenza di un gesto, sublimare un personaggio o stilizzare una scena. Prese i fogli uno per volta e li osservò finché l'uomo ritornò con una tazza di tè fumante e un vassoio di biscotti.

«Il tè dovrebbe farti bene, e i pasticcini sono una delizia!» esordì il pittore, poi tacque un secondo, come imbarazzato. «Scusami se ti ho incalzato prima con i miei suggerimenti... è solo che vorrei farti progredire quanto più possibile. Ma so anche che voi donne siete più sensibili e insieme più dotate degli uomini. Forse perché la pittura è molto simile al ricamo. Le pennellate sono i punti. Senza i punti tutto crolla!»

Ernest si fermò, accorgendosi che la giovane non accennava a riprendersi. Faticava ad ascoltarlo, aveva la fronte sudata, gli occhi lucidi e gemeva. Sapendo che viveva sola, Ernest la persuase a pernottare lì quella sera, al *buen retiro*. In uno dei loro primi incontri, Serena gli aveva chiesto il perché di quel nome, e lui le aveva risposto: «Perché qui mi difendo dalla follia del mondo». Era stato lapidario, convinto di aver spiegato che quello era il suo rifugio dall'erompere caotico della realtà. Serena accettò l'invito e così Ernest la accompagnò nella camera degli ospiti che, seppur senza balcone, aveva una bella vista mare. Era spaziosa, confortevole e ben illuminata.

Seduto su una sedia, il pittore rimase a vegliarla finché la donna non si addormentò. La osservò a lungo, pervaso da un sentimento di gratitudine e di affetto, come si guardano i propri figli, sapendo e insieme sperando che scorgeranno qualcosa in più di noi, che porteranno il limite un poco più in là.

Da quando era entrata nella sua vita, era come se Serena avesse piantato fiori nel deserto della sua solitudine, una terra arida e polverosa. Ora, per miracolo, questi fiori stavano sbocciando, riempiendo di arcobaleni le sue giornate e diffondendo un effluvio di profumi vigorosi e sottili, che gli ricordavano la sua giovinezza dimenticata. Ernest non aveva barato con se stesso: sapeva bene che quella era la sua seconda primavera, benedetta dal travolgente entusiasmo di un nuovo inizio. Non poteva nascondersi l'importanza di quella giovane. Quello era per lui un momento difficile: dopo il fallimento del suo ultimo amore con Emma, si era reso conto che per apprezzare la felicità occorreva dividerla con qualcun altro. Quando la donna era uscita dalla sua vita dall'oggi al domani, si era sentito devastato, tanto che, in quel crepuscolo di sfiducia, la creatività lo aveva abbandonato. Saliva nell'atelier tutti i giorni e ci restava per ore, insistendo per non essere disturbato dalla donna delle pulizie. Ma i suoi risultati erano insignificanti, non riusciva nemmeno a terminare i quadri già iniziati. Nessuno doveva sapere di quella paralisi. Preferiva alimentare l'illusione che lassù fervesse il lavoro. L'unica cosa che riusciva a fare per ingannare il tempo, era pasticciare con disegni al carboncino: solo scarabocchi innocenti in quelle settimane cupe, su fogli che subito appallottolava e gettava nel cestino, senza salvarne nemmeno uno. Con la scomparsa della donna amata, il lavoro si era incagliato; non era facile mantenere l'artificiosità della pantomima stilistica, che richiedeva un continuo rinnovarsi del capriccio eccentrico. Purtroppo la solitudine gli era caduta addosso, un nemico sconosciuto pronto a soffocarlo. E ora, invece, ecco l'imprevisto manifestarsi di Serena. Da quando l'aveva conosciuta, aveva ritrovato la gioia di vivere, ed era tornato l'artista di sempre.

Contro ogni attesa, quella notte non si rivelò ristoratrice. Il pittore le aveva preparato del brodo e del riso in bianco per cena, prima di metterla a letto, ma la giovane non li aveva nemmeno sfiorati. L'indomani,

Ernest la trovò stanca e dolorante, con gli occhi cerchiati, l'incarnato giallastro e la fronte bollente. Le misurò la temperatura: quarantuno gradi! Spaventato, l'uomo chiamò subito il suo amico medico Johnny, che arrivò poco dopo le sette, con la fronte che grondava sudore per la lunga pedalata.

La malata – da quanto gli disse Ernest – era parecchio peggiorata rispetto a quella mattina, distesa a letto, in preda a convulsioni e tremori. Il pittore spiegò a Serena che l'uomo al suo fianco era un dottore, e ciò sembrò rassicurarla; accennò persino un debole sorriso. Johnny mosse qualche passo nella stanza, studiando ogni oggetto – anche se era stato parecchie volte ospite al *buen retiro* – cercando di raffigurarsi la vita che faceva l'amico fra quelle mura, così diversa dal suo spalare merda in trincea, assediato dal caldo e col fiato appiccicaticcio come carta pesticida, che ogni istante gli alitava sul collo una sconfinata folla di sofferenti. Non per questo, però, invidiava il pittore, cui era legato da una profonda e sincera amicizia. Pure, osservò per qualche istante il tavolo pieno di barattoli di colore, stracci e pennelli, i libri impilati per terra e sui gradini della scala a chiocciola che portava al piano superiore della casa di legno, ma senza distrarsi dal proprio compito. Poco dopo, infatti, invitò Serena a sedere sul bordo del letto. Le tirò su la camicia da notte e osservò l'addome che si alzava e si abbassava a ritmo. Prese lo stetoscopio da una borsa di cuoio consunto e dai bordi sfrangiati, e auscultò il battito: regolare. Poi, con gesti misurati, le prese il mento con una mano e le sollevò il viso: «Dimmi come ti senti. Che disturbi avverti?».

«Mi sento... molto debole, come se la febbre mi

togliesse ogni energia. E poi ho dei dolori all'inguine» sospirò con una vocina appena udibile.

Johnny procedette con meticolosità a visitarla. Osservò la lingua, palpò alcuni noduli linfatici in prossimità della mandibola, le picchiettò il torace e la schiena, tastò le dita sotto, dov'era il fegato. Una volta terminato, dopo essersi messo a posto la folta chioma brizzolata, come soprappensiero osservò la finestra che dava sulla distesa marina. Cercava di decifrare i sintomi, di collocarli nella casistica di riferimento, di prefigurarsi una terapia. Quei silenzi non erano il modo corretto di comportarsi, perché quelle inspiegabili pause inquietavano i malati, che immaginavano che stesse pensando a chissà quali nefasti effetti della malattia che li affliggeva.

«Johnny... è grave?» chiese infatti Ernest preoccupato, dopo la silenziosa disamina.

Il dottore guardò l'amico in modo strano, fuori da sé, poi si riprese e rispose: «No, non credo ci sia da preoccuparsi. Ma è sempre meglio prevenire che curare, non ti sembra?». Biascicava, sulle labbra un sorriso come di rammarico, e socchiudeva gli occhi quasi provasse a ricordare qualcosa d'imprecisato. Non ci riuscì, così attese che passasse quel vuoto di memoria, e alla fine ritrovò il filo del discorso. Ernest pensò che Johnny fosse un po' bizzarro, nelle vesti di dottore, nonostante l'avesse già visto all'opera. Faceva tutto il contrario di quello che avrebbe dovuto fare per infondere sicurezza al paziente.

«Ora le darò delle medicine che avranno un effetto immediato sulla febbre» disse dopo qualche istante ancora di silenzio. «Poi, se la temperatura resta alta, vedremo il da farsi. Purtroppo, dovrò farti un prelievo, Serena. Se ti faccio male, dimmelo e mi fermo» le spiegò. La malata in quel momento pendeva dalle sue labbra. Annuì soltanto. Non aveva abbastanza forza per parlare. Allora Johnny prese dalla borsa un cestino pieno di provette dai tappi di vari colori. Dai fori del cestino pendevano dei pezzi di tubicini di gomma. Gliene strinse uno intorno a un braccio, con le sue mani febbricitanti – tipiche di chi alzava troppo spesso il gomito – e le unghie ingiallite dalle troppe sigarette, poi le strofinò energicamente l'incavo del gomito con un batuffolo intriso d'alcol. Servendosi dei denti, poco attento alla forma come ogni medico di frontiera, Johnny tolse il cappuccio a un ago. Serena volse il capo poco prima di percepire la puntura dell'ago che entrava; sin da bambina, la sola vista del sangue la faceva svenire. Il dottore slegò il laccio di gomma, causandole quasi altrettanto dolore di quando l'aveva legato. Poi Serena sentì il rumore di una provetta che cadeva nel cestino. Un'altra fitta e l'ago fu estratto. Johnny le applicò un altro batuffolo di cotone e le fece piegare il braccio, poi raccolse le sue cose. «Brava la nostra bimba. Ora bisognerà aspettare qualche giorno. Per metà settimana, avremo le informazioni necessarie a mirare al meglio la cura. Ho parecchi pazienti colpiti da attacchi influenzali che presentano una sintomatologia simile, e non esiterei a considerare questo un classico malanno di stagione. Non c'è da preoccuparsi, andrà tutto benone!» disse, e vide disegnarsi il sollievo sul volto dell'amico. Volle fornirgli quindi un'ulteriore iniezione di fiducia, non solo per rassicurarlo, quanto piuttosto perché, dopo quella prima disamina, gli pareva che si trattasse davvero solo di un attacco influenzale. «Tornerò fra qualche giorno, con il riscontro delle analisi del sangue. Considerata la natura del malessere, non credo si potranno escludere gli antibiotici. Nel frattempo, ti prescriverò degli analgesici generici» continuò, questa volta rivolgendosi al pittore, «che vanno somministrati a fine giornata e durante la notte, quando si alza la febbre… mi raccomando, Ernest: non più di tre al giorno, ogni otto ore.»

Fissò l'amico per un istante, con sguardo ammonitore. Sembrava preoccupato di dover fare affidamento su Ernest per questioni pratiche come somministrare medicine. Conosceva la natura sognatrice del pittore, un funambolo in sospeso tra realtà e fantasia: già il fatto che portasse al polso due orologi, nessuno dei quali con l'ora esatta, accreditava quella valutazione…

«Ora vado a lavarmi le mani. Un attimo, e ritorno» Johnny uscì dalla stanza. Conosceva il *buen retiro*, vi aveva trascorso piacevoli serate in amicizia davanti a un buon branzino al sale che un amico del pittore aveva pescato la mattina stessa, e sapeva dove si trovavano i servizi. Appena vi entrò, rimase pietrificato. Davanti a sé, su un ripiano nell'antibagno, faceva bella mostra un mazzo di orchidee nere, un po' reclinate, i fiori penduli verso il basso.

«Maledizione!» sibilò a denti stretti. «Cosa… cosa significa? Un avvertimento, forse? Questi sono capaci di far saltare in aria tutto quanto!» Quella visione lo sconvolse. Non aprì nemmeno il rubinetto per lavarsi le mani. Con la stessa fissità di una statua di sale, rimase rigido per lunghi istanti dinanzi ai fiori, la fronte corrugata. Cosa doveva fare? Cercare di sapere, capire… Non doveva destare sospetti, sennò tutto sarebbe andato in malora! Avrebbe cercato di indagare al ritorno, con in mano i risultati delle analisi: per guadagnare tempo e ripensarci meglio. Quando ritornò in salone, un'aria di preoccupazione si era dipinta sul suo viso affilato.

«Che c'è? Tutto bene?» si affrettò a chiedere Ernest.

«Sì, sì, stavo solo pensando a delle visite fatte prima di venire qui. Continuo a scontrarmi con l'AIDS, quella maledizione! Ormai è una pandemia, un flagello, che sta mettendo in ginocchio il continente. Ora però devo andare. Ho promesso di visitare un ultimo paziente. A presto!» salutò, stringendo la mano alla giovane in modo meticoloso, come se le stesse tastando le ossa. Si rivolse poi a Ernest, salutandolo con la gentilezza e il tono pedante di sempre. «Vedrai, non tarderà a rimettersi, è solo un disagio passeggero!» aggiunse. Poi, con il solito incedere dinoccolato, una marionetta dai fili spezzati, oltrepassò l'uscio. Ernest lo accompagnò, guardandolo aggrapparsi al manubrio della bicicletta e iniziare a pedalare a fatica, in un cigolio d'ingranaggi non lubrificati e corrosi dalla ruggine, lungo la stradina di accesso, per poi lanciarsi a rotta di collo dalla discesa piuttosto ripida, il camice che sventolava come una bandiera, di corsa, come un ragazzino.

Prima di sparire dalla visuale dell'amico, Johnny si girò un'ultima volta a salutarlo, leggendogli sul volto una viva apprensione. Gli dispiaceva, ma non poteva farci nulla. Era così, il vecchio Ernest: un idealista pasticcione e sognatore. Questa volta, però, qualcosa era cambiato. Non gli sembrava più lo sprovveduto di sempre, l'ingenuo creativo che viveva su di una nuvola, e si chiese il perché di quel cambiamento fino a qui, riprendo la lettura sul pdf successivo.

5

Kay stava guidando la sua scalcinata utilitaria verso l'obitorio. Fatto insolito per quella stagione, una sottile pioggia argentata scendeva dal cielo, rendendo fangoso il ciglio delle strade, e la terra satura d'acqua. Non aveva smesso dal mattino. E poi, quel pomeriggio, la ragazza era nervosa. Non si era mai abituata a guardare i morti in foto… figurarsi dal vero! Ai tempi dell'università, qualche anno prima, aveva avuto modo di vedere immagini di persone annegate, bruciate, avvelenate, accoltellate o torturate, e lo spettacolo l'aveva raccapricciata. Ma la galleria mortuaria si era sempre presentata come *in vitro*, sotto la luce asettica dei laboratori… Kay non sapeva come avrebbe reagito questa volta, anche se sospettava che l'effetto sarebbe stato molto più traumatico. Tra poco si sarebbe confrontata con un vero cadavere, e avrebbe dovuto approfondire ogni aspetto della sua morte, perché in un'indagine il corpo aveva il valore di un geroglifico da decifrare al meglio per poter capire la lingua dell'assassino. Almeno, così le aveva sempre ripetuto Santos. E questo le metteva ansia: non poter immaginare come sarebbe uscita da quell'appuntamento con l'opera su cui una mente malata aveva apposto la propria firma di morte.

Guidava a strattoni, Kay, ma non per colpa della pioggia che sfumava ogni cosa – gocce pesanti, grosse come capocchie di spillo, contro cui i tergicristalli combattevano una lotta inutile – quanto perché pensava a come, in quell'occasione, avrebbe avuto bisogno di un'armatura mentale, un carapace, proprio come il giubbotto antiproiettile in kevlar e il casco antisommossa che teneva nel bagagliaio. Doveva trovare nella sua testa l'interruttore che spegnesse la sua sensibilità di donna. Ma non sapeva dove si trovasse di preciso o se esistesse.

In quell'istante stava per attraversare un incrocio trafficato, quando il semaforo diventò giallo. Ma Kay non procedeva mai rischiando di passare con il rosso. Non amava il rischio inutile. Così pigiò sul freno, arrestando l'utilitaria. La pausa le consentì di verificare se Santos l'avesse cercata al telefono. Quanto avrebbe voluto avere quel burbero al suo fianco, in quel momento, anche se la trattava sempre in modo molto brusco! Se avesse potuto per osmosi infonderle un po' del suo coraggio e del suo sprezzo del pericolo! Ma non c'era traccia di una sua chiamata né di un suo messaggio, di solito pieno di errori o abbreviazioni indecifrabili, senza punteggiatura e maiuscole – Santos non aveva ancora imparato a usare simboli o spazi sul BlackBerry. Si morsicò il labbro inferiore. Eppure quella mattina le aveva detto che l'avrebbe cercata per darle informazioni sull'incontro, perché Kibali, l'anatomopatologo, era una sua vecchia conoscenza. Ma allora, come mai non c'era alcun messaggio? Si era scordato o qualcosa era andato storto?

Chiamò ancora una volta l'ispettore, e ancora una volta le rispose la segreteria telefonica. La latitanza del capo la fece sentire sola e indifesa. Mentre sostava al semaforo rosso, in preda a un crescente senso di smarrimento, Kay fissò il display del telefono. Sotto il contatto di Santos c'erano tre opzioni: Chiama. Invia sms. Modifica. *Modifica*: anche la vita avrebbe dovuto avere quel tasto... In quel preciso istante, ebbe l'impressione di aver sbagliato tutto. Non aveva la stoffa della donna d'azione temeraria: ma perché doveva scoprirlo solo in quel momento, quando era troppo tardi per tirarsi indietro? Per un attimo, prima di ripartire, guardò la gente in strada che si riparava dalla pioggia sotto gli ombrelli, cittadini qualunque che andavano o tornavano dal lavoro, facevano la spesa, prendevano il caffè. Ma sapeva che non poteva lamentarsi: proprio per sottrarsi a quel trantran quotidiano era entrata in polizia, perché, in un periodo non remoto della sua esistenza, aveva pensato che quel mestiere avrebbe reso i suoi giorni vivi e vicini al cuore delle cose. Oggi, a qualche mese dal suo ingresso nella brigata criminale, desiderava più di ogni altra cosa una vita dall'incedere lento e moderato, pur se limitata e lineare. Invece era esposta a continui straripamenti, disgeli e siccità, abissi e improvvise risalite, soprattutto da quando le era stato affidato quel caso.

Con un cenno del capo cacciò questi pensieri e si chiese se fosse successo qualcosa a Santos. Non era una domanda fuori luogo, quella. L'ispettore, infatti, viveva in modo spericolato, danzando sull'orlo dell'abisso. E anche se fino ad allora era riuscito a non precipitarvi, non significava che gli sarebbe andata sempre bene, restando in funambolico equilibrio fra la vita e la morte. Quello che Kay non sapeva era che lo sprezzo del pericolo non faceva affatto parte del carattere dell'uomo. Santos avrebbe voluto essere diverso, ascoltare l'istinto di conservazione, ma inutilmente. Non c'era niente di eroico nell'atteggiamento dell'ispettore dal cuore di pietra, che non riusciva ad avere paura.

Il giorno prima, al commissariato, sorseggiando un caffè, un suo collega le aveva detto che senza la paura uno sbirro non sopravviveva a lungo: eppure lui era ancora lì, anche se pensava spesso alla morte. Anzi, Santos era convinto che la vita un giorno gli sarebbe stata portata via bruscamente, ma affrontava comunque i pericoli con il sorriso malinconico e fiero di chi sa che perderà la partita, però non se ne preoccupa. Si era trovato spesso in un letto d'ospedale, dopo i numerosi infortuni da arma da fuoco, e in quei frangenti di solitudine, con le tende tirate giù e la sola compagnia dei sensori e del sommesso fremito degli apparecchi di monitoraggio, i pensieri sulla sua vita si erano fatti profondi e inevitabili. Si rappresentava il proprio funerale, con agenti in divisa e conoscenti in lacrime. Di lui sarebbe rimasta una foto al commissariato, perché non aveva famiglia e neanche tanti amici. Sempre immobilizzato a letto, immaginava di osservare la propria immagine che, con il trascorrere del tempo, sarebbe diventata incartapecorita, sbiadita, irriconoscibile. Perciò era contento di essere ancora vivo… Ogni mattina, durante i ricoveri in ospedale, quando si svegliava intorpidito dalle pillole e con la testa vuota, aveva solo la sensazione che qualcosa non quadrasse, di certo non la percezione di essere un miracolato, lui che aveva oramai esaurito da tempo il credito con la fortuna. Di solito, ubriaco di sonno, in letargico dormiveglia, la sua memoria impiegava un paio di secondi a reagire, comunicandogli chi e dove era, e a ricostruire i fatti con crudeltà spietata: pensava solo che non era ancora stato messo fuori gioco, che non era finita e che, appena si sarebbe ritrovato nelle condizioni di reggersi in piedi, avrebbe ripreso la caccia con la stessa foga di sempre a quei maledetti figli del demonio che uccidevano innocenti. E questo bastava a Santos per tirare avanti.

Non rispondere al cellulare era normale per lui quando era impegnato a fare accertamenti su una scena del crimine. In quel momento non si poteva non rimanere affascinati nel vederlo all'opera: nella danza macabra attorno al cadavere, sembrava guidato da una bacchetta da rabdomante, un ballerino bizzarro che si abbassava e si contorceva per non toccare e muovere nulla, così concentrato in quel rituale da non prestare minimamente attenzione al mondo esterno – la ressa dei curiosi, quegli sciacalli dei giornalisti, gli uomini in tuta bianca della Scientifica. E infatti quel pomeriggio era proprio alle prese con un omicidio. Terminata l'ispezione e tornato alla vettura d'ordinanza, al cui volante l'aspettava un agente, prese il telefono. Solo allora si rese conto di tutte le chiamate di Kay: tre in meno di un quarto d'ora! Cos'era successo di così grave? Immaginandola in una situazione di pericolo, fece subito il suo numero.

«Kay? C'è un problema?»

«Ah, grazie a Dio sei tu, Santos! No, no, nulla di urgente, è che mi avevi detto che mi avresti dato qualche istruzione prima di vedere l'anatomopatologo, per trarre più informazioni possibili, anche più *informali…*» calcò molto su quell'ultima parola, ma non riuscì a continuare, perché Santos la interruppe: il perfezionismo, che la esortava a dare sempre di più, la rendeva schiava dell'ansia di avere sempre tutto sotto controllo. Ma doveva rendersene conto lei da sola.

«Hai ragione, Kay. È che questo è un momento delicato, e non posso parlarti! Ti telefono appena possibile, promesso!» E riattaccò. Non era vero: finita la perlustrazione del luogo del delitto, aveva tutto il tempo di parlarle. Ma voleva che Kay imparasse subito a nuotare nell'oceano, senza salvagente, e iniziasse a condurre in autonomia un'indagine. Gli spiaceva però essere così rude, come a Kay dispiaceva non poter approfittare dell'esperienza di Santos. Non era per niente convinta che se la sarebbe cavata anche senza i suoi suggerimenti, ma non aveva scelta.

Dieci minuti dopo era a destinazione. Scorse l'edificio che stava cercando, frenò, e i pneumatici stridettero sulla ghiaia. La pioggia martellava contro la carrozzeria, coprendo il ronzio del motore. Kay abbassò il finestrino per accertarsi che non si fosse sbagliata. Grosse gocce d'acqua colpirono il bordo del vetro e le bagnarono il collo.

L'obitorio della Scientifica era il palazzo più freddo e impersonale che si potesse immaginare, mattoni rossi e finestre, con una recinzione tutt'intorno. Mancavano solo le sbarre, per farlo sembrare un penitenziario, un gulag o un riformatorio. Il morale sotto i tacchi, Kay afferrò la leva del freno a mano e la sollevò. Le era sempre piaciuto quella specie di rutto che facevano i vecchi freni a mano: le dava un'idea degli ingranaggi che si muovevano nel cuore di quel trabiccolo che però funzionava ancora alla perfezione. Sotto l'acqua fitta, fece una decina di metri di corsa per non bagnarsi troppo, mostrò il tesserino all'uomo della sicurezza. Questi lesse "agente", la squadrò perplesso quasi dovesse correggere l'idea che si era fatto, che la donna fosse una fotografa o una giornalista, ovvero una ficcanaso, poi con sollievo le fece cenno di seguirlo. «Benvenuta nella fogna!» fu il saluto con cui pensò di prepararla allo squallore del luogo. Kay a quel punto passò la scheda magnetica nel dispositivo di ammissione al perimetro interno dell'edificio, e subito dopo si aprì una pesante porta in metallo. I due entrarono in una stanza illuminata da lampadine colorate. «Servono per non deprimersi troppo» spiegò l'uomo, che non si preoccupava certo di riuscirle simpatico. Poi spiegò che al piano di sopra si trovavano le sale autoptiche, dov'erano conservati i cadaveri, allungati ognuno su una specie di tavolo operatorio illuminato da grandi lampade, e drappeggiati da lenzuola come statue antiche. Girarono l'angolo e davanti si trovarono un altro corridoio, quasi buio, spoglio e così squadrato da creare una singolare illusione ottica: la persona che si trovava in fondo sembrava un piccolo quadro su una parete liscia proprio di fronte a loro. Appena li vide, non esitò ad avvicinarsi; era piuttosto tarchiato, di carnagione scura, più nilotica o nubiana che zulu o matabele, di una cinquantina d'anni, il naso camuso, i capelli crespi sale e pepe. Si presentò come Jacob Kibali, l'anatomopatologo.

«Buonasera, agente Evrett. La stavo aspettando. Ho già parlato con Santos. Mi ha chiesto di approfondire gli accertamenti autoptici al di là del protocollo previsto. Mi creda, se le dico che ho esaminato più volte il cadavere.

Un caso complicato, per voi della criminale. Una sfida capire cos'abbia spinto l'assassino ad agire in questo modo così peculiare. Certo, la firma, se mi passa l'espressione, autorizza a pensare a un assassino seriale. Per un non esperto, però, non vi è molto da scorgere. Ma è sempre bene che veda con i suoi occhi. Mi segua, la prego!» Con un cenno del capo, prima congedò l'uomo in divisa, poi le diede le spalle e iniziò a camminare piano, impacciato dalla mole.

In quel momento, seguendo l'uomo, Kay pensò che il suo lavoro non si limitasse a entrare nella mente dei violenti, ma si spingeva oltre, si insinuava nella loro anima tenebrosa e malvagia, fino al nucleo della patologia. Perché quella era la sola penombra che permetteva di capire gli assassini e batterli al loro stesso gioco! Questo era il terribile prezzo da pagare; servivano nervi saldi e mente fredda per affrontare una simile discesa agli inferi, e lei si sentiva ben lontana da ogni forma di autocontrollo e tenuta emotiva. Per di più era a digiuno di esperienze: non capiva proprio perché Santos avesse scelto lei per un caso tanto delicato.

Mentre l'uomo saliva a fatica una scala, il fiato corto e un braccio sulla ringhiera, Kay si convinse di aver perso tutta la sua forza prima ancora di iniziare quell'indagine. Ma vedere il cadavere di quella ragazza l'avrebbe immersa nella realtà, perché fino a quel momento aveva solo guardato un film poliziesco: congetture, teorie e simulazioni, insomma, tutto astratto! Non fece in tempo ad abituarsi all'idea, che udì l'anatomopatologo annunciarle: «Eccoci finalmente! Purtroppo, l'ascensore è fuori uso…». Tirò un lungo sospiro, come per ossigenare i polmoni dopo uno sforzo, e accese la luce in una stanza piuttosto grande, che dall'asettica nudità delle pareti, piastrellate di bianco, si sarebbe detta una sala operatoria. La cruda, metallica luminescenza dei neon mostrò quattro letti d'acciaio dotati di ruote, uno di fianco all'altro, perfettamente allineati, con sopra altrettante lenzuola verde chiaro che coprivano i morti. Maggie Stone doveva essere una di loro.

Ostentando sicurezza, Jacob Kibali si piantò a gambe larghe e a braccia conserte davanti a Kay. Il suo sguardo si era fatto corrucciato, grave: «Bisogna che l'avverta: purtroppo non ha più l'aspetto di stamattina. Era ancora bella come una sposa, quando è arrivata. Ora, purtroppo, è stata manipolata da un dentista forense che ha forzato la mandibola per aprirle la bocca nonostante il *rigor mortis*. Una delle ipotesi di morte era il soffocamento per mezzo di un oggetto ostruente nella gola, ma così non è stato. La dinamica dell'uccisione adesso è evidente: la morte è avvenuta per strangolamento a causa di una forte pressione nella regione inferiore del collo, in prossimità delle clavicole». Kibali fece una pausa. «Dai rapporti della Scientifica, dall'Investigativa e da Medicina legale non sono emersi particolari che permettessero di tracciare un quadro diverso da questo: tutti i dati che abbiamo danno corpo alla stessa teoria. La avviso anche che il cadavere è stato stabilizzato. Abbiamo riempito le vene di alcol, glicerolo e formalina per evitare che si decomponga. La targhetta metallica con tre cifre all'orecchio destro è il nostro sistema di archiviazione. Per quanto poco elegante, è efficace. Ora, però, non si lasci impressionare» concluse, prima di sollevare con cautela il telo.

La donna era nuda, ma non aveva nulla di sessuale: le gambe erano unite, seno e genitali erano coperti da un altro telo.

«Le labbra secche stanno cominciando a ritrarsi e le conferiscono un'espressione rabbiosa, come se non volesse subire quella violazione che, per quanto degradante, è assolutamente necessaria per procedere nelle analisi!»

Il volto, dai lineamenti delicati, come intagliati nella cera, aveva però le labbra alzate e arricciate: sembrava voler mordere qualcosa, la bocca aperta in un'espressione di rabbioso stupore. A quella vista, Kay fu percorsa da un brivido violento, tanto che la tensione le artigliò lo stomaco. Un attimo dopo, fu assalita dalla nausea e cominciò a tremare. Grazie a Dio, non aveva ingerito cibo da qualche ora, sennò avrebbe vomitato di certo.

L'uomo lesse in volto alla giovane la reazione di raccapriccio, e decise di agevolarle il compito: perché farle continuare quel macabro incontro, una volta che le avesse fatto sapere per filo e per segno la dinamica dell'uccisione? «Bene» cominciò, «l'ho esaminata da tutte le angolazioni possibili, utilizzando tutti gli strumenti e le metodologie della moderna scienza forense. Non vorrei suonare arrogante, ma questo cadavere non ha più segreti per noi. Ora mi segua nel mio ufficio, così le dirò l'idea che mi sono fatto...»

A quelle parole, Kay si sentì sollevata. Immaginava già i rimproveri di Santos per non essersi fermata a lungo sul cadavere, ma poco le importava.

L'ufficio di Kibali sembrava più una postazione tecnica che un luogo dove approfondire i dossier. Sul lato destro della scrivania c'era un microscopio Olympus BX41, collegato a un illuminatore a fibre ottiche e dotato di un sistema di videocamera e monitor che permettevano di osservare i vetrini, fotografarli e stampare le immagini su carta fotografica. Sul muro di fondo c'era una lavagna che riportava, con puntini di codici colore differenziati, l'intero traffico in ingresso e uscita dei cadaveri nell'arco di una settimana, con annotazioni su approfondimenti ancora da fare e procedure da seguire prima di archiviarli nelle celle frigorifere e poi seppellirli. La vista del muro di lato provocò un brivido di disgusto a Kay; dentro contenitori di vetro pieni di formalina c'erano, perfettamente conservati, dei cervelli umani. Kibali non offrì nulla a Kay. Sembrava avesse fretta di rendere edotta l'agente, per concentrarsi di nuovo sulle proprie mansioni. Si sedette, e con modi spicci invitò la donna a fare altrettanto.

«Come le sarà stato detto, il cadavere è stato ritrovato nella vasca da bagno, con un fiore esotico in mano. Di tracce tecniche nemmeno l'ombra: nessuna impronta digitale, niente DNA, non una scarpa o uno stivale. Nel rapporto della Scientifica sono descritti due sassolini grigio scuro rinvenuti per terra, che non provenivano dalla ghiaia nei pressi della scena del crimine. Non molto, anzi, quasi nulla, per la verità.» All'espressione interrogativa di Kay, Kibali agggiunse che spesso qualche sassolino si conficcava nelle suole a carrarmato di alcune calzature per poi staccarsi quando si camminava su un terreno più compatto come il cemento. Quelle pietre erano così insolite che, se fossero comparse ancora durante le indagini – per esempio in un vialetto di ghiaia – forse si sarebbero potute confrontare. Niente più.

«Nella sala anatomica, ci si è resi subito conto che la

donna era stata strangolata dai segni dell'asfissia e dalle reazioni vitali tipiche, quali arrossamento ed ecchimosi, oltre a forti abrasioni essudative nella regione del collo. Dopo il primo approfondimento scientifico, le posso assicurare che il *livor* e il *rigor mortis* confermano inequivocabilmente la tesi dello strangolamento. Ho raccolto più fluidi, sezioni di organi e tessuti di quanto faccia di solito, cercando di conservare e documentare ogni elemento possibile. Anche se è prematuro esprimermi in questa fase, come le dicevo credo proprio che l'omicida sia un assassino di tipo seriale!»

Kay si trovò di nuovo a pregare Dio che non fosse vero; proprio a lei doveva capitare?

Kibali assunse un'aria grave: «C'è un'accurata ricerca nell'omicidio, una messinscena, come se l'assassino, stringendole il fiore nel palmo della mano, stesse seguendo un'estetica, l'idea di come dovesse essere portato a termine il delitto perfetto. Ne ho viste parecchie di esecuzioni eseguite secondo questo modello, un macabro rituale, mi creda. Per l'impulso ossessivo di decorare la vittima come un'opera d'arte e per il livello di sadismo. È un gesto vigliacco uccidere una donna che abita sola, mentre si concede un bagno rilassante. Ma questi non sono mai individui equilibrati… Detto ciò, gli specialisti degli identikit siete voi, no?». Le rivolse un sorriso quasi di sfida e le porse una chiavetta USB. «Qui troverà la dinamica dettagliata dell'omicidio, il profilo per età e sesso del tipo di persona che ha potuto eseguirlo. Purtroppo ora non possiamo spingerci oltre. Il resto è roba vostra. Non mi resta che augurarle di fare un buon lavoro e smascherare il colpevole.»

«Grazie, dottore. Ce la metterò tutta» si forzò in un sorriso Kay, che in realtà era ancora molto nervosa.

«Ma stia molto attenta. Il dossier mi ha istruito sulla professione della vittima. Mi creda, Sundpharma è il peggiore degli interlocutori. Ci sono in gioco interessi milionari: le aziende farmaceutiche locali sono pronte a tutto, quando dispongono di un ammazza mercato!»

A quelle parole, Kay sentì il cuore esploderle in petto; il suo pensiero andò subito a Norah, che aveva profetizzato che questa volta sarebbero stati costretti a non "lasciare stare i santi".

«L'assassino l'ha strangolata utilizzando un filo di acciaio. Anche una donna avrebbe potuto esercitare la pressione necessaria, ma è uno stile piuttosto maschile. L'intervallo di età potrebbe essere compreso fra i venti e i sessant'anni, ma, ancora una volta, è più probabile che si tratti di un giovane che di un vecchio. Naturalmente, in assenza di impronte digitali, le indicazioni sono generiche. Le variabili sono moltissime: costituzione, forma fisica e così via. Molto dipende anche, è brutto dirlo, dall'esperienza!»

Kay registrava tutte le informazioni con attenzione.

«Il decesso si è verificato tra le 20 e le 21.30» aggiunse poi Kibali, alzandosi. «In ogni modo, qualora emergessero all'analisi istologica, neuropatologica o cardiopatologica altri indizi, sarà mia cura comunicarglieli. In bocca al lupo, allora... Anche se forse non ne ha bisogno. Deve avere un gran talento, sa? Questa è la prima volta che vedo un caso così delicato in mano a una persona tanto giovane. Lo tenga a mente: io sono qua per agevolarle il compito. Per qualsiasi necessità, mi chiami. E mi saluti Santos» concluse.

Quando Kay uscì dall'obitorio, la pioggia scendeva ancora fitta, e il cielo carico di nubi non accennava a una tregua. La ragazza non sapeva se disturbare Santos con un report sull'incontro con Kibali. Certo, l'avrebbe rassicurata con qualche consiglio, ma sapeva che adesso doveva essere lei a battere nuove piste. Era importante una sua iniziativa, e di successo, possibilmente!

L'unico filone promettente che aveva in mano erano i tre indirizzi dei pazienti che Maggie aveva pianificato di visitare. Tutti e tre combaciavano con il potenziale profilo delle cavie abusate da Sundpharma: malati di AIDS nella fase conclamata, sprovvisti di qualsiasi risorsa economica per potersi finanziare una cura, la cui morte sarebbe passata del tutto inosservata. Kay decise di andare subito a interrogare quelle persone ai loro domicili. Prese il biglietto che si era messa in tasca: uno dei tre si trovava a mezz'ora di distanza, traffico permettendo. Non erano ancora le diciassette, e se si fosse sbrigata, avrebbe potuto trascorrere una serata di riposo... Invece di rientrare al commissariato – tazzine di caffè sporche ovunque, mozziconi di sigaretta e quell'agitazione che bruciava tutto come una febbre – impostò il navigatore del suo telefono verso la baraccopoli, dove abitava la prima paziente.

Avvicinandosi al cuore dello slum, dove l'asfalto cedeva il posto a strade sterrate, fatte di terriccio battuto – poteva sentire la poltiglia di fango e ghiaia intrisi d'acqua schizzare sui parafanghi – osservava le abitazioni ridursi a piccole baracche colorate dalle tinte più inusuali: giallo canarino, verde pastello, azzurro cielo. L'auto di Kay attraversò una piazza, passò sotto un portico ed entrò in un vasto spiazzo circondato da casupole decrepite con facciate scrostate e ringhiere da cui pendeva un mosaico di bucati variopinti. Ogni miglio che lasciava dietro di sé, il panorama urbano si degradava sino a diventare di un desolante squallore. Aveva preso la decisone giusta, però: la pioggia battente aveva reso quell'ora un buon momento per spostarsi. Durante le giornate di sole, infatti, la baraccopoli era soffocata dalla polvere sollevata da migliaia di zoccoli, dal fumo dei fuochi accesi all'aperto per cucinare, dal pulviscolo dei tubi di scappamento dei trabiccoli che vi circolavano. Alle prime luci del mattino, poi, preghiere e imprecazioni sarebbero state inghiottite dai rumori della vita quotidiana: la sinfonia di clacson, le grida rauche dei venditori che tornavano dal mercato, il cigolio dei carretti, lo sterminato scalpiccio di passi, insomma, l'intera babele di suoni di quel caos sempre affannato. Fra pianti e risate, un folle rimescolio di desideri, sforzi e illusioni, sospesi a mezz'aria, una folla ansimante, divorata da un'infinità di voglie e accanimenti, avrebbe ripreso a sbattere, in trappola, contro le mura della miseria. Ma la pioggia di quel pomeriggio aveva spinto la gente a restare al riparo dietro pareti di lamiera, pietra, blocchi di cemento, legno o bambù, e il traffico era molto più scorrevole.

In breve Kay, continuando a spostarsi il ciuffo di capelli biondi che le finiva sempre sugli occhi, arrivò a destinazione. Ora stava smettendo di piovere. Era la sua prima visita a potenziali testimoni, e aveva grandi speranze di trovare una buona pista. Continuavano a frullarle per la testa una miriade di domande: chi era stato? si trattava davvero di un assassino seriale? I pensieri, però, non riuscivano a comporsi in un'immagine d'insieme sensata. Fermò la macchina davanti a una capanna fatiscente di mattoni e fango senza intonaco, percorsa da crepe. Bussò, e venne ad aprirle una donna dal viso incorniciato di treccine ashanti, che la salutò con gratitudine. Varcata la soglia di quella casa squallida, Kay si rese conto che era in corso una veglia funebre. Delle coetanee della defunta cantavano una lieve, struggente melodia: le restavano accanto per non lasciarla sola.

Maledizione! Era arrivata in ritardo! Purtroppo, dalla prima paziente non avrebbe più potuto cavare nulla, pensò, mentre si rendeva conto del caldo soffocante che c'era in quell'ambiente: tra le mura della capanna e sotto le scanalature del tetto metallico, le sembrò che l'aria stessa fosse sul punto di accendersi, atomi che bruciavano come a neutralizzare la chimica della morte nel cerchio ampio della vita. L'emozione che visse in quell'istante soffocò la frustrazione per l'opportunità mancata. Per giustificare in qualche modo la propria presenza, salutò il coro, alquanto imbarazzata: non era pronta a una situazione tanto drammatica!

Il volto rigato dalle lacrime, una delle donne la accusò: «Dottoressa, non poteva venire prima? Ora è troppo tardi, è spirata ieri!».

«Ne… ne sono profondamente addolorata…» sussurrò con una voce flebile, senza confessare che non era lei il medico.

Si avvicinò alla misera branda, sulla quale giaceva il cadavere. Era ancora giovane, doveva avere una trentina d'anni. Le fu riferito – dalla donna con l'acconciatura ashanti – che era entrata in una fase di profonda sofferenza la mattina prima; poi, l'AIDS l'aveva finita. Ora nemmeno la dolce cantilena sembrava in grado di penetrare la terribile solitudine della morta, che Kay scrutò con occhi indagatori: chissà quali segreti portava con sé nella tomba! Quella giovane creatura dall'occhio vitreo, con le labbra ceree ed esangui, le palpebre plumbee, adesso che l'anima ne aveva abbandonato le spoglie terrene, si trovava in un altro mondo. Le sembrò troppo magra, non era solo colpa dell'AIDS... quella era la firma della baraccopoli, non solo il marchio di fabbrica di quella grottesca malattia. In posti come quello, la sopravvivenza dipendeva da una ciotola di riso o cereali. Soprappensiero, la strana fissità di una statua di cera, Kay osservò la strada fuori dalla piccola finestra della capanna. Sopraffatta da un avvilente senso d'impotenza, non sapeva cosa pensare, cosa dire.

Dopo qualche istante, la ragazza girò lo sguardo verso il coro: il canto s'interruppe subito. «Le state accanto anche adesso... è meraviglioso. La vostra presenza le è di conforto, ve ne sarà riconoscente. Ora, però, vorrei porre qualche domanda a chi di voi l'ha seguita più da vicino, se me lo permettete.»

Si alzò la stessa donna; doveva avere non più di venticinque anni. Interrogandola, Kay scoprì che l'effetto del farmaco Quadrivia non poteva considerarsi un totale fallimento per quella famiglia: avendolo ricevuto gratuitamente, all'insaputa dei familiari, la defunta aveva venduto le fiale al mercato nero a un ricco commerciante di Johannesburg in fin di vita, che aveva sentito parlare delle facoltà miracolose della nuova molecola. L'ispettorato istituito da Sundpharma aveva finito con lo scoprire il sotterfugio, e aveva interrotto subito l'assistenza alle cure. Kay, pur non essendo medico, conosceva bene quella pratica abusata, era già successo con la tubercolosi, e prima ancora con l'anofele, e si era convinta sempre più che fossero la miseria e l'ignoranza le vere inestirpabili malattie dell'Africa. Pure, quella confessione l'amareggiò: c'era poco da colpevolizzare il farmaco, se non gli si dava l'opportunità di agire. Affranta, comprese che non aveva più nulla da fare fra quella gente.

Prima di congedarsi, diede un'ultima carezza sulla guancia della defunta, stranamente imbellettata. E fu in quel preciso istante che notò come, nel palmo della mano destra – non l'aveva visto prima perché era in ombra – la morta tenesse stretto in pugno lo stesso fiore bellissimo del primo cadavere: un'orchidea *Neris Gloriosa*. Ebbe un sussulto, misto di terrore e sorpresa: la teoria dell'assassino seriale stava prendendo seriamente corpo. Subito dopo, Kay si chiese se quella non fosse una semplice coincidenza, dovuta forse a un rito funebre praticato nella baraccopoli. Poi, però, ragionò meglio: in quel sottomondo di diseredati era improbabile che si decorasse un cadavere con un fiore esotico così raro e costoso. Forse era davvero un indizio! D'impeto, Kay chiese alla donna: «È una vostra tradizione, questa?» indicando il fiore.

L'altra rise, quasi schermendosi per un complimento fuori luogo: «Quaggiù nessuno sa chi gliel'ha messo in mano... nemmeno sappiamo dove trovarlo, un fiore del genere! Forse è l'ultimo gesto di un amante segreto... Comunque è bello, come mia sorella, non trova, dottoressa?».

Kay annuì. Ringraziò la donna con le treccine ashanti, salutò le altre del coro, e lasciò il luogo mentre la sottile cantilena riprendeva il suo dolce lamento. Prima di salire in macchina, chiamò la Scientifica: chiese un accertamento e comunicò il luogo dove farlo. Sperava le fornissero altre tracce indiziarie su quel posto che lei, per inesperienza, non aveva saputo esaminare: e poi qualche altra informazione sul fiore, la sua origine, il costo... Le fu promesso un intervento rapido, il che la rinfrancò non poco.

Kay abitava in un cottage isolato, arredato in modo eclettico e funzionale, con mobili di legno chiaro e tende a pannelli color crema, dove alcune pareti divisorie erano state eliminate per ottenere spazi più ampi. Arrivata a casa, anche se era affamata, andò subito in bagno. Aveva bisogno di ripulirsi da quegli eventi orrendi e dalle immagini di morte. Lasciò che la vasca si riempisse fino all'orlo e vi sparse dei sali, che tinsero l'acqua di un blu intenso. S'immerse e restò immobile. Si sentiva interprete di una scena sensuale, ma non riuscì ad abbandonarsi al piacere: l'immagine del cadavere le tornava sempre in mente. Allora uscì dall'acqua prima di quanto avesse previsto e si preparò qualcosa di caldo per cena. Dopo poco, si accorse con sollievo che era arrivata l'ora di andare a dormire. Ma mentre stava scegliendo una lettura che conciliava il sonno, le arrivò la telefonata della Scientifica: era molto probabile che si trattasse di un omicidio, anche se, essendo il fisico della donna molto debilitato dall'AIDS, era difficile, se non impossibile, decretarne la causa con assoluta certezza. Per quanto riguardava il fiore, era della stessa tipologia di quello trovato sulla prima vittima.

Un omicidio! Le cadde il libro di mano. Non provò nemmeno a mettersi in pigiama Era troppo scossa per dormire.

6

Non erano ancora passate le dieci del mattino, e faceva già troppo caldo per avvertire l'effetto benefico della brezza che spirava dall'oceano. Passando per il cuore della baraccopoli, dove le case diventavano all'improvviso piccole catapecchie colorate, il camice svolazzante, la fronte madida di sudore, pedalando sbilenco, Johnny entrò in un vasto spiazzo circondato da vecchi edifici con le facciate scrostate e le ringhiere storte. Il cielo era punteggiato da macchie di ogni colore trattenute da cordicelle: anche lì, in mezzo a cani, galline, maiali, i bambini giocavano con rudimentali aquiloni. Quell'arcobaleno che volava via sopra i tetti esprimeva tutto il loro bisogno di evadere da quella prigione di miseria. Per sfogare la loro voglia di vivere, i ragazzini avevano solo qualche cortile decrepito dai miasmi bituminosi, dove non c'era traccia di piante, non un albero, non un fiore. In quegli slarghi giocavano a calcio con palloni fatti di borse di plastica e spago, mentre altri inseguivano con bastoni dei cerchi di legno, un gioco che risaliva ai tempi delle colonie. Vestivano abiti mal assortiti, della misura sbagliata, impolverati, ma sorridevano sempre.

Lo sguardo indifferente a quello spettacolo di miseria, Johnny pensò che aveva scelto un buon orario per spostarsi. La canicola non era ancora al culmine.

Dopo qualche miglio che pedalava veloce, senza alcuna ragione, si arrestò di colpo. Chissà per quale associazione di pensieri, si ricordò come qualche giorno prima, durante una visita all'ospedale di Cape Town, parlando con il responsabile del laboratorio microbiologico di una rara forma di tumore del sangue con sintomi comparabili a quelli influenzali – anche se molto più virulenti – quello gli aveva detto che per guarire serviva una cura molto onerosa basata sugli ultimi ritrovati della ricerca Scientifica. Gli aveva fatto vedere i vetrini al microscopio e Johnny aveva commentato che, a un'analisi superficiale del vetrino e dei sintomi, l'avrebbe scambiata di certo per una banale influenza. Ma se aveva ragione il biologo, allora era possibile anche il contrario: si poteva spacciare la classica indisposizione stagionale per leucemia, un tumore del sangue, appunto.

Prima di rimettersi a pedalare, un balenio sinistro illuminò il suo viso macilento, prosciugato dalle amarezze della vita e dalle ambizioni frustrate. Un'idea lo folgorò. Ernest era un uomo ricco, e se solo fosse riuscito a persuaderlo che la sua beneamata Serena era afflitta da una malattia rarissima, la cui cura era molto costosa, si sarebbe potuto appropriare di un bel gruzzolo di soldi, anche se non era per niente vero, perché la donna aveva una semplice influenza! Ma era sicuro del buon esito del raggiro: quell'uomo stravagante, con la testa tra le nuvole, gli avrebbe creduto ciecamente, lo conosceva da troppi anni e lo credeva un amico. Si sarebbe affidato a lui, Johnny, come medico curante. Il tranello avrebbe funzionato: non c'erano ostacoli, e poi la somma che avrebbe estorto a quel pittore dall'ingenuità disarmante non l'avrebbe rovinato, dopo tutto! Sì, poteva dare quasi per certo il successo dell'inganno: in quel momento gli parve un gioco da ragazzi. E poi questa volta era pronto a tutto, non aveva remore morali, accecato com'era dall'idea di conquistare la sguaiata ragazzina di periferia e di sembrare ai suoi occhi un uomo di successo. Non voleva far svanire questo sogno come l'ennesimo fuoco fatuo dei tanti che avevano illuminato in modo effimero il suo cammino lastricato di sconfitte: adesso era davvero pronto a tutto, anche a vendere la propria anima al diavolo. Amicizia o no, non si sarebbe lasciato scappare l'occasione della vita. Al pensiero di mettere le mani su un sacco di soldi, l'inguaribile pessimismo di Johnny lasciò posto all'impressione che il destino gli stesse facendo un invito, aprendogli le porte di un futuro radioso. Ora, però, doveva mantenere la mente fredda e architettare il piano nei minimi dettagli, prima di tornare al *buen retiro*. I rimorsi, si convinse sempre più, erano dettati da un senso di colpa fuori luogo: anche se viveva in un isolamento dall'austerità quasi monastica, Ernest era ricco, e gli sarebbe bastato vendere un quarto dei suoi dipinti per disporre della somma necessaria a finanziare il presunto trattamento per Serena, che senza dubbio non avrebbe potuto pagare da sé.

Johnny riprese a pedalare, disegnando con precisione nella sua mente l'architettura dell'intrigo.

A qualche miglio di distanza, Ernest si trovava sulla pompeiana del *buen retiro*. Da lassù aveva studiato a lungo l'esotica magnificenza di quel mare che, sotto l'alluvione di luce del sole africano, sembrava un mosaico di tasselli dal turchino allo zaffiro al blu cobalto. Quante volte aveva tentato di ritrarre fedelmente quella luce cangiante nei suoi dipinti, lavorando ore alla tavolozza per trovare la giusta sfumatura, la giusta pigmentazione, la giusta luminescenza. Spesso, nei giorni fecondati dall'ispirazione, all'ombra della pompeiana, fissando i raggi che, come tante baionette, giocavano con i colori delle acque, Ernest credeva di sentire la musica della luce: poi chiudeva gli occhi, e gli pareva che lo spettacolo offerto dalla natura al suo sguardo rilucesse dentro di lui. Era come se, in un caleidoscopio interiore, un prisma iridescente irradiasse nei meandri e in tutte le diramazioni della sua psiche una musica celestiale. Allora, anche se solo con gli occhi della mente, seguiva il flusso cromatico che si separava e si ritrovava, veniva assorbito e trionfava su ogni superficie ricettiva, fedele alle proprie leggi. In quegli attimi, Ernest assaporava un rapimento estatico, perché solo allora si sentiva totalmente presente e vivo, l'uomo al posto giusto nel momento giusto, e credeva ancora che si potesse conquistare il paradiso. Fu all'inizio di quelle esperienze che decise di voler diventare qualcosa più di un pittore: un cacciatore di luce.

Eppure quella mattina, con la luce satura che lui amava, perfetta per dipingere, non degnò di un'occhiata la natura che lo circondava. Forse era la prima volta, da quando viveva in quella casa. Aveva lo sguardo fisso, mestamente rivolto verso l'impiantito. Si osservava la punta delle scarpe. Quella mattina, l'orizzonte interiore del pittore era tetro. Aveva trascorso le prime ore mattutine seduto accanto a Serena che, divorata dalla febbre e dalle convulsioni, non aveva smesso un attimo di rigirarsi nel letto. Per questo non riusciva a godere dello spettacolo della natura. Perché davanti a sé aveva ancora il suo corpo di un biancore eburneo che si dimenava tra le lenzuola. Non pensava ad altro che a quanto fosse minuscolo il corpo di Serena, le braccia che uscivano dalle maniche della camicia da notte che sembravano due stecchini fragili. Più la osservava, più la giovane gli pareva un uccellino delicato e vulnerabile. Dopo una notte insonne, l'uccellino dalle ali tarpate si era voluto alzare per raggiungere la toilette; pochi passi la separavano dal bagno, ma senza l'aiuto di Ernest non ce l'avrebbe fatta. Il pittore sentiva ancora quella mano tremante sulla sua spalla, quegli occhi imploranti chiedergli di accompagnarla, quei passi incerti vacillare, quasi le gambe potessero spezzarsi da un momento all'altro. In che stato si era ridotta la sua adorata principessa, il cui sorriso gli illuminava le giornate? Possibile si trattasse di una semplice influenza? O quella sofferenza nascondeva una malattia ben più temibile?

Ernest si era operato in tutti i modi per distrarla, per strapparle un sempre più improbabile sorriso. Prima aveva pensato di farla svagare raccontandole le storie che preferiva: amava parlare della civiltà greca, dei suoi significati allegorici, dell'*Iliade* e dell'*Odissea*, di quei mondi popolati da eroi mitologici, guerrieri valorosi e città fortificate. Ogni amore era un sigillo eterno, ogni tradimento una fiamma che si tramandava per generazioni, ogni parola e ogni atto avevano conseguenze imprevedibili nel tempo e nello spazio. Ma fin da subito si era reso conto di come Serena fosse troppo stanca per seguirlo nei suoi racconti. Allora aveva ripiegato su espedienti più leggeri. Aveva iniziato a ritrarre con delle smorfie caricaturali chiunque entrasse nella stanza per avere notizie della piccola malata – dalla donna delle pulizie al giardiniere, al pescatore suo amico – usando il mignolo per sfumare le linee del carboncino. Quando non aveva più trovato soggetti da abbozzare col solo neretto, anche se tratteggiati con maestria da ritrattista satirico, Ernest si era messo ad aggrottare le sopracciglia facendo rotolare la matita colorata dalla radice del naso fino al mento, senza farla mai cadere, ripetendo più volte il virtuosismo. Ma Serena dopo un po' aveva smesso di ridere allo scherzo. Lui non si era dato per vinto. Pur di svagare la giovane, aveva preso a lisciare quegli stessi fogli con gli schizzi delle caricature secondo le regole dell'origami, per farne una nidiata di pulcini: con un semplice gesto della mano riusciva a fargli muovere la coda in alto e in basso come se beccassero. Tutti questi "giochi" avevano sortito un effetto positivo, ma i sorrisi di Serena non erano che la pallida copia di quelli solari e radiosi che avevano acceso le sue giornate nelle ultime settimane.

Preso dall'ansia, invece di salire nell'atelier come faceva sempre a quell'ora, Ernest andò nella stanza al pianterreno dove riposava Serena. Da meno di un'ora l'aveva lasciata, ma il bisogno di vegliarla era insopprimibile, quasi che il fremito di vita che la animava potesse spegnersi da un momento all'altro. Sapeva, Ernest, che la sua inquietudine era eccessiva, eppure non riusciva a placarla. Notò dal respiro regolare – il petto si alzava e abbassava in piccole onde – che Serena si era assopita. Si avvicinò con cautela, liberandole la fronte da una ciocca ribelle impiastricciata di sudore, e osservò il viso provato dalle sofferenze, con uno sguardo di paterna tenerezza: non l'aveva mai osservata così. In quell'istante, nonostante avesse sperato in un miglioramento, si accorse che era bollente, e si preoccupò ancora di più.

Johnny aveva ormai dietro di sé la baraccopoli, e poteva tirare il fiato. Prima di affrontare la salita che lo avrebbe condotto al *buen retiro*, si concedesse una pausa; si sedette su un paracarro che trovò per strada e si accese una sigaretta. Scoprì solo dopo che i cani ci avevano pisciato sopra. I suoi pensieri erano rivolti altrove. Aveva dormito poco e male, e quella mattina la testa gli rimbombava come una cassa armonica. Il dottore si strinse il capo tra le mani, cercando di riflettere: non doveva fallire, non questa volta, almeno! Ora non era più solo: nella sua vita era entrata Chanel, la sua ragazza *caliente*. Se non fosse riuscito a portare al successo il suo piano, non si sarebbe più rialzato. Sì, era al capolinea di se stesso: se avesse fallito, il mare nero del pessimismo che da sempre lo aveva sballottato come un naufrago, lo avrebbe inghiottito, e per lui non ci sarebbe stato scampo.

Fumando la sigaretta ammaccata, ripassò mentalmente il piano e, rassicurato dall'aver previsto alla perfezione ogni tappa, ripartì, pedalando di buona lena. Poco dopo imboccò la stradina che s'inerpicava sino alla sommità del promontorio. Arrivò in cima con il fiato corto, ed entrò nella proprietà dall'accesso secondario. Suonare al campanello non gli era mai piaciuto, ma in quel frangente si sentì quasi un ladro a introdursi in casa senza annunciarsi come faceva di solito. Trovò Ernest di fianco al letto dove giaceva addormentata Serena: la temperatura era di nuovo a quarantuno gradi. Il pittore leggeva il solito quotidiano accanto alla finestra, e aveva una brutta cera, di certo conseguenza della preoccupazione e della mancanza di riposo. Johnny, dal canto suo, indossava il solito camice sporco, intriso di sudore, e aveva una miriade di penne infilate nella tasca. I due si salutarono a bassa voce, ma svegliarono comunque la malata. Johnny la auscultò per bene e poi, congedandosi da lei, il volto corrucciato, portò l'altro nel salone e gli parlò con tono grave: «Stammi bene a sentire, vecchio mio. Come puoi immaginare, purtroppo, non ho buone notizie. Occorre però prendere subito delle decisioni, perché il caso è urgente. In questi giorni, ho fatto tutte le analisi del caso: è molto probabile che Serena sia afflitta da una carogna di malattia... Sì, hai sentito bene... Per essere più preciso, è una malattia in cui il midollo osseo smette di produrre i globuli rossi».

«È... è grave?» riuscì appena a biascicare Ernest, la voce che gli si strozzò in gola.

«Purtroppo è una malattia sempre molto grave... e spesso fatale» rispose costernato il medico, che avrebbe voluto sprofondare sotto terra. Anche lui aveva una coscienza da mettere a tacere, per Dio!

Spesso fatale. Il pittore rimase pietrificato. Per circa un minuto, non lasciò trapelare alcuna emozione; sembrava possedere la fissità di una statua di marmo, ma una tempesta gli infuriava dentro. Poi, a un tratto, non riuscendo più a tenere a bada il tumulto interiore, si diresse verso la finestra e fissò la linea d'orizzonte, muto, in un silenzio gravido di tensione.

«Perché non mi dici quanto sopravvivono i pazienti della sua età, eh?» proruppe poi Ernest, disperato.

«Non ha senso...» osservò Johnny cinico.

Il pittore, allora, si girò di scatto, rabbioso: «*Non ha senso?* E hai il coraggio di dirlo? Te lo spiego io, il senso, che non sono uno scarafaggio in camice bianco. La cosa peggiore nelle malattie è l'incertezza. Gli esseri umani sono capaci di adattarsi a qualunque cosa, purché siano informati. Brancolare alla cieca li porta alla pazzia!». Stava gridando, ora.

«Bene, come vuoi» esordì, pronto a portare avanti il suo show con l'amico. «Ti parlerò con assoluta franchezza, costi quello che costi. Con le cure attualmente disponibili negli ospedali dello Stato, le possibilità di sopravvivenza sono bassissime. Occorre andare in una clinica privata specializzata in questo genere di malattie. Si tratta di leucemia, Ernest, chiamiamo le cose con il loro nome. Ma non di quella più comune, linfocitica, aggredibile con la chemioterapia. È mieloblastica, questa e, per giunta, di una forma acuta. La cura è onerosa, e le possibilità di sopravvivere sono circa del cinquanta per cento.» Parlò con lo sguardo fisso su un posacenere a qualche metro dal pittore: non aveva il coraggio di sostenerne lo sguardo. Era fisicamente nauseato dall'abiezione di sé. In quel preciso istante, Johnny si sentiva un pendaglio da forca: stava spudoratamente mentendo al suo amico, consapevole che il raggiro gli avrebbe arrecato un danno non solo economico, ma anche un'orribile sofferenza. Per questo aveva impresso in volto un ghigno sinistro di cui non riusciva a liberarsi, mentre le labbra gli tremavano dal ribrezzo. Si curò di continuare a evitare gli occhi dell'altro, poi riprese: «Ma una diagnosi di leucemia non è sicura finché non si è fatto l'esame del midollo osseo, e poi sottoposti i risultati a un ematologo e un oncologo! Solo allora avremo la certezza. Questo per dirti che sussiste un barlume di speranza...».

«È doloroso sottoporsi a questi accertamenti? Possono rappresentare un rischio ulteriore?» chiese a quel punto il pittore, che gli dava di nuovo le spalle, ora con voce pacata. Era riuscito a riprendere il controllo della propria emotività.

«No, tranquillo: l'aspirazione di midollo osseo si fa con un ago simile a quelli usati per prelevare il sangue, in anestesia locale, per cui è praticamente indolore e richiede pochi attimi. Si tratta di una procedura semplice, di routine. Non c'è alcuna controindicazione, davvero, Ernest.»

I due discussero a lungo sul da farsi, poi Johnny si recò in bagno. Prima della visita, si era pulito le mani con un liquido disinfettante, per cui non rientrava nella profilassi lavarsele dopo. E infatti la sua intenzione era un'altra: acquisire preziose informazioni sulle esotiche orchidee che l'avevano preoccupato durante la prima visita. Temeva potessero rappresentare un pericolo per il suo personale disegno di vendetta nei confronti delle ingiustizie di questo mondo... Con sua sorpresa, però, si rese conto che non c'era traccia dei fiori.

Tornato in sala, chiese all'amico: «A proposito, Ernest, erano proprio belle, le orchidee che ho visto nel tuo bagno. Dove sono finite?».

«Ah, non me ne parlare!» sospirò il pittore. «Da quando Serena me le ha portate, sembra proprio che la sciagura si sia abbattuta su questa casa... E pensare che lei mi aveva messo in guardia...»

«*Messo in guardia?* In che senso?»

«Mi aveva avvertito che non portano bene. E infatti...! Scusami, ma dopo questa malattia improvvisa, inizio a essere superstizioso persino io. Serena mi ha spiegato che ogni fiore ha un significato simbolico. Prendi la rosa, quella rossa, che inneggia alla passione. Tutti conoscono il significato di questo fiore con le spine, no? Il rosmarino è l'emblema dell'ottimismo. Mentre il giglio bianco rappresenta la forza... e così via! Quelle orchidee, invece, evocano la sfortuna. Per questo non le hai più trovate. Me ne sono sbarazzato, perché, da quando me le ha regalate, non dipingo più, non riesco nemmeno a finire il quadro che avevo iniziato qualche settimana fa: e pensa che mi mancano solo le lumeggiature. Poi alcune tegole sono cadute dal tetto, rovinando la pompeiana mentre mi ci trovavo sotto. E, *dulcis in fundo*, la povera piccola si è ammalata poco dopo avermi portato le orchidee! Se avessi saputo, non le avrei mai accettate! Una maledizione, ecco cosa sono ai miei occhi quei fiori!»

«Ma dimmi un po'... Serena cosa ne sa del linguaggio segreto dei fiori?»

«Che sbadato! Non ti ho detto niente di lei. Ha la passione dei fiori fin da bambina, e ne conosce ogni segreto: infatti fa la fioraia! Pratica anche la floromanzia, l'antica arte di predire il futuro leggendo il portato simbolico dei fiori, appunto.»

Senza darlo a vedere, Johnny emise un profondo sospiro. Era sollevato. «Ah, certo, una fioraia! Ora, caro, speriamo tutto vada per il meglio!» lo salutò, mentre l'arabesco di rughe del volto si distese improvvisamente in una pianura. Prese la borsa di cuoio logora, e si accomiatò. Sull'uscio, non intuendo nulla del tradimento di cui era vittima, Ernest lo abbracciò calorosamente, convinto di avere vicino nella difficoltà un amico, mentre aveva l'inquietante impressione che tutto quanto lo circondava si stesse dileguando, e che il mondo fosse evanescente come una pennellata impressionista. Ma l'uomo, da vecchio combattente, non tardò a riprendersi, perché Serena aveva solo lui al mondo. Non si concesse nemmeno un altro caffè, e fece la chiamata che doveva al suo gallerista: «Salve, Jack, dimmi un po', come te la passi, ultimamente?».

«Ernest, che sorpresa... è sempre un piacere sentirti! A cosa devo l'onore?»

«È che invecchiando, mi piaci sempre di più, e mi sopporto sempre di meno.»

«Bella, questa! Oggi sei proprio sdolcinato. Mi sa che hai finito il gin...»

«Dico sul serio.»

«In questo caso, confermi quello che ho sempre ipotizzato. Gli artisti di maggiore successo sono quelli che si disprezzano di più. Suppongo che questo tuo interessamento significhi che stai entrando in una nuova fase produttiva, amico mio.»

Un timido sorriso balenò sulle labbra di Ernest per un istante, prima che l'espressione del volto assumesse la consueta aria di sofferenza di quel periodo, in cui tutto sembrava nascere storto: «Veniamo al sodo, odio perdere tempo. Ho urgente bisogno di denaro liquido».

«Mi stai telefonando per soldi? Ho capito bene? Questa sì, che è una notizia: tu, che vivi come un anacoreta, vuoi dei soldi? Che ti succede, vecchio mio? Non vorrai mica rovinarti a fine corsa?» chiese l'uomo dall'altra parte del telefono.

«No, Jack, non preoccuparti. Sto solo cercando di soccorrere qualcuno che mi sta a cuore» spiegò Ernest, che era tornato sotto la pompeiana. Soffiava un aliseo che faceva frusciare la corona delle palme in un costante cicalio, piegandone leggermente il fusto. Lo sguardo vagava in direzione della spiaggia, dove quattro sterne e due gabbiani volavano intorno alle pozzanghere di acqua salata che il riflusso lasciava dietro di sé. Avevano trovato qualcosa perché le sterne gridavano e i gabbiani stridevano. Meno male che per lui esisteva un posto come quello, il suo *buen retiro*, soprattutto in un momento come quello!

«Se hai veramente bisogno di un po' di soldi in tempi brevi, devi esporre subito, fidati del tuo vecchio amico. Ma hai sempre rifiutato l'idea, non è vero?»

«Sì, è vero, ma oggi tutto è cambiato. Ho una necessità improvvisa. Dimmi, piuttosto, in quanto tempo la si può organizzare? Ti metterò a disposizione tutti i dipinti che vorrai!»

«Conosci la ricetta di ogni buona esposizione, vero? Posso mandare preview dei quadri via email a potenziali clienti o inviare in giro cataloghi, ma nulla vale come un cocktail in cui è l'artista stesso a presentare le sue opere» rispose Jack.

«Lo so, lo so, accidenti!» Sapeva prima di chiamarlo dove sarebbe andato a parare Jack. Indispettito, puntò gli occhi in fondo alla lunga e perfetta distesa d'acqua. Guardava lontano, Ernest, il mare azzurro e il blu più cupo del golfo. A quell'ora iniziavano ad apparire alcune nuvole passeggere che, come greggi al pascolo, si rincorrevano in cielo, rendendo tollerabile il caldo.

«Se credi, posso invitare, oltre ai soliti mecenati che, si spera, compreranno, anche addetti ai lavori, gente che se ne intende. A una tua mostra, persino Maggie Anderson verrebbe di corsa. I critici come lei faranno da cassa di risonanza!»

«Anderson non mi dice niente... è da troppo che sono fuori dal giro. Chi è?»

«Sei imperdonabile, Ernest! Anderson è un'istituzione sulla scena artistica della costa sudafricana, pubblica un giornale d'arte indipendente, mensile per quasi tutto l'anno e bisettimanale nella stagione turistica. È una a posto, e ha voce in capitolo, credimi! Per i tuoi dipinti ha sempre avuto parole di sincero apprezzamento. E poi ha sempre voluto conoscerti!»

Ernest sapeva che Jack diceva la verità. Del resto, aveva avuto molto successo in passato, e conosciuto più consacrazioni come artista di grido da quando, una ventina d'anni prima, si era trasferito in Africa: qui era diventato un pittore molto più prolifico e originale di quello che era riuscito a essere a Londra. L'Africa aveva fatto il miracolo, togliendo il bavaglio dell'estetica formale al suo istinto, ora forza magmatica, creatività allo stato puro. Questa terra, affascinandolo per la violenza dei suoi contrasti, lo aveva cambiato non solo come uomo, ma anche e soprattutto come pittore. Da quando era lì, non aveva più ritratto la superficie luccicante delle cose, ma la realtà come si offriva al suo sguardo: cose ammonticchiate come in una bottega di robivecchi, resti di vite – attraenti o repulsive, affascinanti o sciatte – che le occasioni gli avevano gettato ai piedi. Aveva cominciato a usare la pittura come un implacabile occhio non al servizio della ricerca del bello ma del vero: etica contro estetica, priva di ogni forma di sublimazione, di tensione a riprodurre un'architettura ideale della realtà. Sapeva di entrare in collisione con la mercificazione dell'arte – i tempi preferivano la copia all'originale – l'apparenza da rotocalco, il kitsch dozzinale e massificato. Ma era deciso a non utilizzare più il dipinto per mentire; ogni quadro doveva far prova di testimonianza, e non diventare semplice scenografia, così da dare a tutti l'opportunità di scegliere il frammento di orrore o di bellezza ispirata con cui regalare un po' di pathos alla propria vita. Ciò significava mettere le mani dove pulsava il battito della vita. Sì, in Africa il pennello era diventato il suo passaporto per il reale, il luogo dove le cose non potevano essere abbellite con stupidità, retorica o soldi, alla sterile ricerca del bello per se stesso.

«Bene» continuò Jack, «posso mettermi subito al lavoro per pianificare un evento come Dio comanda. Vedrai, ne parleranno tutti!»

«Organizza pure come vuoi la mostra, Jack» acconsentì Ernest. «Dimenticati solo che io tenga un discorso al vernissage! Non mi renderò ridicolo davanti a quella gente. Sai che non so parlare in pubblico!»

«Ecco, siamo alle solite! Devi sempre fare l'*artiste maudit* e drammatizzare tutto. Sappi che non è per niente necessario dire cose sensate o fare una bella figura. Basta esserci. Pensa a Pollock! La sua fama risale a un filmato del suo *dripping*. Ricorda in che condizioni arrivava ai party... il più delle volte ubriaco marcio. Sai come ne è uscito?» lo provocò, fermandosi un istante. «Ricco sfondato! Ecco come!»

«Non me ne frega nulla degli altri, Jack. Io non presenzierò a nessun vernissage e non parlerò dei miei dipinti! Preferisco andare a farmi togliere i denti a uno a uno senza anestesia! Puoi sempre organizzare una mostra senza l'artista, no?» Avvilito per non essere ancora riuscito a vincere le sue debolezze a cinquant'anni, tacque, gli occhi rivolti ancora alla distesa d'acqua, che iniziava ad alzarsi. Vide dei branzini saltare per cibarsi dei pesciolini portati al largo dalla marea. A volte li adescava con bocconi di carne tolti dalle carcasse di pesci spada che le barche lasciavano sulle banchine annerite dal creosoto del porto. Erano l'esca migliore, pensò, provando un gran desiderio di potersi godere quei momenti rilassati in cui, sugli scogli, fra una macchia di colore e l'altra, si concedeva una pausa con la canna da pesca. Una cosa alla volta, si disse, quando Serena sarà fuori pericolo!

Jack, che nel frattempo malediceva gli artisti, tutti pazzi caratteriali, rilanciò: «Ernest, mi ero quasi scordato! Un assegno in bianco ce l'avresti già: ricordi il quadro che mi hai prestato sei mesi fa? Quello che, quando l'ho visto, mi ha stretto il cuore dalla commozione? Devo confessarti che, per averlo sempre sotto gli occhi, l'ho appeso in ufficio. Da allora ho ricevuto una montagna di offerte... Chiunque lo vedeva, voleva possederlo!».

«È la tela che raffigura i guerrieri masai? Ti devo confidare che è anche una delle mie preferite...»

«Sì, quella: l'ultima che mi hai fatto avere!»

Era un quadro di quasi un metro, che pareva eseguito su un pezzo di carta da pacchi. Non aveva assorbito i colori tanto era grezzo, violento, carico di vigore: ritraeva figure stilizzate e oscillanti su sfondi di toni dell'ocra e del giallo, guerrieri masai seguiti da donne con anfore sulla testa e da un codazzo di bambini ridenti.

«Un tale, ricco sfondato, se n'è pazzamente innamorato. Immagino tu non lo conosca: si chiama Klaus Kramer, ed è il proprietario di Sundpharma, una casa farmaceutica. Non vuole nemmeno contrattare sul prezzo, e pagherebbe subito in contanti. Non ha certo problemi di liquidità, disponendo di una fortuna considerevole. Mi ha fatto sapere che vuole subito il dipinto. *Subito*, capito? Gli ho detto che non era in vendita, ma se mi autorizzi...»

«Ma certo, Jack! Tutto pur di non dover esporre!» accettò Ernest al volo, sollevato.

«Benone! Allora, puoi considerarlo già fatto, è questione di giorni, il tempo necessario per le formalità della vendita.» Jack fece una breve pausa, poi riprese. «Bada bene, vecchio mio, non voglio avere problemi, non questa volta. L'acquirente è troppo importante per le consuete crisi di gelosia, troppo potente e abituato a comandare per sottostare ai tuoi giochetti, capito? Una volta venduto, il quadro è venduto» scandì il gallerista, alzando la voce. «Mettiti in testa che non lo rivedrai più. Sarebbe un danno inestimabile alla mia reputazione.»

«Fidati, Jack, tutto filerà liscio come l'olio. Ritirato l'assegno, non mi ricorderò nemmeno di averlo dipinto. Guarda, per testimoniare la mia buona volontà, lo porto io a destinazione, che ne dici? Così me lo potrò godere ancora per un po', e tu risparmierai sulla consegna. Fammi sapere tu quando passare a ritirarlo!»

Jack stentava a credere alle proprie orecchie. Ernest

era irriconoscibile. «Vieni quando vuoi, ci sarò tutta la settimana. Prendo subito contatto con la segretaria di Kramer per la transazione.»

«Bene. A presto, Jack!»

«Ti aspetto, amico!»

Jack tirò un sospiro di sollievo. Andava preso per com'era, Ernest, non era un cliente facile per un gallerista. E non perché non avesse talento, anzi. Quando dipingeva, faceva dei veri e propri miracoli, e molti lo chiamavano "il mago del colore". In effetti, era come se i suoi quadri fossero vivi, perciò venderli non era un problema. Era quello che accadeva dopo a causare non pochi grattacapi. Perché Ernest insisteva spesso per andare a rivedere le sue tele, accampando un pretesto qualsiasi – avevano la cornice sbagliata o voleva ancora rifinirli – e ciò portava a discussioni infinite con i clienti.

«Un quadro non è mai finito!» aveva dichiarato risentito una volta a Jack che cercava di dissuaderlo da quella pratica invadente e fuori luogo. Lui aveva ribattuto che, una volta venduto, il passaggio di titolarità attestava che il quadro era irrevocabilmente degli acquirenti, e l'artista non poteva avanzare più nessun diritto sulla propria creazione. Da quell'orecchio, però, Ernest non ci sentiva proprio. Una volta si era addirittura arrabbiato. «Sarà anche legalmente così, ma artisticamente si può continuare all'infinito un'opera! È l'unico modo perché diventi un capolavoro!» aveva aggiunto risentito Ernest, quando Jack gli aveva vietato di andare all'Ambasciata del Canada per modificare alcune tonalità di colore su una tela appena venduta.

«Ammettilo che in realtà non vuoi vendere i tuoi quadri!» gli aveva rinfacciato Jack. «Non riesci a separartene.»

Ernest non era riuscito a negare: «Forse hai ragione, se non fosse per necessità economica, non ne venderei nemmeno uno... Ma devo pur guadagnare qualche soldo per vivere!».

Per quanto possibile, la stravaganza del pittore lo portava a voler vendere i dipinti prevalentemente ai suoi amici, oppure a fare amicizia prima con chi li comprava, per poi poterseli godere ancora. Per questa difficoltà a staccarsi dalle sue creature, viveva da asceta, anche se avrebbe potuto essere ricco sfondato. Era sempre troppo doloroso lasciarle andare, quel legame era un cordone ombelicale che la sua natura gli impediva di recidere.

Quanto a stravaganza, era una sfida andare d'accordo con Ernest, anche se questo non scalfiva in nulla la stima che aveva per lui. Era uno dei pochi a essere sempre rimasto fedele a se stesso, senza cedere alla tentazione di mercificare il proprio talento, ma creando uno stile unico. Con gli anni era diventato un pittore di successo, i cui quadri turbolenti prendevano corpo e contorno con pennellate rapide e sensuali, dalla tessitura grezza, che rivelavano una creatività indomita. Dipinti, ma anche schizzi su carta straccia, fogli riciclati, fondelli di bicchieri, investiti da una tempesta di colore che regalava alle tele una tridimensionalità quasi scultorea.

Pur di restituire Serena alla vita, pensò Ernest dopo quella telefonata, si sarebbe privato non di uno ma di tutti i dipinti della sua collezione.

E di tutti quelli che aveva ancora in animo di creare.

7

Mezzogiorno. Kay cercava di districarsi nel labirinto dell'indagine, ma senza fare alcun progresso, mentre sentiva un languorino allo stomaco, vuoto dalla sera prima. E aveva saltato anche la colazione. In piedi davanti a un tavolo affollato di schermi, stava visualizzando documenti e fotografie, zoomandole per vedere i dettagli. Vicino alla sua tastiera, un tramezzino al prosciutto e una Diet Coke: avrebe trascorso la sua pausa pranzo al lavoro, ancora una volta.

«Anche oggi ti dai alla pazza gioia, vedo... Smettila con questa vita da carcerata! Guarda che alla caffetteria hanno anche dei piatti caldi!» la sfotté Santos, appena mise piede nella stanza.

In quei giorni, entrava e usciva dal commissariato, senza che ormai questo suscitasse critiche o allarmi. Trascorreva sempre meno ore in ufficio. Tutti avevano accettato che per progredire nelle indagini dovesse stare all'aria aperta, camminare, guardare, insomma, sentirsi libero: a formulare un problema e trovare la soluzione tra quelle quattro mura sudicie aveva rinunciato da troppo tempo. A differenza dei suoi colleghi ispettori, gente tremendamente logica che arrivava a risolvere i casi con metodo, producendo pensieri che marciavano schierati in file disciplinate, Santos, in quel luogo dall'aria stantia, non riusciva a produrre altro che pensieri stantii. Ma questo non gli aveva impedito di raggiungere i suoi traguardi. Non c'era niente di più difficile che incastrare quei metodici svitati degli assassini affidandosi alla logica, bisognava capire le loro idee folli… e poiché la loro era una logica da svitati, non aveva senso affidarsi solo al pensiero analitico. Questo era vero in particolare quando si aveva a che fare con gli assassini seriali: le idee perverse che li ispiravano nascevano dai tortuosi percorsi di menti patologiche, nel cuore di tenebra della malattia. Quindi come si poteva pensare di catturarli con metodo, se loro s'ingegnavano a rendere fuorvianti gli indizi e sporcare le piste con continue inversioni di rotta e salti laterali? Per stanarli occorreva quel qualcosa in più che aveva a che fare con il talento intuitivo di Santos: un vero e proprio sesto senso, un fiuto dello sbirro fatto di istinto e ragione. Le tecniche investigative, come tutte le scienze empiriche, avevano questo di bello: prima scaturiva l'intuizione e solo più tardi le prove contribuivano a rafforzarla o distruggerla.

Non c'era da stupirsi, quindi, se per stimolare il proprio fiuto, Santos aveva bisogno di respirare in libertà. Per dovere di ruolo, però, era costretto a trascorrere parte della giornata al commissariato, così per ingannare il tempo spulciava con esasperante lentezza i dossier, immagazzinando nei ripostigli della mente valanghe di informazioni. Quando questa attività cessava, iniziava a mordicchiare matite e appallottolare carta che lanciava nel cestino come se si trattasse di un canestro. Più la febbre attraversava il commissariato, più l'ispettore non riusciva a venire a capo dei propri pensieri: uffici che puzzavano, polvere sugli armadi, bicchieri di plastica e tazze sporche di caffè, borbottii degli ispettori, che ogni volta che aprivano bocca scandivano ordini militari – la breviloquenza in quell'ambiente era considerata una virtù – portiere delle auto sbattute, partenze a motore rombante, i pneumatici a mordere l'asfalto...

Il vero lavoro, Santos lo svolgeva fuori da quell'anonimo palazzo di vetro e cemento. E dato che gli piaceva il litorale, preferiva riflettere davanti al mare. Più l'indagine era difficile, più l'ispettore allungava le proprie passeggiate. Da quelle camminate solitarie non sortiva alcun risultato apparente, ma in realtà arrivava sempre a qualche conclusione, non fosse altro che a un'intuizione, un presentimento, un brandello di verità. Tutte le sue idee e le sue decisioni arrivavano da quei momenti di silenzio vissuti in perfetta solitudine. Era un modo di procedere che avrebbe fatto storcere il naso e inorridire qualunque altro ispettore o criminologo, perché aveva a che fare con una perenne anarchia che per vie misteriose portava a colpire il bersaglio. E per quanto irrazionale potesse sembrare, Santos finiva quasi sempre per stanare l'assassino. Era un pragmatico, abituato a badare al sodo. L'unica cosa che gli importava era se il caso veniva risolto. E poi, si poteva forse dire che un'intuizione era più corretta se nasceva in un ufficio surriscaldato e claustrofobico della polizia piuttosto che in riva al mare? No di certo! L'importante era che permettesse di venire a capo dell'indagine – individuazione, imprigionamento, archiviazione – ecco tutto. Almeno, questo era il modo di pensare dell'ispettore. Non aveva mai chiesto ai suoi subalterni dove avessero trovato l'intuizione di svolta di un'indagine, e questo lo toglieva dall'imbarazzo di dover giustificare il proprio *modus operandi.*

In quel momento, dalla porta socchiusa si delineò il profilo di Norah: «Buongiorno! Come stiamo andando? Qualche pista promettente per l'assassino artistoide?».

«No, per ora!» rispose Santos seccato. Il filo d'Arianna dell'indagine pareva essersi smarrito, e questo lo frustrava infinitamente.

«Magnifico!» esclamò Norah ironica. Ma non c'era niente di magnifico in quell'indagine, non c'era nemmeno posto per l'ironia.

Kay e Santos sembravano impegnati in un assurdo ballo caraibico in cui si muovevano le braccia e le anche, ma i piedi restavano sempre fermi nello stesso punto. Quel maledetto caso era ancora una massa di dati senza connessione tra loro. Ciascuna delle soluzioni parziali che erano riusciti a individuare aveva dato luogo solo a un nuovo problema. Norah, invece, non era affatto frustrata. Anche così, a tentoni, per lei il caso andava avanti: come germogli, presto o tardi le informazioni sarebbero sbocciate, dando i loro frutti. Bastava aspettare.

«Davvero nessuna novità all'orizzonte?» chiese ancora la donna con aria quasi indifferente, senza rendersi conto di rigirare il coltello nella piaga.

«Nessuna. Dopo un mese di lavoro, ci troviamo ancora alla casella di partenza. Non molto incoraggiante, purtroppo» replicò mesta Kay.

«Be', non ci resta che aspettare!» ribatté Norah, come

se aspettare con pazienza fosse la cosa più semplice al mondo. Poi richiuse dietro di sé la porta, che dava sul suo ufficio.

«Ecco» commentò Santos, «non ci resta che seguire il suggerimento del nostro venerabile saggio. Aspettiamo!»

La noncuranza di Norah lo indisponeva ogni giorno di più. Fa così solo per logorarmi, pensò in quel momento Santos, i nervi a fior di pelle. Quella donna non sapeva cosa volesse dire essere tesi, impazienti di precipitarsi verso una meta. La sua naturale indolenza la manteneva sempre distaccata dagli eventi esterni. Erano anni ormai che Santos aveva rinunciato a capirla!

Ora che erano di nuovo soli, l'ispettore chiese: «A proposito di Sundpharma, hai approfondito quello che mi avevi detto l'altro giorno?».

«Intendi i casi di leucemia che hanno colpito alcuni operai nel loro laboratorio?»

«Sì, esattamente!»

«Il ministero della Salute ha già avviato una prima indagine. Hanno aperto una commissione d'inchiesta da circa tre settimane. Ma è ancora troppo presto per una qualunque conclusione, e poi sono molto riservati nel diffondere informazioni. L'anomalia riscontrata concerne dei casi di leucemia molto rara, identificata come mieloblastica, una rara degenerazione del sangue che negli operai si è verificata in modo incredibilmente più acuto rispetto alla casistica standard.»

«Faccenda seria!» affermò Santos, il volto corrucciato. «Ho affrontato in passato un'indagine simile. Quella patologia si manifesta quando, in un contesto in cui si manipolano sostanze tossiche, non vengono rispettati i protocolli di sicurezza: in quel caso era un'azienda che riciclava vecchi pneumatici in materie plastiche per altri usi industriali.»

«Be', ho l'impressione che si tratti di una questione analoga. Due operai del laboratorio hanno quella leucemia, e uno dei due è deceduto. Se l'inchiesta dimostra quello che dici, dando la responsabilità al comportamento scorretto di Sundpharma, l'azienda sarebbe da perseguire penalmente.»

«E sarebbe un danno d'immagine incredibile» continuò Santos, «oltre che un vero e proprio scandalo. Decreterebbe...»

«La fine di Sundpharma!» concluse la frase Kay.

«Su questo non c'è dubbio. Chissà chi darà prima il colpo di grazia, se noi o la commissione!»

«Noi?» chiese Kay soprappensiero. «E perché? Pensi per caso che l'omicida abbia a che fare con Sundpharma, che i due casi siano intrecciati?»

«Non correre troppo! Voglio solo dire che, alla luce delle informazioni che abbiamo, tra i due casi c'è un legame: il farmaco Quadrivia, che con buona probabilità è prodotto clandestinamente nel laboratorio sotto inchiesta. Non ti sembra di sentire puzza di bruciato?» le domandò con uno sguardo provocatorio Santos.

Kay restò in silenzio, come collegando nella sua mente tutte le tessere del puzzle a disposizione.

«Sai che ti dico?» riprese Santos. «Perché non facciamo un sopralluogo? Magari troviamo qualche nuova traccia. In questa fase non è da escludere che il killer sia un dipendente di Sundpharma che ha contratto la leucemia e vuole affossare l'azienda per vendetta, consapevole delle sue colpe, e mettere a nudo il marciume che vi si nasconde, attirando su di sé l'attenzione.»

«Sì, anche questa è un'ipotesi valida al momento! Tanto, al punto zero in cui ci troviamo...»

Santos annuì, rendendosi conto solo in quel momento del viso sciupato della giovane. Pensò che non doveva tirare troppo la corda se voleva evitarle un crollo nervoso a breve.

«Senti, Kay, oggi la giornata è troppo bella per mangiare in ufficio. Ti porto in uno dei miei posti preferiti. Continuiamo a parlare lì senza essere disturbati. Ti va? Così prendi un po' d'aria...»

«Se mi va? Certo!» rispose entusiasta Kay, felice di poter beneficiare ancora, ma fuori di lì, dell'aiuto di Santos, che l'avrebbe fatta ragionare stimolandola con le sue provocazioni, senza farle perdere il baricentro dell'indagine.

«Bene! Vado a darmi una sciacquata alla faccia, e torno subito, così hai il tempo di spegnere il computer... Stanotte ho dormito tre ore! Sai, quel caso del pusher...»

In bagno Santos si lavò il viso con acqua fredda per riprendersi dalla stanchezza. Aveva fatto le ore piccole per un pedinamento. Purtroppo non era l'eccezione ma la regola per lui dormire poco, in troppi militavano nei ranghi della brigata criminale. Incrociando il proprio sguardo allo specchio, l'ispettore vide un paio di occhi lucidi per la fatica, con due cerchi scuri, e le guance scavate. Cercò di sorridere, ma non ci riuscì: in quel momento si rese conto che per lui fare lo sbirro aveva una data di scadenza, e che c'era maledettamente vicino. Era sempre più difficile trovare un senso in quello che faceva: sbattere dentro gentaglia da tempo prigioniera del disprezzo e dell'odio di sé, prima che del risentitimento che covava per l'umanità.

Quando ritornò, Kay lo accolse con l'aria da prima della classe che non è riuscita a prendere il massimo dei voti: «Bene, capo, sono pronta. Ho spento il cervellone. Se poi sarò in ritardo con il lavoro, non te la prendere con me, okay?».

«Ritardo? Ma dài... non siamo in un film americano! Ora *vamonos*!»

Con la testa affollata di pensieri, Kay prese la borsa, e seguì Santos. Solo quando erano ormai nel parcheggio dell'ufficio, si ricordò che l'ispettore era in moto. Ma era troppo tardi per declinare l'invito, perché lui, con un sorriso largo, le stava già dando il casco. Una Harley Davidson rossa e bianca con cromature fiammeggianti, pneumatici con bande bianche e sella di pelle antracite con le frange, sostava a qualche metro: un mostro di mezza tonnellata.

«Questa è l'ora di punta... in moto ci mettiamo meno della metà del tempo!» disse, con un ghigno simpatico. Quando però lesse l'apprensione nel volto di Kay, le chiese se era la sua prima volta in moto.

La giovane fece cenno di sì. E poi, stoica come in tutto, prese il casco senza esitare. Mentre Santos si metteva gli occhiali, salì in moto e gli cinse la vita, con una tale forza – era terrorizzata – che l'altro fu costretto a farle allentare la presa prima di partire.

«Stammi a sentire: devi fare quello che faccio io. Non buttarti mai dall'altro lato, anche se ti viene spontaneo, capito? E stringere troppo forte serve solo a soffocarmi... Vedrai, ti piacerà!»

La voce fu sovrastata dal rombo del motore bicilindrico a V, poi partirono a razzo. Quanto alla rapidità del viaggio, già alla prima coda Santos, incurante della segnaletica, salì sul marciapiede. Guidava come indagava: anarchico e al di fuori delle regole stabilite. Kay cercava di assecondarlo come meglio poteva nelle temerarie acrobazie e nelle spericolate serpentine. Attraversarono come saette prima Sea Point, poi risalirono Carriage Drive con le ginocchia che talvolta sfioravano l'asfalto, sino a raggiungere Old Brompton. All'altezza della stazione, Santos accelerò ancora e superò l'incrocio con il semaforo già rosso. Un'utilitaria aveva anticipato il verde, lo scontro sembrava inevitabile. La moto s'inclinò su un fianco, ma Santos riuscì a non perdere l'equilibrio e la padronanza del mezzo, ed evitò la collisione, facendo schizzare il cuore in gola a Kay. Pensava di partire di schiena come una trottola, e di essere investita da un'altra automobile. Invece, quasi per miracolo, Santos attraversò indenne l'incrocio. Per rassicurarla, allungò un braccio indietro facendole OK con il pollice. Kay gli stava aggrappata alla schiena come un koala, e chiuse gli occhi per il resto del tragitto che, grazie a Dio, fu breve. In meno di mezz'ora, arrivarono.

«Mai più!» sospirò Kay scendendo dal mezzo tutta tremante, i capelli in disordine.

Santos aveva parcheggiato davanti a un ristorante asiatico non molto invitante, piuttosto anonimo, come ce n'erano centinaia a Cape Town: tavolacci di legno, tovaglie a quadretti e candele conficcate in bottiglie vuote di Mateus.

«Fidati, si mangia bene» la rassicurò l'ispettore vedendola guardare la vetrina perplessa.

La carta era *fusion* – specialità cinesi, giapponesi e thailandesi – e i prezzi competitivi. Presero posto vicino alla cucina aperta, in un tavolo angusto, con altre tre persone. I movimenti dei cuochi erano rapidi ed efficienti, eppure regnava nella stanza un silenzio sorprendente, interrotto di tanto in tanto dal tintinnio del metallo sul metallo che spezzava il debole ma costante ronzio dell'enorme cappa sopra il forno a gas. Uno strano ibrido tra donna e bambina – il corpo esile, i seni già rotondi, sulla narice un piccolo piercing – prese l'ordine. Santos, da *habitué* del locale, scelse senza carta. Aveva una gran fame, e non vedeva l'ora di addentare delle costolette di maiale croccanti in salsa agrodolce, quindi non era per niente contento della scelta di Kay: odiava il sushi, gli sembravano esche quei pezzetti di pesce sul riso, non cibo per esseri umani. Santos le aveva proposto maiale con contorno di ravioli al vapore, ma lei aveva declinato l'invito, parlando di eccesso di colesterolo, e del rischio di infarto che aumentava molto – per lui – dopo i quarant'anni. Nella foga salutista, Kay gli aveva chiesto cosa aveva mangiato a colazione, e quando si era sentita rispondere «uova e pancetta, innaffiate da due tazze di caffè a novantotto ottani, torrefatto di sola miscela robusta» era rabbrividita, e lo aveva squadrato con compassione e diffidenza, come le guardie scrutano i detenuti nel braccio della morte.

«Che te ne pare di una bella trippa stasera?» aveva rilanciato Santos, prendendola in giro.

«Tu sei pazzo» si schermì lei, indignata.

«E va be', per una volta...» aveva continuato lui, passandosi una mano tra i capelli a spazzola sale e pepe. Anche seduto, il suo metro e ottanta era imponente, e Kay non poté fare a meno di notarlo.

Il ristorante era abbastanza affollato, gente che andava e veniva, e una musica di sottofondo con assoli di chitarra elettrica. A quell'ora il caldo era ancora sopportabile, perché il locale era in una via all'ombra, e una lieve brezza agitava le tendine della finestra. Un ventilatore a soffitto girava con una lentezza tale da essere solo una giostra per le mosche. Santos indossava un completo di flanella blu poco costoso; quand'era in servizio, stava attento ai messaggi non verbali, voleva sembrare adeguato nel dress code per non essere preso di mira, lui, *l'enfant terrible* del commissariato, il lupo solitario della brigata anticrimine. A tavola si era tolto la cravatta e sbottonato la camicia, lasciando intravedere qualche pelo del petto e un crocifisso d'argento massiccio. In quel momento aveva tutta l'aria del *macho* latino, tipo umano che Kay non apprezzava particolarmente.

«A proposito» continuò la ragazza con una risatina, nel maldestro tentativo di colpevolizzare lo spirito edonista di Santos, «ho letto che il fegato è l'unico organo del corpo capace di rinnovarsi completamente. Si riproducono così tante cellule che in cinque anni ritorna nuovo di zecca. A patto di non bere troppo...»

Santos alzò fiero il suo bicchiere pieno di soda con ghiaccio: «Credi che valga anche per l'animo umano? Perché avrei proprio bisogno di una coscienza nuova. La mia è lurida» esclamò beffardo. Non ne poteva più di quella ramanzina, infatti introdusse l'argomento dell'indagine. «Ma torniamo al caso, Kay. Per esperienza, sappi che occorre armarsi molto più che di semplici teorie: bisogna seguire il proprio fiuto, e il buon senso. Hai studiato psicologia e criminologia. E scommetto che vai a pesca dove le due discipline confluiscono, giusto? Avanti, dimmi: finora cos'hai nel retino?»

«Ben poco» rispose Kay, «lo sai bene!» Poi ripassarono insieme gli elementi raccolti: a cominciare dal sopralluogo dalla prima malata, che non aveva potuto interrogare perché era morta. Cercarono di capire la ragione per cui il viso del cadavere era stato imbellettato, e perché la donna stringesse nel palmo della mano lo stesso fiore esotico trovato sul primo cadavere.

«Di questo possiamo essere certi: si tratta della firma dell'assassino.» Con aria concentrata, Santos incrociò le dita dietro la testa e cominciò a massaggiarsi la nuca con i pollici, senza distogliere lo sguardo da Kay. Dopo una breve pausa, le domandò: «C'era qualcosa d'interessante nell'abitazione?».

«C'era troppa gente, era in corso una veglia funebre, non ho potuto procedere a un'ispezione vera e propria!» Un istante dopo aver parlato, Kay si rese conto che quella aveva tutta l'aria di una scusa per mascherare la propria inesperienza. E subito arrossì. Era solo per metà colpevole. Tutto quello che sapeva sulle tecniche di perquisizione, lo aveva imparato in un'aula affollata e rumorosa della scuola di polizia, uno splendido sabato mattina estivo, mentre tutti gli allievi pensavano solo al fine settimana. Il commissario che teneva il corso non aveva dato nessun documento di studio, ma solo consigli pratici: non concentrarsi su quello che si sta cercando, quanto piuttosto su quello che si trova, interrogandosi sul perché si trovi proprio lì e su cosa voglia dire la sua presenza. Inoltre, questo se lo ricordava bene, il commissario aveva spiegato che senza la giusta predisposizione alla neutralità, si può guardare tutto ma vedere solo quello che si sta cercando, che è un errore molto comune. Ma Kay non aveva fatto l'investigatrice abbastanza a lungo per non sentirsi imbarazzata a rovistare fra le cose di altre persone, soprattutto delle vittime: doveva ancora forzarsi… Pensò che nella casa della morta avrebbe almeno dovuto spostare copriletto e cuscini, in caso ci fossero stati capelli, resti di pelle e secrezioni di saliva. Eppure non le era venuto in mente.

«Non l'hai perquisita davvero? Hai almeno chiamato quelli della Scientifica, spero? Giusto?»

Con un'espressione stupita, ai limiti dell'incredulità, Santos sembrava volerle dare a intendere che era solo una principiante… cosa che confermava appieno il senso di inadeguatezza che Kay provava dall'inizio di quell'indagine. A che gioco stava giocando, il commissario? Perché le aveva assegnato un caso tanto delicato? Si torse le mani, esasperata, cercando di abbozzare una risposta decente: «Sì, certo che ho seguito la procedura. Appena me ne sono andata, ho preso contatto con la Scientifica. Dal rapporto è emerso che il decesso è avvenuto probabilmente per strangolamento! Certo, la malata era allo stadio terminale dell'AIDS, ed essendo il fisico molto debilitato, la causa del decesso non è accertabile con sicurezza». In preda a un profondo sconforto, Kay si agitò sulla sedia, mentre una goccia di sudore le scendeva lungo la fronte. Altro che boccata d'aria fresca! Altro che svago! Si sentiva sotto esame.

Santos non mollò la presa, continuando nella requisitoria: «Almeno la temperatura corporea l'hai rilevata, vero?».

«La temperatura?!» chiese Kay, l'espressione quasi interdetta. «No, direi proprio di no...»

«Non... non ci posso credere!» sbuffò Santos, quasi stesse impartendo una lezione a un'allieva zuccona. Senza esitare, rincarò la dose: «Ma come diavolo hai potuto scordarti che il tempo di raffreddamento di un corpo consente di risalire in modo diretto all'ora del decesso? Basta utilizzare un termometro rettale. L'operazione è semplice, e prende solo qualche minuto».

«Mi... mi dispiace! Non ho avuto abbastanza lucidità. Davvero, non succederà più!» balbettò Kay. Non voleva certo arrendersi così. Era una perfezionista, credeva nella forza di volontà, e aveva un'impostazione mentale rigida che non le avrebbe permesso di commettere lo stesso errore una seconda volta. Per riscattarsi da quell'impressione d'incapacità e inadeguatezza, fissando il pavimento, continuò: «Ho provato a fare una ricerca nella banca dati informatica sugli altri due nomi dei pazienti che la dottoressa Maggie doveva visitare, ma senza risultati soddisfacenti. Sono ancora vivi, niente cadaveri imbellettati con in mano fiori esotici!» concluse, con un sorrisino forzato.

«Un momento» la fermò Santos. «Dove hai cercato le informazioni?»

«Nell'intranet della polizia del Sudafrica. Perché?» Sapeva che la tecnologia era la sua arma contro un ispettore vecchio stampo come Santos, che aveva poca dimestichezza con l'informatica.

«Ah, bene, bene!» Ora era lui a essere spiazzato. Si passò una mano sulla mandibola e poi sulla mascella forte, rasata di fresco: aveva una dissimmetria nella giuntura mandibolare, evidente a occhio nudo, che attirò l'attenzione di Kay.

«Ma ti sei lasciato coinvolgere in qualche rissa, ultimamente?» gli chiese lei.

«Mmm... perché? Sono più brutto del solito?» replicò lui, beffardo.

«Sentilo! Sei a caccia di complimenti? Non ne hai bisogno, e soprattutto, non te li meriti! Piuttosto, sembra che qualcuno ti abbia rotto la mandibola o sbaglio?»

«Bene! La mia fama di rissaiolo mi precede. Potrei anche essermi fatto male cadendo da solo, non ti sembra?»

Kay scosse la testa, avvicinandosi al viso di Santos per guardare meglio: «Certo... sei caduto da solo, eh? Questa è una frattura da trauma, e ben localizzata. A occhio e croce, direi un bel pugno. Meglio curarla. È un rischio lasciarla così, potrebbe non riassestarsi più. Ascoltami per una volta!»

«Ok, ricevuto! Andrò a farmi vedere in ospedale. Ma se si tratterà di chirurgia estetica, Santos non si sottoporrà a nessuna operazione! Quei finocchi in camice bianco che predicano il vangelo del lifting e della liposuzione mi rivoltano lo stomaco!»

Kay non poté non ridere. In quei momenti, le sembrava di conoscerlo da una vita. Caro, vecchio Santos, un burbero dalla scorza ruvida, sempre fedele al proprio personaggio: uomini come lui, nel bene e nel male, erano merce rara. La giovane colse al volo quella pausa di leggerezza per parlare di un argomento che le stava a cuore: «Ora, però, ho bisogno della tua opinione sul caso, capo. In obitorio, l'anatomopatologo Kibali ha parlato di assassino seriale...».

Santos si adombrò all'istante, tanto da farle lasciare la frase in sospeso. Ma non era difficile capire il perché: quel genere di assassino aveva a che fare con gli abissi oscuri in cui si era dovuto inoltrare sin dagli inizi della carriera. L'ispettore aveva una luce cupa negli occhi, che in quel momento ardevano come fuoco sotto la sterpaglia, spasimo di un'anima che non si dava mai pace. Sì, aveva un cuore anche lui, e per questo si era fatto paladino degli innocenti, pensando di rendere loro giustizia. Continuava ad ascoltare i cadaveri, a richiamarli dal regno dei morti, per ricostruire com'erano prima che uno psicopatico strappasse loro la vita: se aveva un'opportunità per imprigionare i carnefici, la doveva a quello che quei corpi inerti avevano ancora da dirgli. Perché per Angel Santos, anche le indagini archiviate ma senza la messa in stato di fermo del colpevole erano sempre aperte. E per sperare di poterle portare a termine, doveva tenere dentro di sé quella folla sempre più numerosa di morti che invocavano giustizia, di anime in pena. Non aveva scelta: per seguire le tracce dei carnefici, doveva vivere dove regnava la depravazione, la malvagità, la crudeltà, insomma, l'eternità di una notte senza tempo, e questo lo aveva cambiato. In peggio, purtroppo. Era diventato cinico, spietato. Friederich Nietzsche aveva scritto: "Colui che combatte i mostri dovrebbe fare attenzione a non farsi egli stesso mostro. E quando rivolgi a lungo lo sguardo nell'abisso anche l'abisso ti sta guardando". Ebbene, negli anni di servizio, Santos non solo aveva guardato in fondo all'abisso, ma l'abisso aveva guardato in lui, che era stato inghiottito dalle tenebre, rischiando di diventare malvagio tra i malvagi. Il pericolo era la paranoia, avvicinarsi troppo a quelli cui dava la caccia, perché non sempre riusciva a mantenere le giuste distanze. E se all'inizio si considerava un paladino, ora si sentiva piuttosto un povero spazzino della giustizia...

«Un assassino seriale? Non mi sorprende! Non fa che confermare quanto ti ho detto la prima volta. Piuttosto: come giustifica Jacob Kibali questa ipotesi?» chiese l'ispettore, che non aveva perso la lucidità iniziale, mentre rughe profonde gli solcavano la fronte.

«La desume da come l'assassino ha teatralizzato la vittima, quasi si trattasse di un'opera mortuaria. Insomma, un capolavoro dell'osceno. E ha insistito che il fiore ne era la firma e insieme una provocazione, una sfida agli investigatori. Gli ho chiesto se avesse riscontrato altri casi di vittime imbellettate a quel modo. Mi ha risposto che era la prima volta. Purtroppo, il secondo cadavere conferma *de facto* l'ipotesi dell'assassino seriale... Che dici?» Nonostante la tensione e l'espressione corrucciata del commissario, Kay lo fissava con un sorriso pieno di attese, pensando che lui avrebbe estratto un coniglio dal cilindro, in uno spettacolo di magia solo per lei.

Santos non si tirò indietro. Mise da parte il piatto con le costolette di maiale in agrodolce – molto grave! non gli capitava mai di lasciare il cibo – e, facendo segno di portare il caffè, disse: «Se vuoi sapere come la penso, presto fatto. Sono un tipo diretto io, e tu lo sai, vero?».

Kay assentì, curiosa dell'opinione di Santos.

«Innanzitutto, ho l'impressione che il tuo desiderio sia un altro, se posso parlare senza peli sulla lingua. Cerchi qualcuno che ti dica: no, non si tratta di un serial killer, è solo una mera coincidenza, non popolare le tuoi notti di incubi che ti svegliano di soprassalto, dormi sonni tranquilli! Invece ti dico che anch'io, come quella pellaccia di Kibali, ho avuto sin dall'inizio il presentimento che si trattasse di un assassino seriale. E peraltro non è detto che le due donne siano le sue prime vittime.»

«Perché no? Pensi ce ne siano state altre?»

«Credo di sì, perché ha agito in maniera così impeccabile, con i i nervi tanto saldi da non lasciare alcuna traccia sul luogo del crimine: la prima volta che si uccide non si ha tanto sangue freddo... e Dio solo sa se ne ho visti, di cadaveri!»

«Continua. Come cambiano poi i delitti?»

«Prima di interessarci alla dinamica degli omicidi, immagina che gli psicopatici rituali sono i Rembrandt degli assassini. Attenta, però: c'è qualcosa nel nostro killer che lo pone fuori da qualsiasi casistica. La maggior parte degli assassini uccide per una forma di perverso, sadico piacere. La vittima è solo una comparsa, sono loro i protagonisti, che attraverso di lei mettono in scena i loro fantasmi. Ci sono solo loro sul palco, divi assoluti, detentori del potere di vita o di morte.»

«Lo so, Santos, l'ho studiato a criminologia! È orrendo anche pensarlo, ma è la verità, la triste, cruda verità, che rende il tutto ancora meno sopportabile!»

«Ora, stammi a sentire! Nel nostro caso, però, si tratta di un assassino arrogante, che firma la sua opera mortuaria come una creazione artistica. E non si limita a questo. Uccide con un codice segreto da interpretare, agisce a livello simbolico. Ed è proprio lì che si cela il movente. È il suo modo di sfidarci. In questo, credo proprio che Kibali abbia ragione. Se non riusciamo a interpretarlo, è perché nessuno ha il suo talento. Perciò, lui è un genio, poco importa se un genio del male, capisci? La cattiva notizia, Kay, è che, con ogni probabilità, non si fermerà qui.»

Non si fermerà qui. A quelle parole, Kay ebbe un sussulto, il suo ginocchio sbatté contro il tavolo. La prospettiva di doversi confrontare con altri cadaveri, e le situazioni a rischio che questo avrebbe comportato, la fece tremare.

Santos, invece, viveva la paura come un'emozione rinvigorente, che gli dava il brivido di vivere e il piacere maledetto di essere uno sbirro. Era un duro, e aveva la fortuna di fare il lavoro giusto. Da ragazzino adorava giocare a guardie e ladri: finiva sempre per catturare Al Capone sparando con il suo fucile giocattolo. Si trattava forse di predestinazione? Chissà... Di certo, Santos era intagliato nel legno giusto per il mestiere che faceva, nonostante i fantasmi e la desertificazione del suo cuore.

«Come sai che non si fermerà qui?» chiese Kay a quel punto.

«Non lo so. Lo sento. Questione di pancia! Questi due crimini, se sono davvero collegati, gli hanno fatto scoprire un altro mondo. Avrà bisogno di reiterare questo perverso piacere, ne sono certo! Fidati, non è il primo a cui do la caccia: si troverà anche lui preda di un delirio, come tutti gli altri svitati del suo genere...»

«Un che? Un delirio, hai detto?»

«Sì: una giustificazione mistica. Ma non prendermi alla lettera! Sai che non sono bravo con le parole. Voglio solo farti notare che è in cerca di pubblicità. Non ha cercato di nascondere il crimine. E poi si stancherà. Tra chissà quanti morti, però. Non ho la sfera di cristallo. Nel frattempo continuerà a uccidere, firmando le proprie creazioni, per un impulso ossessivo di decorare le sue vittime. È fiero del suo gesto, vuole che lo si prenda per un artista del male: sennò avrebbe nascosto i cadaveri nel bosco, no? Preparati, Kay, perché questo è solo l'inizio.»

Rabbrividendo, lei immaginò per un attimo l'assassino che guardava da diverse angolazioni il corpo messo in posa per truccarlo, ammirando poi il risultato del proprio lavoro: ora sì, soddisfaceva il suo depravato senso estetico. Era tutto così lontano dalla brillante Teoria del Male che aveva studiato sui banchi universitari! Kay aveva sempre immaginato che il clima di un'indagine fosse duro da sopportare, ma adesso che la toccava in prima persona, iniziava a credere di non avere la forza per passarci attraverso indenne. Eppure non aveva scelta. «Ho ancora una domanda, capo.» Il timbro della voce tradiva insicurezza. Le tremavano di nuovo le mani, e per nasconderlo, le teneva intrecciate in grembo. Lasciò passare qualche istante di silenzio.

«Dunque, la domanda?»

Kay soppesò mentalmente ogni singola parola, prima di parlare: «Questo è un caso molto serio, che può facilmente degenerare se, come sostieni, scorrerà altro sangue innocente. Se ciò avvenisse, sarebbe un grosso problema per l'establishement politico, non credi? E per il panico che scatenerebbe nei cittadini» s'interruppe un attimo, quasi avesse smarrito il filo del discorso, poi riprese il controllo sulle proprie emozioni, «e quindi non credi che mi manchi l'esperienza per affrontare un caso così delicato? Non sarebbe meglio affidarlo a un profilo più esperto, a un dirigente?»

A quella domanda Santos le restituì un sorriso dal sarcasmo corrosivo. Certo, era il primo a sapere che era inadeguata. Le mancavano anni di lavoro sotto copertura, di addestramento tecnico e di investigazioni per imparare a distinguere fra ciò che poteva rivelare e ciò che doveva tenere per sé, e a mantenere l'autocontrollo, perché in certe situazioni bastava poco a mandare all'aria tutto, e soprattutto a farsi ammazzare.

«La conosci la polizia, Kay?» le chiese lapidario.

«Certo che sì! Perché?»

«Non mi sembra tu sappia come funziona la gerarchia...»

«La gerarchia? Be', più o meno. Ecco, non saprei ricordare l'intera piramide gerarchica, dalle fondamenta alla vetta, però...»

«Non ci vuole un dirigente per un caso come questo. Quella che hai citato è una figura *non* operativa. Da centrale direzionale.»

«Di che, della polizia?»

«Ma no! Della sezione Reati gravi. E dimmi un po', che rango occupa un agente?»

«Sta sotto l'ispettore, se ricordo bene.»

«Giusto, e infatti è l'agente che deve occuparsi di un caso così. Capito? Evita errori del genere la prossima volta. Potresti urtare la suscettibilità dei colleghi. Se hai stoffa, Kay, verrà fuori, credimi. Niente di meglio che un battesimo del fuoco per dimostrare quanto vali. Io credo sia la funzione a fare il profilo, e non viceversa... Per quanto riguarda questo caso, poi, francamente non ho scelta.»

«Ma figuriamoci! A parte il portinaio, chiunque nel nostro palazzo è più qualificato della sottoscritta per cimentarsi con un'indagine di questa portata!»

«No, no, credimi… sono serio! Per i crimini di questo tipo, le risorse non sono mai scarse. Visto che i nostri bravi politici ci tolgono ogni anno soldi a disposizione, a fronte di una criminalità in continuo aumento. Ma tanto tu sai che puoi fare riferimento a me per qualsiasi complicazione!»

Sapeva, Kay, che quella era una formula poco più che retorica, essendo Santos impegnato su mille fronti. Sentendosi tremendamente sola, si augurò di essere trasferita; l'ideale sarebbero stati tre mesi nella polizia stradale. Anche se non era il tipo da abbandonare un lavoro a metà, aveva paura che quel caso s'impadronisse di lei, i fili della matassa che continuavano a ingarbugliarsi e sciogliersi e legarsi in nuove soluzioni. Non sapeva come combattere l'ansia, l'insicurezza che le toglieva il sonno.

Santos, che sembrava leggerle nel pensiero, per abbassare un po' della tensione che era nell'aria, non disse più nulla, limitandosi a far gocciolare un po' di latte nel caffè che la ragazza col piercing aveva appena portato. Pulì l'orlo della tazza e mescolò finché la bevanda divenne di un bruno chiaro. Poi bevve lentamente qualche sorso. Infine, aggiunse: «Per questo, appena senti di avere una traccia, una linea investigativa promettente, avvertimi subito. Per essere al tuo fianco. Capito, ispettore Kay?».

Lei annuì deferente, e calò il silenzio, come il sipario su un proscenio. Era chiaro chi fra i due era l'attore consumato, e chi invece un semplice comprimario, se non una comparsa.

Pagato il conto, uscirono dal ristorante. L'espressione preoccupata di Kay tradiva inquietudine, mentre sul viso dell'ispettore aleggiava un sorriso compiaciuto. Sembrava un altro, lì fuori. Il cambiamento repentino d'umore era dovuto alla sua moto, che adorava, con quel potente motore bicilindrico dalla coppia molto bassa, e guidarla era l'unico vero momento ricreativo della giornata. Senza il parabrezza, l'aria gli pesava sulle braccia come piombo, ma era proprio quella sensazione di strappare la libertà agli elementi che gli piaceva più di tutto. Era il suo giocattolo, l'ultimo che gli rimaneva, e per nulla al mondo vi avrebbe rinunciato. E poi in quel momento intuiva il terrore di Kay nel doverci risalire, cosa che gli raddoppiava il piacere! Lei avrebbe pagato di tasca sua un taxi per ritornare in commissariato, ma non poteva urtare così la suscettibilità del centauro, nonché suo capo. Santos, invece, era in pace con il mondo; aveva appena assaggiato uno dei suoi piatti preferiti – al diavolo il colesterolo! – cavalcava il suo destriero dal cuore d'acciaio e, perché no, aveva dietro di sé quella schizzinosetta tutta libri e formule che moriva di paura a ogni curva: si fottesse quel serial killer!

Arrivarono in un battibaleno e Kay, in preda a palpitazioni e sudori freddi, non gli rivolse più la parola per l'intero pomeriggio.

8

Quella sera, Johnny aveva il primo vero incontro galante con Chanel, la sua *muchacha caliente*, dopo averla corteggiata per quasi un mese ogni sera allo Strip Avenue. Ma nemmeno il pensiero di un incontro speciale riusciva a rallegrarlo. Camminava in silenzio, cercando di combattere gli impulsi oscuri e violenti che lo agitavano. Dopo una vita di stenti e privazioni, non aveva nemmeno uno straccio d'automobile per scorrazzare la sua bella. In quel frangente, il solo pensiero di salire sulla sgangherata bicicletta lo umiliava. Aveva l'amaro in bocca, quel retrogusto nauseabondo di cibo avariato che la vita riserva ai perdenti. E da quando aveva conosciuto Chanel, essere privo di una posizione non gli era mai pesato tanto.

Iniziò a pedalare sbilenco, e smise di rodersi l'animo pregustando la serata che aveva davanti. Non era una cosa da tutti, a cinquant'anni suonati, portare a cena una bella puledra di neppure vent'anni. A metà percorso, guardò l'orologio da polso: sarebbe arrivato in perfetto orario, come conveniva a un gentiluomo! Ma non intendeva farsi vedere con quella sgangherata bicicletta – che, ne era certo, avrebbe compromesso in partenza qualsiasi possibilità di conquistare Chanel – e perciò le aveva dato appuntamento al ristorante, dove aveva prenotato un tavolo per due a lume di candela.

Appena vide la splendida ragazza appoggiata al lampione davanti al ristorante dall'insegna dorata, però, superò in un attimo il senso di abbrutimento: questa volta ne sarebbe valsa la pena, era la sua ultima opportunità, perché il destino non bussava per due volte alla stessa porta… Avvicinandosi a Chanel, il battito del suo cuore accelerò. Da quando l'aveva vista per la prima volta, era rimasto turbato. Come se quella ragazza dall'espressione provocante, quella puttanella grintosa fosse diversa da tutte le altre donne, come se ci fosse una sorta di predestinazione fra loro due… Era mai possibile? O forse si stava ingannando, immaginando una realtà fantastica?

Johnny aveva conosciuto molte donne del genere, per metà vittime della società, per metà ribelli sovversive, in attesa di trovare il loro posto al sole, e se ne era approfittato, ricavandone un puro piacere carnale, senza mai innamorarsene. Chanel non era la prima per lui, incallito estimatore di bellezze femminili sguaiate. Di certo lei era uno di quei tipini maledetti, in rivolta con il mondo, allo sbaraglio nel fiume in piena della vita. Ma aveva qualcosa – anche se non avrebbe saputo dire bene cosa – che la rendeva speciale, unica, almeno ai suoi occhi. E poi, in fondo, cosa poteva mai esserci di male in tutto ciò? Un'infatuazione, alla sua età, non era forse una benedizione, un regalo dell'esistenza, da cogliere come un fiore trovato sul ciglio della strada?

Il dottore notò stupito come la giovane che lo attendeva – non era stato così puntuale, allora! – avesse poco a spartire con la ninfetta dello Strip Avenue. Sembrava una vera borghese. Che fosse davvero lei? Indossava un tailleur color crema, elegante e distinto, molto diverso dall'abitino scollato e provocante e dalle scarpe con il tacco a stiletto che aveva esibito al locale. Ma bastò fissarla un altro istante per riconoscere in lei la maschietta di periferia: lo sguardo malizioso e gli occhi effervescenti le restituivano quell'aria da monella con il mento in fuori a sfidare le avversità. Johnny fu piacevolmente sorpreso dalla metamorfosi: i capelli erano lisci e lucenti e le calze di seta le mettevano in risalto le gambe slanciate e diritte. Era bella, bellissima... Gli sarebbe piaciuto essere visto in giro a braccetto con quella *muchacha* elegante, che gli avrebbe fatto fare una magnifica figura! Dopo averla salutata, non riuscì a resistere alla tentazione di fissarla per qualche attimo, quasi a correggere l'impressione che si era fatto durante i loro incontri al club.

«Ehi, *hombrecito*, perché mi guardi così? Mi daresti l'ostia senza confessione, eh? Sì, lo so, è l'effetto che faccio. Un poco mi vergogno, ma... *está bien*, per una sera! E poi mi hai detto tu che saremmo andati in un posto chic, no? Comunque, tranquillo, è l'unico vestito da brava ragazza che ho, quello che indosso per i colloqui di lavoro» gli fece l'occhiolino lei.

«Ti guardo così, perché...» esordì Johnny, la voce arrocchita dal desiderio, a tal punto che dovette interrompersi, per schiarire la gola, «... ti trovo splendida, stasera!» farfugliò tutto d'un fiato.

«*Muchas graçias, señor*» rispose Chanel con una risatina e facendo una piroetta. La gonna leggera si allargò, scoprendo appena le belle gambe slanciate da ballerina.

Era irresistibile, quella sera, in versione addomesticata, con quel suo abitino raffinato. «Ma è tutto merito del vestito!» si schermì poi, con una civetteria che tradiva il piacere di piacergli.

«Spero... spero di aver fatto bene a scegliere un ristorante dal menù rigorosamente british.»

«Perché no? Sarà un'esperienza nuova, *mi caballero*! Tutto quello che è nuovo *me gusta, me gusta mucho*!» Gli rivolse uno sguardo sguaiato, quasi osceno: mai nessuna aveva osato fissarlo così, quasi stesse valutando il piacere che avrebbe potuto darle... era proprio una tipa esplicita, Chanel.

«Bene, entriamo allora!» la esortò Johnny, prefigurandosi la serata eccitante. In quell'istante, il cellulare gli vibrò in tasca. Era madame Musonga. Johnny rabbrividì: rischiava di essere una maratona, quella telefonata, surrogato di quelle chiacchierate infinite che i due si facevano all'ambulatorio. Rivolgendosi alla *muchacha*, disse: «Scusami, ma devo proprio rispondere, è una paziente piuttosto esigente. Purtroppo, come medico devo essere sempre reperibile, anche dopo il servizio. Cercherò di essere breve». Poi, in preda a un malcelato nervosismo, il telefono incollato all'orecchio, Johnny iniziò a camminare sul marciapiede davanti al ristorante.

Forse per ingannare il tempo – Johnny stava parlando già da cinque minuti, quella conversazione sembrava non finire mai – Chanel prese una cicca e iniziò a masticare compulsivamente. Ogni tanto, come una lucertola, le usciva dalla bocca un palloncino viola, che subito sgonfiava e ritirava dentro con la lingua. Poi si mise a fissare un'imponente statua: un uomo che scrutava i piccioni, ovvero Jan Smuts, uno dei padri fondatori del Sudafrica. Ma Chanel era di un'ignoranza irriducibile, e scoprì chi era solo leggendo la targa in ottone, sempre più innervosita dall'attesa.

«Sì, madame, ma ne parliamo domani, qui mi risulta difficile, capisce, mi trovo in un luogo pubblico. Devo consultare la cartella clinica, perché su due piedi non posso fare alcuna valutazione! Venga domani all'ambulatorio. Arrivederci» salutò Johnny, e poi ripose il cellulare nella tasca. Dieci minuti di conversazione che in quella situazione gli erano parsi un'eternità. «Scusami, tesoro, purtroppo è un mestieraccio, il mio... Ora entriamo, avrai fame, immagino!» disse, sperando di non ricevere altre chiamate.

Dalle vetrate del ristorante si intuiva l'atmosfera intima di candele e luci soffuse dell'interno, un ambiente raccolto e signorile. Appena entrarono, si resero conto che la sala era tutto un luccichio. Ogni superficie era coperta da decorazioni. Nonostante la stagione estiva, c'era un fuoco finto nel camino: le fiamme si riflettevano sui decanter di cristallo in fila sul carrello delle bevande. Le tende, lunghe e pesanti in oro e cremisi, erano tirate. La luce crepuscolare.

Chanel rimase colpita. Johnny, invece, si sentì un po' in apprensione. Sapeva quanto fosse costoso, e quanto, con il suo misero stipendio, avrebbe dovuto girare alla larga da quel genere di locale. Eppure, per non sfigurare davanti alla sua bella e non sembrarle il povero diavolo squattrinato alla deriva che era, si sarebbe svenato.

Lo chef, che pareva un pinguino molto in carne nel suo smoking, con passo molleggiato, considerata la stazza, li accompagnò al loro tavolo. Piatti di porcellana a disegni floreali dai colori vivaci, cristalli splendenti, tovaglia bianca come una coltre di neve fresca, posate d'argento perfettamente lucidate, tre forchette – la prima con quattro rebbi, la seconda con tre, la terza con due. Chanel non aveva mai visto niente di simile, lei, povera puttanella di periferia, così, dopo essersi seduta, esclamò: «Questo sì che è un posto chic! Non sapevo si potesse scegliere fra tre tipi di forchette!».

Il cameriere, senza scomporsi, rispose: «Non deve scegliere la forchetta a seconda delle sue preferenze; quella con quattro rebbi è per la carne, quella con tre per il pesce e quella con due per l'insalata. Anche i bicchieri sono tre: il primo per l'aperitivo, il secondo per il vino rosso, il terzo per il bianco. Vi lascio il menù, così potrete scegliere con calma». Porse loro una sorta di pergamena, che a Chanel dovette sembrare un manoscritto antico, e concluse: «Specialità della casa, questa sera, è per iniziare l'astice in insalata condito con salsa oceanica e caviale. Poi, come piatto principale, consigliamo filetto di Angus con salsa Worcester, carne tenerissima che arriva dall'Irlanda. Per dessert mi permetto di suggerire *custard pie* con gelato alla vaniglia. Ma ora davvero vi lascio scegliere».

Appena soli, il cellulare di Johnny vibrò ancora: «Maledizione, un altro paziente!» reagì il dottore. Ma fra tutti i mestieri, quanto era stato idiota a scegliere proprio quello? Scusandosi ancora per l'interruzione, ascoltò pazientemente l'interlocutore, diede qualche consiglio sbrigativo sena nemmeno alzarsi da tavola: «No, nessuna medicina se la temperatura non supera i quaranta gradi, mi raccomando... Quali altri sintomi ha, di preciso?».

Questa volta, però, Chanel non sembrò intenzionata ad attendere la fine della conversazione. Si alzò e si avvicinò a Johnny mentre parlava, premendogli qualcosa di piccolo e duro sulle labbra. Per un attimo il dottore fece resistenza, poi le aprì e lasciò scivolare in bocca la cicca. Evidentemente quella che stava masticando prima la ragazza. Questa è matta! pensò sbalordito, poi masticandola si rese conto che non era una cattiva idea, perché aveva la bocca secca. Chanel pareva arrabbiata, così capì che doveva concludere quanto prima la telefonata: «Mi richiami pure domattina, buona serata». Si rivolse poi alla ragazza, con un sorriso seducente: «Alla prossima telefonata dovrò nascondermi! Sei sempre così... intraprendente?».

«Be', è meglio che te lo dica subito, *hombrecito*, non sono certo uno zerbino, piuttosto... un letto da fachiro» dichiarò sbarazzina, un guizzo impertinente negli occhi, la battuta sempre pronta. Scoppiarono a ridere, complici.

Per leggere la tavola dei dieci comandamenti gastronomici, Johnny inforcò un paio di occhiali vecchi e sbilenchi.

«Ma come fai a vederci qualcosa con le lenti così sporche! Te li pulisco, ci metto un attimo! Voi uomini non ce la fate proprio da soli, eh?»

«Ma come?» esclamò lui guardandosi l'abito. «Mi sembra di non essere poi così male!»

«Non fraintendermi... è che sei tutto tirato a lucido, pronto per la cresima, e poi hai gli occhiali luridi! Su, dammeli che te li pulisco.»

«Cosa gradite per iniziare: bianco o rosso?» chiese il

sommelier, che nel frattempo si era avvicinato al tavolo con discrezione.

«Bianco» rispose Chanel, «è più leggero, e dà meno alla testa! Che dici?»

«Perfetto! Un Traminer va bene, no?»

«*Muy bien*, sei tu lo specialista! A proposito, non ti vesti mai più informale, *hombre*?» chiese, squadrandolo.

Per l'occasione, Johnny aveva riesumato il vestito più elegante che aveva, un gessato color indaco. A quel commento, sorrise e la lasciò parlare. Chanel lo trattava esattamente come lui voleva in quel momento, con quel tanto di riguardo e di ironia di cui aveva bisogno. Nel frattempo, il sommelier servì il vino.

«Ehi, vacci piano! Vuoi ubriacarti, che bevi così in fretta? L'alcol è un piacere che va gustato piano, altrimenti, che piacere è? Bisogna dirti proprio tutto, come ai ragazzi!»

«Magari fossi un ragazzo!» sospirò lui, pensando ai trent'anni di differenza che li separavano.

«Posso dirti una cosa, *cabezon*?» lo incalzò Chanel.

«Quello che vuoi, signorina!»

«Io so come ti chiami tu, Johnny. Tu, però, non sai come mi chiamo io. Non vuoi saperlo?»

«Ma certo che voglio! Pensavo che ti piacesse tenerlo segreto, il tuo nome...»

«Bene... Puoi chiamarmi Pepper se la situazione si surriscalda... o Diamond davanti ad altre persone.»

Johnny sorrise. La ragazza non perdeva mai l'occasione per scherzare. «Ma il tuo vero nome qual è?» chiese ingenuo.

«Troppo tardi, piccolo! Quando mi porterai ancora a

cena fuori, potrai chiederlo. Stasera chiamami con il mio nome d'arte, Chanel!»

Johnny la fissò per qualche istante: il suo sguardo tradiva il bisogno di essere accettata? O solo qualcosa di corrotto? Forse era come una bambina che voleva attirare su di sé l'attenzione, con un ego che si nutriva a corrente alternata di coraggio e fragilità.

Lo affascinava, quella ragazza. Così, preso dal piacere della conquista che accompagna il gioco della seduzione, e anche per scrollarsi di dosso i trent'anni che li separavano, aveva pensato prima di arrivare al ristorante ai temi su cui far leva per dare un'immagine virile di sé: avventure che circolavano nell'ambiente medico e che lui si sarebbe limitato a prendere in prestito, millantando di averle vissute da protagonista. Del resto, per Johnny, il fine giustificava sempre il mezzo. Dunque, parlò con trasporto di quando era andato a fare il volontario in un ospedale militare dell'Uganda a metà degli anni Novanta. In realtà, Johnny non si era mai recato in Africa centrale... Raccontò che durante una notte nera come la pece, nell'impenetrabile vegetazione della foresta, aveva sentito le mitragliatrici dell'armata del Sud Sudan risuonare e avvicinarsi all'ospedale. Era quasi mezzanotte, e in corsia tutti – medici, infermiere, mutilati di guerra dell'esercito ugandese – precipitarono nel panico, aspettandosi una carneficina. Per tentare di scongiurare il massacro, l'ospedale era completamente al buio: anche il generatore era stato spento. Sfortuna volle che nel cuore della notte, un soldato colpito da polmonite si fosse aggravato e che, per salvargli la vita, si dovesse per forza accendere il generatore, da cui dipendeva il respiratore artificiale.

Nessuno era disposto a correre il rischio, tranne Johnny, che sprezzante del pericolo, eroicamente lo aveva attivato, con un gesto di incoscienza e pura irresponsabilità. E infatti, dopo l'avviamento del motore a combustione, il tuono delle mitragliatrici non aveva fatto che avvicinarsi pericolosamente. Ma come per miracolo, era accaduto l'inverosimile: proprio mentre l'irruzione sembrava imminente, le raffiche si erano perse nella giungla e le grida di battaglia si erano allontanate. Il soldato afflitto da polmonite si era salvato, e non c'era stato spargimento di sangue. Il dottore era diventato così un salvatore della patria. Le narrò poi con disinvoltura altri episodi, vite parallele alla sua, compiacendosi di come quelle fantasie stessero funzionando alla perfezione. Johnny raccontava la professione medica come quella dell'esploratore avventuriero, e sembrava che il giochetto stesso facendo colpo su Chanel. Recuperava il terreno perso all'inizio, a causa delle ripetute telefonate. Ma a un certo punto, proprio nel mezzo di un nuovo racconto, il cellulare riprese a vibrare. C'era qualcosa di vagamente persecutorio nel suo telefono, avrebbe fatto bene a dimenticarlo in ambulatorio! Ma a malincuore decise di rispondere, scusandosi con Chanel: «È un'urgenza!». Era esasperato, e si alzò dal tavolo, lasciando la sala in fretta.

A giudicare dalla reazione, doveva trattarsi di un fuori programma in cui era in gioco una vita umana. Ma Chanel, che era un puro prodotto del suo habitat naturale – quello spietato della periferia – se ne infischiava delle vite degli altri. Dov'era nata e cresciuta, si imparava a badare solo a se stessi, filosofia spicciola di sopravvivenza. Indispettita da quelle continue interruzioni, si diresse ai servizi. Così, quando il dottore ritornò, la vide attraversare la sala suscitando l'ammirazione silenziosa degli astanti: indossava una minigonna inguinale lepoardata, tacchi a spillo con strass, top dalla scollatura vertiginosa da cui spuntavano i seni alti, il trucco era insolente, da donna di strada – rosso sulle labbra, capelli pieni di gel, mascara pesante. Camminava spavalda, divertita dell'effetto che aveva su quella platea benpensante, che la fissava sgomenta.

«Non si lascia mai attendere una vera signora. Devo proprio insegnarti tutto!» proclamò, fissando Johnny lasciva. Per ripicca, da vera ribelle, si era cambiata: e ora, con quegli abiti volgari e provocanti, lo sfidava con lo sguardo. Lui l'aveva trascurata. E lei, ora, lo stava punendo. A modo suo.

I clienti avevano iniziato a tempestarli di occhiate indignate, e il cameriere arrivò poco dopo al loro tavolo, pregandoli di non metterlo in imbarazzo: «Questo è un locale rispettabile. Insomma, l'abbigliamento adeguato è un'esigenza di decoro, mi capite? Devo chiedervi gentilmente di lasciare il ristorante».

Chanel la provocatrice non resistette, doveva restituirgli l'umiliazione, deridendolo. Allora, con sguardo malizioso, piegò una gamba sul bracciolo della sedia: «Il fatto è che temo di avere una smagliatura alla calza a rete. La vede anche lei, vero?». Ma il cameriere non rispose al gioco di seduzione della ragazza e li accompagnò all'uscita.

In strada, per nulla avvilita, invitò il dottore a una cenetta a casa sua: al diavolo lo Strip Avenue per quella sera! «Mi inventerò qualcosa, non ti annoierai, vedrai!

Cucino io, musone, va bene? Non è poi così lontano, possiamo andarci a piedi.»

La proposta fu un sollievo per Johnny, terrorizzato di doverle mostrare la sua cigolante e arrugginita bicicletta d'ordinanza.

Ci misero più di un'ora per arrivare a casa di Chanel, un misero appartamento in un quartiere malfamato, vicino al porto. Dopo avergli offerto una Corona con uno spicchio di limone, Johnny si aspettava una cena in stile messicano: *tacos*, *enchilada*, *tortillas*, deliziosi manicaretti che adorava! – congiuntamente al fatto che non avrebbe dovuto pagare nessun conto salato per quella cenetta improvvisata, si lasciò persino andare a qualche battuta ironica: «Bada a far da mangiare bene o ti declasso a sguattera, *senõrita*!».

«Guarda che sono una grande cuoca! Le mie ricette salutiste sono apprezzate da chiunque» ribatté lei armeggiando con pentole e fornelli.

E infatti, a tavola nel misero cucinino, Johnny scoprì presto che Chanel era una specie di hippy fissata con l'alimentazione naturale e la macrobiotica. Gli servì prima una zuppetta di alghe di dubbia provenienza. Seguirono frittatine biologiche alle erbe aromatiche, e poi hamburger di glutine di grano, accompagnati da un fagottino di spinaci e un'insalata di soia.

«Il glutine è la carne dei vegetariani, ricca di proteine e di energia, *hombrecito*. Spero ti piaccia!» annunciò, mentre Johnny pensava a quanto avrebbe preferito gustare uno dei piatti del suo Paese, ma si guardò bene dal confessarlo.

«Mangi troppo in fretta! Guarda che così ti rovini la

digestione!» lo rimproverò a metà del pasto, e il dottore alzò un sopracciglio, infastidito. «Però mastichi a bocca chiusa: bravo!» aggiunse poi. A quel punto della cena, Johnny sperava solo di evitare per dessert un favo di miele con api ronzanti ancora dentro, o qualche bacca selvatica immangiabile, ma dalle superiori virtù nutrizionali.

«Che c'è, perché hai il broncio? Non ti è andata giù la scena del ristorante? Non dirmi che sei arrabbiato perché da patetico borghese ti interessano solo le apparenze? E poi, la colpa non è mia, lo dovresti sapere: una *mujer* non si fa mai aspettare! Ma non hai fame?»

L'altro annuì, aveva appetito, infatti mangiava con gusto.

Eppure, Chanel si lanciò in una filippica che il dottore era ben lungi dall'aspettarsi: «Guarda, francamente mi pare ti manchi tutto quello che agli uomini viene da sé, persino indulgere nei piaceri della tavola! Che peso, *amigo*, essere al mondo, *madre de Dios*! Possibile che non ci sia qualcosa che ti accenda? Abbandona quel musone e goditi questa cena! Questo qui è un fagottino di spinaci *muy especial, muy sabroso*, che ho preparato apposta per te, *mi amor*!».

Johnny la guardava con un'espressione un po' corrucciata.

«Ma come sei suscettibile, *mi hombre*! Non ti è andato proprio giù essere cacciato! Adesso ti spiego perché il fagottino è una delizia: è croccante all'esterno, con la patina dorata della cottura, e ha un cuore morbido e speziato, come solo Chanel sa fare! È una *fiesta*! Perché tutti quelli come te che hanno studiato perdono ogni vitalità e hanno nella *cabeza* solo un mucchio di idee tristi? Avanti, te ne do io un pezzo, apri la bocca!»

Johnny, interdetto, rimase con le labbra serrate, in silenzio.

«Ti vergogni? Sei proprio un caso umano! Che bisogno c'è di sentirsi a disagio per prendere un boccone dalla mia forchetta! Devi chiedere il permesso di qualcuno?»

Fra il fagottino e l'insalatina condita con un olio di colza ricco di omega tre, Chanel continuò di slancio la sua arringa: «Lascia che te lo dica, *hombre*, hai uno strano modo di vedere la vita, tu! Sembra che cerchi di scovare in tutto solo gli aspetti negativi, per giustificare il tuo pessimismo! Sei rigido, inibito. Come se non ti concedessi mai la *libertad* di lasciarti andare, imprigionato in una camicia di forza! Ma è brutto vivere così! E non venirmi a dire di aver provato la vita e di non averci trovato niente di buono, non a me, che vengo dalla strada!».

A quel punto Johnny la interruppe, per non farsi sopraffare: «Non farmi la predica! Io non sono come tutti! Ho bisogno di trovare risposte alle domande, capisci? È la mia natura!».

«Avanti, *caballero*, andiamo, poche storie! Ti prendi troppo sul serio, come se portassi il mondo sulle tue spalle! Tutto qui. Ma il mondo se ne fotte di Johnny, tesoro! E non dirmi che questo non ti fa dormire la notte... Io, perlomeno, lo so, e dormo tra due guanciali di seta... Dài, bevi un altro sorso, vedrai che sarà meno doloroso accettare la tua sorte!»

Johnny, rassegnato, annuì, dandole ragione.

A quel punto Chanel, trionfante, proclamò: «Ah, ora è troppo tardi per tornartene a piedi, *hombrecito*. Il quartiere è piuttosto mal frequentato. E tu non sei a caccia di guai, giusto? Ti preparo un bagno caldo, e poi potrai dormire sul divano, che ne dici?».

Un bagno caldo? Cos'aveva in mente, Chanel? La serata stava prendendo una piega eccitante, quindi Johnny fece cenno di sì alla focosa ragazza latina; quanto gli sarebbe piaciuto domarla in quel momento... povero illuso!

Chanel lo portò in bagno, aprendo la manopola dell'acqua calda della vasca. Poi lo lasciò solo a spogliarsi. Johnny lanciò un'occhiata alla propria immagine riflessa allo specchio. Si fermò a scrutare ogni dettaglio: la faccia spigolosa, il naso sottile dal setto leggermente storto, e le orecchie a sventola – in pratica, una figura disegnata da un bambino su carta da macellaio. Ma un bambino non poteva immaginare certi dettagli, che invece emergevano nitidi sul vetro: le sottili ramificazioni dei capillari sulle guance, che tradivano la propensione ad alzare il gomito, i basettoni che sembravano tinti con il lucido da scarpe, le sopracciglia grigie che smascheravano la finzione di giovinezza. In quell'istante riuscì solo a pensare all'assurdità del proprio aspetto, a come un derelitto al disarmo, pieno di rughe come un arabesco, potesse esercitare una qualche attrazione su una *mujer* come Chanel, che avrebbe potuto ambire a ben altri uomini! Ma non doveva abbattersi; sapeva bene che i percorsi della passione non correvano sui binari della ragione: Pascal non sosteneva forse che il cuore ha le sue ragioni che la ragione ignora? La serata non era ancora finita, e trovarsi a quell'ora della notte a casa della giovane stuzzicava la sua fantasia verso le possibilità più improbabili; ci si poteva aspettare di tutto da un tipino imprevedibile come Chanel! Nudo come un verme, s'immerse sino al mento nell'acqua. Un'espressione di piacere non dissimulato si disegnò sul volto segaligno dell'uomo: un bagno caldo, ah, che inaspettata goduria, erano anni che non se ne faceva uno! Nel suo squallido appartamento aveva solo la doccia...

Al primo, lungo sospiro di piacere, Chanel bussò alla porta. «Posso entrare?» chiese con voce flautata.

«Certo... fai come fossi a casa tua!» rispose tra l'imbarazzato e il divertito Johnny.

Quando la ragazza entrò, l'altro si coprì i genitali, arrossendo come un bambino. Noncurante della nudità dell'uomo, Chanel annunciò che avrebbe cosparso l'acqua con sali marini e perle alla violetta dalle proprietà rilassanti. Spense poi le luci, accendendo delle candele che allineò su una mensola, «per indurre uno stato d'animo *ying* e *yang*, a metà tra il caldo e il freddo, *hombre*!». Allestita quella suggestiva scenografia, la giovane sparì. Mentre il dottore ricominciava a godersi quel sofisticato rituale, Chanel ricomparve, tenendo in mano due grosse ciotole, una colma di panna montata, l'altra traboccante della polpa carnosa di ciliegie *Acerola*. A quella vista, Johnny si limitò a pensare che si era sbagliato a credere che Chanel non amasse i dolci, e che gustarsi il dessert immerso nell'acqua calda avrebbe rappresentato un doppio piacere. Ma qualche istante dopo, accadde qualcosa che non aveva previsto: quella *muchacha* non faceva che disarcionarlo, sorprendendolo ogni volta. Infatti appoggiò la crema sul bordo della vasca, mentre vuotò l'altra nell'acqua, e Johnny vide una miriade di ciliegie galleggiare sulla superficie. Nonostante le candele, i sali e le perle di violetta, da inguenuo quale era non aveva intuito cosa sarebbe successo di lì a poco. Ma a quel punto il comportamento di Chanel gli levò gli ultimi dubbi: con un dito si sciolse il nodo del top sul collo e abbassò la lampo della gonna sul fianco. Gli abiti caddero a terra. Sotto c'era lei: un corpo, *madre de Dios*, da scaldare il sangue!

«*Te gusto*?» chiese senza malizia. «Sai, un intenso scambio ormonale aumenta il benessere. Vedrai, le vibrazioni ci porteranno al massimo del piacere! È la base del tantrismo.»

Si girò su se stessa, mostrando a un allibito Johnny le tre dimensioni di quella visione. Non attese risposta né apprezzamenti, semplicemente scese dai tacchi, si sfilò la bigiotteria di diamanti dall'inguine e si sedette nella vasca davanti all'uomo, con le gambe tra le sue. Poi, pescò una ciliegia, la immerse nella panna montata, ne morse una parte, tenendo l'altra sospesa di fronte alla bocca dell'uomo, che la mangiò come un cagnolino addestrato. Sempre rubando il tempo alla scena – viveva come probabilmente faceva l'amore, buttandosi a capofitto – premette le labbra sulla bocca di lui, gli passò la polpa carnosa del frutto, dopodiché iniziò a indugiarvi, stuzzicandolo, finché gli afferrò con violenza le labbra, scuotendogli il sangue, eccitandolo da morire. Per il dottore, fu come nuotare nudo a diecimila metri di profondità. Ma non era che l'inizio: Chanel, le labbra premute contro le sue, lo avvinghiò in un corpo a corpo che gli tolse il respiro: «Ora montami, dottore! Fammi sentire il *macho*!».

Fu un gioco violento e selvaggio, in cui Chanel si diede a lui, lasciandolo cercare e trovare, facedondolo bruciare e placando il suo ardore, tanto che Johnny, dopo l'amplesso, si sentì come un pugile suonato: non aveva immaginato che qualcosa di così effimero potesse essere anche così travolgente. Dopo aver fatto l'amore con la stessa voracità con cui aveva gustato la cena, Chanel concluse avvolgendo l'uomo in un profondissimo bacio con la lingua. Aveva fatto ballare Johnny intensamente sull'abisso del piacere, ma con la naturalezza di chi sta bevendo un bicchiere d'acqua. Poi afferrò l'asciugamano, se lo strinse sul seno, raccolse i vestiti da terra e si diresse verso la porta. Prima di uscire, si girò verso l'uomo, esausto: «Puoi dormire a letto con me, ora che abbiamo superato i convenevoli, non ti pare?».

«Benissimo, signorina...» balbettò Johnny, confuso.

«*Hombrecito*, lascia che ti dica una cosa *muy grave*. Dopo un amplesso sismico come questo, mi dà fastidio che tu mi chiami signorina... Vuoi farmi arrabbiare?»

Johnny fece no con la testa, docile e obbediente. Era stato domato, succube dei giochi erotici di una donna che, per età, avrebbe potuto essere sua figlia! Stentava a crederlo, il poveretto, travolto da quell'inaspettata esperienza. «Altro che terremoto!» sospirò soddisfatto e languido.

Lasciato solo, chiamò a raccolta tutte le energie per recuperare le ciliegie e svuotare la vasca. Con piedi di piombo, riuscì ad arrivare al letto, dove si lasciò andare come un peso morto. Ma Chanel sembrava voler parlare ancora, per nulla disposta a concedersi all'abbraccio di Morfeo.

«Devi sapere, dottore, che quando faccio l'amore con un uomo, voglio che sappia chi sono. Sennò mi sento una puttana, capisci?»

Johnny, invece, ridotto al lumicino, desiderava solo

abbandonarsi a un sonno letargico, ma Chanel, incurante della sua stanchezza, iniziò a parlargli del suo passato: «Ho conosciuto la miseria, Johnny. Vengo da una famiglia povera, e con tante bocche da sfamare. Mia madre, oltre a badare a noi, si è sfiancata facendo la donna delle pulizie nelle case dei ricchi, e non è arrivata alla pensione. Un cancro l'ha portata via prima. Mio padre ha fatto la muffa dietro a una scrivania di burocrate governativo, e adesso vive fra quattro mura in una pensioncina vicino alla stazione dei treni di Mexico City, dove imperversa la malavita. Alle *ocho de la tarde*, non si può più uscire, c'è il coprifuoco. Eppure, per i miei genitori, quella vita grama, in cui si arrivava alla fine del mese col fiatone, andava bene. Erano rassegnati, non te lo so dire... Si trascinavano ciabattando di abitudine in abitudine, e ogni giorno replicava il precedente: che *aburrimiento mortal.* Eppure non si lamentavano mai per il loro destino ingrato. I soldi non bastavano, mai una vacanza! Ma per loro era giusto così, non bisognava avere troppe pretese! Più crescevo, più quella vita mi andava stretta. La sera faticavo a addormentarmi. Si poteva vivere senza sogni, ambizioni? Era davvero tutto lì? Studi, ti trovi un marito, allevi i tuoi figli, vai in pensione e poi crepi? Era questo il premio per aver vissuto da bacchettoni? "Fa' la cosa giusta, *mi niña*!" era il ritornello preferito di mio padre. La cosa giusta, naturalmente, per la famiglia, la società, mai per se stessi. Vuole ancora solo che io sia come tutti gli altri, mio padre. Una pecorella del gregge, che va a messa la domenica, che si confessa ogni mese, che è una brava madre e una brava cittadina. Che non supera i limiti di velocità, che non lavora in nero, che paga le tasse, che vota per il partito al potere, che non fa casino dopo le dieci di sera, che fa l'amore con un solo uomo, insomma, una gallina di allevamento che fa sempre il suo dovere. Purtroppo, invece, io ero già una ribelle, quella che cantava sempre "*Viva la revolución!*" e indossava la maglietta di Che Guevara. Farei a piedi il giro del mondo pur di incontrare un tipo simile, *amigo*, perché voi *hombres* oggi siete dei rammolliti, fatti di pastafrolla!»

Il capo reclinato sul cuscino, Johnny la ascoltava lungo disteso sul letto, senza accennare a un solo movimento, esausto.

Chanel continuò a raccontare, come se non avesse un interlocutore: «Adesso mio padre è lì che aspetta di tirare le cuoia fra quattro mura lerce, e mia madre non c'è più: finché è vissuta, ha fatto sempre il suo dovere, senza lamentarsi, e non ha mai lasciato la periferia di Mexico City! Io invece mi sono sentita asfissiare da quel progetto di vita! Sono sempre stata diversa, *hombre*. Tante volte ho pensato di essere una disadattata, perché loro ti insegnano a non comportarti in maniera diversa. Io però sono come sono. Se qualcuno mi diceva: "Devi fare così", io pensavo subito a cosa sarebbe successo se avessi fatto il contrario, e lo facevo. Volevo essere sempre fuori dal gruppo. Non fare questo, comportati da brava ragazza: io volevo sapere il perché. Ma a cosa serviva fare la brava ragazza? A costruirsi una vita decorosa e alla fine ottenere un bel funerale? Perciò ho sempre fatto quello che mi pareva, perché la scelta sbagliata era spesso la più interessante. La maggior parte delle persone vorrebbe fare come me, ma in pochi hanno il coraggio: hanno paura di quello che dirà la gente!».

La ragazza fece una pausa di qualche secondo, poi, a un tratto, notando con la coda dell'occhio che Johnny faticava a rimanere sveglio, si accigliò, e la voce divenne più perentoria: «Stammi a sentire, *hombrecito*, è per te che parlo! Manchi di apertura mentale, Johnny, lo sai? Te lo dico, sei troppo conformista, non puoi impedirti di incasellare le persone, *entiendes*? Così, alla prima impressione superficiale, mi hai etichettata come una malafemmina, una scostumata ballerina di lap dance. Invece, sappi che fare il numero allo Strip mi fa schifo: però devo guadagnare, è per questo che vado sul palco ogni benedetta sera, perché voglio iscrivermi all'università. Pensare con la mia testa, fare la giornalista, per gridare al mondo tutta la falsità della nostra società di merda... Ma mi servono molti soldi! Per questo ho qualche... qualche cliente, capisci? Ma non fraintendermi, non sono una puttana! Vado solo con gli uomini che mi piacciono, con cui andrei comunque a letto, pochi, e selezionati! E magari, non si sa mai, uno di loro, un giorno, mi coprirà d'oro! Alcuni mi fanno delle promesse, uno in particolare, *muy muy amable*: se ti dicessi chi è, non ci crederesti! Un ingegnere, un insospettabile! Questi tedeschi... sembrano tanto perbene, irreprensibili, e poi s'innamorano delle ballerine!». A quel punto Chanel esplose in una sonora risata.

«Un ingegnere, magari un genetista... e tedesco! Mmm» farfugliò Johnny da lontananze indefinite. «E dimmi un po'... come si chiama?»

«*Hombrecito*, tu vuoi sapere troppo!»

«Be', non mi hai detto il tuo vero nome, vuoi negarmi anche questa curiosità? Dopotutto, cosa vuoi che me ne importi...» disse, come si stesse ridestando dal torpore della sonnolenza.

«Hai ragione, una concessione te la faccio: Kramer, Klaus Kramer, che nome orribilmente ridicolo, eh, *hombrecito*? Proprio da crucco! Un lurido depravato, dietro l'apparenza di gentiluomo! Ma prima o poi mi coprirà d'oro, sono sicura!»

Appena Chanel pronunciò quel nome, Johnny si svegliò in un battibaleno. Un impeto d'ira gli artigliò le viscere. Era pieno di collera repressa verso quell'uomo, Johnny, e per una faccenda ben più seria: altro che pagare per fare sesso con una ragazzina! Avrebbe dato qualsiasi cosa pur di far assaporare a Kramer il gusto amaro della sconfitta, rovinargli qualsiasi sogno di successo e buttarlo nella polvere. Nonostante avesse una tempesta dentro, riuscì a non lasciar trapelare nulla. Si limitò a far cadere la discussione, e si prodigò in effusioni con Chanel, baciandola teneramente. Poi finse di addormentarsi, anche se era talmente in subbuglio, che non riuscì a chiudere occhio per tutta la notte.

La mattina seguente, ripartì presto per il ristorante, prese la bici e pedalò verso casa sua, il cuore leggero: aveva un sogno, potersi finalmente costruire una vita, lontano dalla baraccopoli, dall'AIDS, dal continente nero. E aveva la mente lucida e affilata come la lama di un coltello nell'ordire la sua vendetta contro Kramer.

9

Quel mercoledì mattina, nonostante la scarsa puntualità tipica degli artisti e le indicazioni contraddittorie dei due orologi che aveva al polso, Ernest parcheggiò il fuoristrada davanti alla sede di Sundpharma all'orario convenuto. Strano, perché, con gli anni e la solitudine, mister Hamilton era diventato una creatura che viveva seguendo curiose manie, come non farsi trovare mai al posto giusto all'ora giusta.

Con il quadro impacchettato sottobraccio, aveva un'espressione imbronciata facile da capire per chi lo conosceva: stava recapitando uno dei suoi dipinti al compratore. E nonostante ogni volta gliene venisse in tasca un bel gruzzolo, separarsene era sempre un momento delicato per lui, come se gli stessero amputando una parte vitale del corpo. Anni addietro, durante una mostra, sorprendendo l'artista in adorazione dinanzi a una delle sue creazioni, un potenziale cliente gli aveva chiesto: «I vostri quadri per voi sono importanti come dei figli?», e lui aveva risposto: «Ha detto bene, sono come un bambino per la propria madre!». Ed era proprio per il cordone ombelicale con le proprie opere che con il trascorrere degli anni aveva esposto sempre meno. Inoltre cercava sempre di ricomprare sul mercato i quadri più riusciti che aveva dovuto vendere in gioventù, cosa che non giovava di certo alle sue finanze.

Ciò che però lo intristiva oltre ogni misura era la malattia che affliggeva la sua Galatea. Da quando non stava bene, aveva persino rinunciato a cercare la luce nei colori, anzi, gli sembrava che ogni luce intorno a sé si stesse spegnendo, e non credeva esistesse nessuno capace di indicargli uno spiraglio nel buio, finché la giovane non fosse guarita. Era triste, anche se era una bella mattina di sole e il caldo era ancora sopportabile; in altre circostanze, sarebbe stato di spirito propenso alla creazione.

Varcato il portone di accesso al palazzo, circondato da un prato all'inglese puntellato da aiuole, un potente getto d'aria condizionata gli spettinò la capigliatura sale e pepe, con una spruzzata di argento sulle tempie. Ernest si arrestò un istante, appoggiò a terra il dipinto, tirò fuori dal taschino della giacca il pettine che portava sempre con sé e si diede una sistemata ai capelli – una sua vecchia fissazione. Poi s'inoltrò nella hall dal pavimento di marmo lucido e chiese di Klaus Kramer alla reception.

Qualche istante dopo gli venne incontro una donna sulla trentina: sguardo volitivo, tailleur dal taglio severo, del genere che Ernest detestava, occhi vivaci e mobili. Quando vide il pittore – in gessato, camicia nera, cravatta lilla a pois, fazzoletto rosa pallido nel taschino – non essendo abituata alle stravaganze degli artisti, gli porse la mano mollemente, sbalordita. Lui accolse la reazione come un omaggio alla sua originalità, e rispose con un saluto tra il marziale e il cavalleresco, con cui voleva esprimere la sua galanteria, ma che lasciò la donna ancora più perplessa. Qualche convenevole dopo, la donna, una gazzella dalla carnagione color ebano, gli fece cenno di seguirlo, ed Ernest si rese subito conto di come faticasse a starle dietro, e non solo per il quadro sottobraccio: sembrava avesse due piccole ali invisibili alle caviglie, tanto il suo incedere era rapido. Ma doveva starle dietro a ogni costo, o si sarebbe perso in un dedalo di uffici. A un certo punto, sbatté contro l'angolo di un muro, e quasi finì a terra – la giovane riuscì con eleganza a trattenere una risatina. Proprio lui, che quando conosceva bene la prospettiva, le linee di forza e le proporzioni di ciò che tracciava sulla tela, non percepiva più l'ingombro del proprio corpo: non di rado, maldestro com'era, inciampava facendo le scale o sbatteva in casa contro i mobili. Ma lì per lì riuscì a evitare di far cadere il dipinto. Quando salirono all'ultimo piano del palazzo, Ernest benedisse l'ascensore, che gli permise di rifiatare; aveva la fronte madida di sudore.

Arrivati in un ufficio grande quanto un appartamento, il pittore rimase piuttosto sorpreso: davanti ai suoi occhi si apriva uno spazio del tutto impersonale. Era impossibile immaginarsi che genere di uomo potesse vivere in un ambiente tanto asettico. Non c'era nulla, infatti, che rivelasse i gusti o il carattere del suo occupante. Silenzioso come se lì dentro i suoni fossero stati risucchiati, quello non era un luogo dove ci si sarebbe aspettati di sentire voci impazienti o irose. Né, tantomeno, di trovare resti di cene o mozziconi di sigarette a deturpare il cristallo del portacenere. Il piano del tavolo, anch'esso di cristallo, con il bordo cromato, era sgombro, eccetto per una lampada postmoderna a goccia e uno schermo ultrapiatto. Non si vedeva un granello di polvere, le pareti erano bianche e vuote, completamente spoglie e, pensò Ernest, vi si respirava un'atmosfera di felpata acquiescenza al potere. Impossibile raffigurarsi il rettile dal sangue freddo che abitava quelle mura.

Non aveva mai avuto quell'impressione, Ernest. Quando, durante la sua prima vita artistica, quella londinese, doveva realizzare i suoi ritratti, accettava sempre volentieri di farli a casa dei suoi committenti, e non solo perché cambiava aria rispetto all'atelier, ma perché gli dava un'idea precisa di chi fossero i suoi acquirenti, dei loro gusti, delle comodità cui erano abituati. Dal numero di fotografie di famiglia capiva quanto erano sentimentali, e dagli inviti quanto erano mondani: indizi disponibili prima di cominciare a lavorare. In quel momento, invece, si rese conto che se gli avessero chiesto di immaginare la personalità e lo stile di vita del grande burattinaio che, dietro il sipario, muoveva i fili dell'organizzazione, non avrebbe saputo cosa pensare.

Con passo spedito e leggero, la ragazza – che si era presentata come Gloria – si posizionò davanti alla scrivania e gli indicò un faretto in un angolo della stanza, che illuminava lo spazio centrale.

«Ecco dove collocheremo il suo dipinto. Brillerà come un astro!» esclamò, fiera. Poi, come cercando le parole giuste per dire qualcos'altro, si fermò, fissò Hamilton, e riprese: «Devo farle davvero i miei complimenti. Ero con il direttore generale Kramer nella galleria d'arte di Jack Wolfson, e le posso assicurare che è rimasto molto colpito dal quadro, si è soffermato parecchio a contemplarlo, cosa rara, considerato il poco tempo di cui dispone. Anch'io sono rimasta rapita. E non lo dico per lusingarla. Dal primo sguardo, ho percepito una forza speciale: lei si fida dell'istinto, non permette che i limiti imposti dalla consuetudine o dal buon gusto limitino la sua creatività. E questo mi piace moltissimo. Preferisce mettere in crisi l'osservatore, ferendolo, se necessario, pur di spingerlo al di là dello scontato. Dà vita a un'epifania, dico bene?»

Le osservazioni della donna, pensò Ernest, erano tutte pertinenti e acute, certo, niente di nuovo, moneta comune presso i critici d'arte. Questi, però, contrariamente a Gloria, erano quasi sempre armati di perfidia, e omaggiavano l'opera solo per meglio abbatterla dopo. Ma non serviva essere un addetto ai lavori per apprezzare i dipinti del pittore inglese. Per lui l'arte era un uragano, piuttosto che uno zefiro. Il mondo rigurgitava di bravi pittori, raffinati e sensibili, che dipingevano per sublimare la realtà in un oggetto di degustazione estetica, mentre erano pochi quelli che avevano la sua energia visionaria, l'immaginazione ardente che convertiva lo sguardo al diverso e faceva breccia nei pregiudizi, trasmettendo il brivido dello sconosciuto. Era tra gli innovatori, i pionieri, soprattutto da quando si era trasferito sul continente nero: lì aveva iniziato a imporre la sua vocazione, in un susseguirsi di sprazzi di follia, e quell'energia, quello slancio, era visibile sulle sue tele, prevaricando le cornici che cercavano di contenerle, e dilagando nello spazio intorno.

«Sì, è la forza espressiva, l'impatto dei suoi dipinti che mi ha conquistata subito. E anche il capo ne è rimasto colpito, mi creda! Per lui, che non ha la passione per le arti figurative, le assicuro, è stata una scoperta. Sono impaziente di sapere quale sarà la sua reazione, quando vedrà appeso il dipinto domani, di ritorno da un viaggio d'affari.»

Domani? Ernest si sentì sollevato: non doveva incontrare il nuovo proprietario del dipinto. Era scongiurata l'ipotesi che gli commissionasse un ritratto, vizio di quasi tutti i magnati. Di tutti i personaggi pubblici, gente che aveva una carriera da celebrare – attori, professori, cantanti, capitani d'industria – gli ultimi erano i più ostici da ritrarre. In quel momento si ricordò che parecchi anni addietro, partendo dal busto, aveva ritratto il volto di un industriale. La tela avrebbe trovato posto nella sala del consiglio di amministrazione, di fianco ai ritratti dei fondatori e dei presidenti che l'avevano preceduto. Era un'incombenza istituzionale farsi ritrarre, per quell'uomo, ciononostante, quelle due sedute di tre ore l'una si erano rivelate un calvario: il soggetto non faceva che guardare l'orologio, e l'unica domanda che aveva posto a Ernest, non troppo lusinghiera, era stata: «Mi dica un po', signor Hamilton, perché non mi ritrae partendo da una fotografia? Sa che mi farebbe risparmiare molto tempo?». «Potrei» aveva risposto lui, «ma non sarebbe un ritratto degno di rappresentarla per i posteri. Le pare poco?» L'altro fece cenno di sì, anche se appariva contrariato. Così Ernest, indispettito, aveva colto la palla al balzo e rincarato la dose: «Purtroppo, non è possibile. Ho bisogno della persona in carne e ossa davanti a me, per poterla osservare da ogni angolazione e vedere il rapporto tra tutte le parti del volto, e come la luce colpisce i suoi tratti. Perché un ritratto mediocre coglie la somiglianza, un bel ritratto rivela la personalità del soggetto, mentre un capolavoro ne svela la dimensione nascosta. E se si vuole un capolavoro, come voglio io, occorre avere davanti il diretto interessato. Per questo non accetterò mai di lavorare su una semplice fotografia!». L'altro non aveva più aperto bocca. Al ricordo di quella conversazione, un sorriso illuminò gli occhi di Ernest.

Ma Gloria aveva in serbo altre domande per lui. «Ora, però, mi tolga una curiosità, per favore: ho dato un'occhiata alla galleria virtuale sul suo sito, e mi chiedevo se questa sua opera si pone come sintesi o piuttosto traduzione della realtà? Cerco di spiegarmi meglio: riproduce quello che ha visto o cerca di illustrarlo?»

A quella domanda, Ernest ebbe un impercettibile sussulto, e si morse il labbro inferiore. Ogni volta che doveva parlare del proprio stile, era come colto da un brivido: perdeva qualsiasi sicurezza, si sentiva un bambino vecchissimo. Forse perché per lui dipingere era qualcosa d'inesprimibile a parole, era qualcosa di irrazionale, intuizione rubata al cielo e lasciata cadere sulla tela per generare emozione. Era impossibile, per Ernest, farne oggetto di conversazione da salotto buono: c'era troppo di lui, troppo del sognatore, dello spalatore di nuvole che si muoveva ai margini della realtà, per essere svelato al primo incontro. E poi era lì solo per consegnare il dipinto, non per discutere di teoria della pittura!

«So di deluderla, signorina, ma se per me è già difficile parlare di pittura in generale, si figuri quando entrano in gioco i miei dipinti! Ho solo cercato di essere un uomo che guarda la realtà da una visuale non comune. Un terzo occhio, se vuole, tutto qui. So che sembra banale, ma non saprei che altro dirle!» Quello che si sforzava di fare, dipingendo, era di raccontare davvero la vita attraverso quei tratti espressivi, quelle rozze pennellate, spesso non rifinite. Beninteso, la vita come la vedeva lui in quel preciso istante, istante in cui la realtà veniva trasfigurata da quell'afrodisiaco del cervello che è l'intuizione creativa.

Gloria, però, non era disposta a demordere, entusiasta di potersi confrontare con l'artista, quindi rilanciò: «Credo che nessun creativo, neppure lei, possa leggere in modo impersonale la propria opera. In fondo lei è dentro il quadro come causa! A proposito, è sempre stato quello che i suoi quadri dicono di lei? Niente di ciò che dipinge sembra rimorso o espiazione, piuttosto una lente per interpretare il reale...».

A quest'ultima affermazione, Ernest non poté che annuire. In vent'anni di viaggi per l'Africa, aveva imparato molto sull'umanità, ma in lui, in fondo, niente era cambiato. I quadri che amava dipingere erano una visione alternativa della realtà, un'architettura parallela, criptica, di cui solo la sua creatività possedeva la chiave. Dipingere era come immaginare di essere il Creatore che mescolava e scartava le carte sul tavolo in un solitario complicato, conferendo un senso ogni volta diverso alla realtà. Ora, però, poiché la discussione si stava facendo troppo personale per i suoi gusti, e aveva fretta di andarsene, cercò di svicolare con un pretesto qualsiasi: «Se tutto rimane così com'è, vuoto, di certo il dipinto brillerà come un astro solitario, su questo ha proprio ragione!» scantonò, cercando di fare il simpatico, cosa che non gli riusciva benissimo, per la verità.

«Non posso darle torto, è piuttosto freddo anche per i miei gusti qui. Ma ora sono riuscita a convincere il capo ad arredarlo, e lo considero un mio personale successo. La settimana prossima arriverà la prima scultura, un Giacometti: non male come inizio, vero?» disse, e in un gesto civettuolo lasciò liberi i capelli dallo chignon che li teneva raccolti.

Che intendesse sedurlo? Ernest non seppe rispondersi, anche se il suo proverbiale ego lo rendeva molto sicuro di sé! Si limitò a guardare la massa di capelli di Gloria ricaderle sul collo e sulle spalle, e pensò che era ancora più bella con la chioma sciolta.

La donna continuò: «Pensi che prima cercavo di rendere accogliente questo ambiente con fiori e piante decorative. Li compravo in un negozio qui vicino molto grazioso. Malgrado sia un uomo così impegnato, Kramer ha un gran gusto e la passione per la botanica. Dedica i fine settimana a curare le sue serre. Coltiva fiori esotici assenti dalla flora locale, estremamente rari e costosi. Per questo amava avere dei bouquet nel suo ufficio. Ma da qualche tempo il negozio dove mi servivo è chiuso, e quindi ho deciso che non mi resta che arredare questa stanza!».

«Ah, non mi dica che comprava le decorazioni floreali al negozio qui all'angolo, Passions floreales?»

Gloria annuì distratta, come a dire che la domanda era superflua, e che loro erano abituati a servirsi sempre del meglio!

«Ma guarda che coincidenza! Quando si dice i casi della vita… credo proprio che ci siamo incontrati a causa della stessa persona.»

«Della stessa persona? Sta forse parlando di Serena?»

«Esatto. È per lei che sono qui. È gravemente ammalata, e richiede cure molto onerose.»

«Oh, povera cara! Non è in pericolo di vita, spero... vero? Una ragazza così simpatica e gentile!»

Ernest non fece nessun commento, lasciando sottintendere che era preoccupato.

«Oh, povera piccola, cosa le è successo?» domandò, torcendosi le belle mani dalle unghie laccate. I braccialetti che indossava tintinnarono nel movimento.

«Anch'io sono sconcertato, mi creda. Serena ha contratto una forma grave di leucemia. Mieloblastica, ecco il termine tecnico.»

«Oh no, ma è terribile! Considerata la giovane età è ancora più pericolosa, giusto? Che tragedia! Ma aspetti un momento... ha detto "leucemia mieloblastica"? Mmm, mi faccia pensare...» disse, facendosi cupa, come se si fosse insinuato in lei un terribile sospetto. «Vede, non può trattarsi di un'epidemia, perché la leucemia di questo tipo, rarissima, di solito è ascrivibile a cause ambientali, in particolare all'inquinamento e alla presenza di benzene, sia quello sospeso nell'aria sia quello diluito nell'acqua. È una malattia che rientra nella casistica delle patologie indotte dalle scorie industriali. Avrà sentito di come l'amianto provochi il cancro? Ecco, questa forma tumorale è determinata allo stesso modo da inquinamento industriale.»

«Da come tratta l'argomento, si direbbe che ha competenze mediche. È una dottoressa?»

«Oh, no! Solo, negli ultimi mesi due nostri dipendenti che lavorano nello stesso laboratorio, un ingegnere industriale e un elettrauto manutentore, hanno contratto la terribile malattia. Si tratta di un sito sperimentale dove si produce il Quadrivia, un antidoto contro l'AIDS basato su una nuova molecola, che a oggi sta dando risultati piuttosto discutibili.»

«E con questo? Che c'entra con Serena?»

«È stato creato un comitato etico per verificare la messa in sicurezza del processo produttivo. Due casi analoghi in così poco tempo di una malattia tanto rara sono un fatto anomalo. E il benzene, appunto, è uno dei solventi utilizzati nella produzione, per questo so della malattia. Il primo dei due malati, purtroppo, è deceduto la settimana scorsa. L'altro è in terapia intensiva all'ospedale di Cape Town, e le possibilità di salvarlo sono bassissime.» Parlava con le testa rivolta a terra, era chiaro che le dispiaceva, che non riusciva a rassegnarsi al dramma.

A Ernest servì qualche istante per riprendersi: Johnny non si era curato di spiegargli niente di tutto ciò, di certo per non abbatterlo ulteriormente, e di questo fu parecchio grato all'amico. Non ebbe però la presenza di spirito di chiedere alla donna quali fossero le possibilità terapeutiche di successo, e se esistessero cliniche specializzate. Non lo sfiorò nemmeno il pensiero che Serena, una fiorista con un negozio in centro città, non frequentava siti industriali, e meno che mai un luogo di produzione sperimentale di un farmaco di cui, con ogni probabilità, non conosceva nemmeno il nome, e per di più a un centinaio di miglia da dove viveva!

«Mi dica se posso adoperarmi in qualche modo...» sospirò Gloria. Poi, dopo una breva pausa, guardando di sfuggita l'orologio da polso, aggiunse petulante, quasi scusandosi: «Ora, però, gli impegni purtroppo mi obbligano a chiederle di seguirmi verso l'uscita. In Sundpharma per me è sempre una lotta contro il tempo... Mi segua, la prego».

In un attimo, Ernest cancellò dalla propria mente l'immagine sofferente di Serena, concentrando le proprie energie nel camminare a ritmo sostenuto dietro a Gloria. Durante il tragitto, non fece altro che pensare a mille espedienti per non dover lasciare il suo dipinto in quel luogo. Aveva l'impressione di averlo tradito, e se ne volle terribilmente per averlo destinato a un posto simile! Ma non tardò a ricordarsi, e fu una stilettata al cuore, della promessa fatta a Jack, e della necessità di soldi per far fronte all'onerosa ma indispensabile terapia.

Nella hall, dopo averlo salutato calorosamente, Gloria seguì con lo sguardo ancora per qualche tempo la stravagante figura allontanarsi, sino a quando divenne un indistinguibile puntino nero fra una miriade di altri puntini, come se il mondo fosse una gigantesca fotografia. Peccato che le sue giornate fossero così piene: aveva ancora tante domande sull'arte da porgli.

10

Alle otto e mezza di sera, Kay era seduta al tavolo di un ristorante indiano. Aveva appena consumato la sua cena: un delizioso pollo tandoori, con riso basmati e salsa al curry. Ora stava masticando papadum, le sfoglie di pane sottili e croccanti tipiche di quella cucina – non c'era nulla di più buono al mondo. A mezzogiorno, come al solito, aveva pranzato con un tramezzino e una Diet Coke davanti al computer, e questo era il motivo per cui si era goduta così tanto la cena.

Aveva dormito poco e male le ultime notti, e grazie a quel posto le ritornò un po' di colore sul viso sciupato. Non stava reggendo bene lo stress dell'indagine, anche se per il momento non era sfociata in un'esperienza cruenta fatta di sparatorie e inseguimenti in cui sono i duri a vincere, quelli della tempra di Santos.

Già, Santos. L'ispettore mordeva il freno. Impaziente, amante dell'azione, detestava quando la ricerca si faceva troppo a tavolino e si aveva l'impressione di giocare a un solitario. Ma le piste battute sino a quel momento non avevano portato alcun indizio rilevante e, per quanto fosse molto più brava di Santos nel gestire le frustrazioni, anche Kay iniziava a sentire l'amaro in bocca e a spazientirsi.

Assaporando l'ultimo papadum, consultò il calendario sul suo smartphone e le venne in mente che quella sera stessa avrebbe potuto visitare la seconda malata: in fondo si era recata solo al primo indirizzo dei tre trovati a casa della dottoressa Maggie, e quello delle cavie era un filone investigativo promettente, che fino ad allora non aveva battuto a sufficienza. Era quella la strada giusta: pensare meno e agire di più, allineandosi allo stile decisionista di Santos. Senza dubbio anche il desiderio di compiacere il proprio capo fece pendere l'ago della bilancia a favore di un maggiore lavoro di trincea. Ma influì anche il fatto che la paziente abitasse in periferia, in direzione opposta all'ingorgo del traffico.

Dopo che ebbe pagato, mentre stava uscendo dal ristorante, il cellulare le vibrò nella borsa: era Norah, la più riflessiva della loro squadra che, chissà per quale strano motivo, tagliava sempre per prima il traguardo.

«Ciao, bella. Come va? Prendi la macchina per andare in città stasera?»

«Ciao, Norah. Sono già in centro. Ho appena cenato in un ristorantino indiano, e sto andandomene proprio adesso!»

«Indiano! Brava... adoro quella cucina! Non dirmi che hai preso il pollo tandoori con il basmati. È il mio piatto preferito.»

«Be', in effetti, io...»

«Non infierire, ti prego. Sapessi le schifezze che ho mangiato a pranzo! Ma ora dove sei diretta? Se hai finito, possiamo fare quattro chiacchiere, no?»

«Sto andando alla baraccopoli per intervistare una delle presunte cavie. Più che altro per disperazione. Finora non ho cavato un ragno dal buco!»

«Lo so bene, però non demordere, piccola... mai! Proprio quando pensi che niente funzioni, vedrai che la matassa inizierà a dipanarsi. Sapessi quante volte mi è successo! Comunque, peccato, mi sarebbe piaciuto fare un tratto di strada con te. Io purtroppo devo andare nella direzione opposta, all'ospedale!»

«Che c'è? Non stai bene?»

«No, no... sto seguendo anch'io una pista.»

«Una pista? All'ospedale?!»

«Esatto. E che rimanga fra noi... perché mi sa che è una pista piuttosto promettente!»

«Hai ricevuto una soffiata? Ti prego, non lasciarmi all'oscuro di informazioni rilevanti. Io mi sento bloccata nelle sabbie mobili, mi sembra di non riuscire ad andare avanti e di stare per affogare!»

«Ti dico tutto, tranquilla! Proprio perché l'informazione è potere, bisogna condividerla. Due cervelli pensano meglio di uno solo, no? Dimmi un po': hai presente i casi di leucemia nel laboratorio di Sundpharma? Credo che il biologo possa essere un testimone chiave per questa indagine...»

«Il biologo? Sai che anch'io l'avevo pensato, all'inizio. Poi però...»

«Poi cos'è successo? Non avrai mica lasciato perdere prima di aver valutato attentamente la portata indiziaria, vero?»

«Eh sì, Norah, sono stata superficiale, lo so. Non sono stata tenace. Cosa vuoi che ti dica? Ho ancora molta strada da fare e la farò. Lo sai che sono cocciuta come un mulo!»

Era vero. Aveva gettato la spugna prima del tempo, ma nel suo caso quella era stata l'eccezione che confermava la regola, perché Kay era una donna di volontà, perfezionista fino all'estremo.

Norah esplose in una sonora risata. «Bisogna sempre seguire l'intuizione della prima ora, mia cara! Ci rivela il modo migliore di procedere. Un'indagine è come una teoria: prima scaturisce l'intuizione, poi arriva la conferma empirica. E poi bisogna saper aspettare. Avere pazienza non significa perdere tempo, ma guadagnarlo, fare in modo che maturino le condizioni propizie. Ma voi giovani proprio non ci volete sentire su questo, eh?»

«Hai ragione, Norah. Fai bene a ricordarmelo. Ma se la segui tu, la pista del biologo, siamo in una botte di ferro!»

«Brava! Ricordati delle mie parole, però: l'eccessiva foga ti frega. Ed è quello che succede anche a Santos: vive tutto con il piede sull'acceleratore, si sobbarca troppo stress e riposa poco. I nervi tesi sono dei pessimi consiglieri. E tu, piccola mia, non lasciarti bruciare dallo stesso fuoco, capito? Ora ti devo lasciare. Ci sentiamo domattina. Magari ci facciamo una cenetta alle spezie nel tuo ristorantino!»

Kay ripose il telefono in borsa e s'incamminò verso la macchina. Sperava che l'incontro con una delle cavie si rivelasse un filone d'indagine promettente. In mezz'ora era a destinazione. Eccitata dalla propria audacia, fermò l'auto nel parcheggio di un palazzo piuttosto malconcio, alla periferia nord di Cape Town. In borsa aveva l'arma da fuoco di ordinanza. Citofonò Munro e le rispose una voce metallica che disse di salire al settimo piano. L'atrio le ricordò la hall di un albergo d'infima categoria: il pavimento era di piastrelle grigie sconnesse e lerce, e nell'aria c'era un cattivo odore, vagamente chimico, che ricordava l'ammoniaca. Affrettò il passo. Ebbe solo il tempo di notare che, sul lato di destra, le cassette postali incassate nel muro avevano targhette in ottone ossidate dal tempo. In ascensore fissò la propria immagine nello specchio sporco, per verificare di essere presentabile. Fece appena in tempo a sistemarsi la frangia sulla fronte, che uno stridio fastidioso le segnalò che era arrivata. Le porte si aprirono su un corridoio dal desolante squallore, illuminato da una sola lampadina dalla luce fioca. Lunghi tratti di muro erano coperti di carta da parati strappata. Si fermò davanti alla targhetta MUNRO su uno degli ultimi appartamenti. Suonò più volte il campanello senza ricevere risposta, poi iniziò a picchiettare l'uscio con le nocche. Nulla. A quel punto si rassegnò a pensare che l'abitazione fosse deserta. Ma prima di andarsene, fece un ultimo tentativo, forzando leggermente la porta, che si aprì con un cigolio sinistro.

Una volta dentro, chiamò più volte ad alta voce la paziente – «Vivianne! Vivianne!» – ma invano. C'era un interruttore sulla parete di destra. Lo premette, ma la luce non si accese; evidentemente, l'inquilina non aveva pagato la bolletta. Allora Kay si mosse in quella stanza immersa in una crepuscolare penombra con la sola fioca luce del corridoio che penetrava dalla porta socchiusa. Da dove si trovava scorse una grande poltrona in finta pelle e una consolle cui mancava un piede d'appoggio.

L'ambiente pareva spoglio: niente libri, scaffalature a muro, quadri. Solo riviste e posaceneri colmi di mozziconi sul pavimento. Da uno di questi usciva ancora del fumo grigiastro, le cui volute si disperdevano in aria disegnando pigri ghirigori. Quel particolare si prestava a una deduzione molto semplice: in casa c'era ancora qualcuno. Allarmata, Kay frugò in borsa e prese l'arma da fuoco. Il solo contatto con l'acciaio del caricatore le diede coraggio: quel luogo poteva essere una trappola mortale per lei. Un fremito di paura le percorse la spina dorsale: aveva commesso un'imprudenza a venire in quella casa da sola. Ora, però, il dado era tratto, anche andarsene sarebbe stato rischioso, perché non c'era nessuno a coprirle le spalle. Tremando e con il cuore in gola, superò l'anticamera d'ingresso, penetrando in un cucinino. Un orologio a muro fermo da chissà quanto segnava le 4.35 di notte. Nel lavello c'era un solo piatto sporco coperto da uno strato di salsa giallastra. Sulla lavastoviglie c'era la buccia di una mela. L'acqua che gocciolava dal rubinetto conferiva all'ambiente un'atmosfera sinistra. Per terra, una caffettiera elettrica bruciacchiata piena di macchie marrone e qualche tazza. Si maledisse per non aver allertato nessuno alla centrale: l'appartamento era abitato e lei era andata a ficcarsi in un bel guaio!

«Polizia! C'è qualcuno qui?» gridò nervosa. Ogni passo si sentiva sempre più in pericolo: la paura era un animale ripugnante che si stava arrampicando sulla sua schiena. Tutto le pareva ostile e minaccioso, e se solo avesse potuto, sarebbe scappata da lì. Ma non aveva scelta, doveva restare: si era spinta troppo in là. Con il respiro tagliato, entrò in una stanza piuttosto ampia. Impugnava la pistola saldamente con entrambe le mani. Il cuore le martellava in petto. Al centro della camera intravide un letto matrimoniale senza lenzuola, mentre i cuscini erano disposti ai piedi del materasso. Su un lato scorse una massa che aveva le sembianze di un corpo umano. Si trattava di Vivianne? Stava dormendo? Per questo non aveva risposto?

«Polizia!» strillò ancora, come se schegge di vetro le lacerassero la gola. Temette il peggio: si trattava di un cadavere? Sulla parete di fondo c'erano delle tendine. Le scostò. C'era una tapparella chiusa. Provò ad alzarla ma il meccanismo si era inceppato. Esasperata, usò il telefono come torcia, tenendo la calibro 38 nell'altra mano. Il fascio di luce mostrò chiaramente un corpo inerme di donna e Kay fu percorsa da un brivido violento, una mano gelida le artigliò lo stomaco. Deglutì a fatica, mentre gli angoli della bocca avevano iniziato a tremarle. Si avvicinò al letto: sì, aveva di fronte il cadavere di una donna! Era imbellettata in una maschera mortuaria che ne copriva il volto e aveva il medesimo fiore esotico stretto nel palmo della mano destra, come gli altri cadaveri. Anche se era ormai al suo terzo cadavere, s'inquietò al pensiero di quello che era in grado di fare la morte: l'abitazione sembrava sospesa sul vuoto, e il fatto che la luce rifiutasse di accendersi era già una sorta di rituale funebre. Puntò ancora il fascio di luce sul corpo: in prossimità del fiore c'era un bracciale sottile e colorato al polso, che le fece pensare ai momenti più rilassati della sua vita, quelli in cui, come tutti, si era ritenuta eterna. In quella singolare circostanza, Kay si rese conto come proprio i dettagli riuscissero a commuoverla alle lacrime.

Già all'università le faceva impressione vedere le foto

dei cadaveri, perché pensava all'attimo prima della morte, quando probabilmente avevano avuto un'aria felice e ignara, traboccante di aspettative. Con dei corpi inanimati era impossibile identificarsi, ma non con le vittime prima della loro uccisione: gente forse felice, che era stata in vacanza in qualche luogo esotico e magari era stata colta da momenti di incontenibile voglia di vivere.

Poi, però, un altro pensiero mandò in frantumi le sue ultime sicurezze: quel piatto sporco, l'acqua sgocciolante nel lavello e la buccia di mela non ancora raggrinzita significavano che molto probabilmente, all'ora di cena, la vittima era ancora in vita. Il mozzicone trovato acceso segnalava poi che qualcuno era nell'appartamento poco prima che Kay vi entrasse: e che non si trattava certo della malata, perché la terapia di quei pazienti escludeva il fumo! Un sudore freddo le scese dalle ascelle lungo i fianchi. Doveva stare in guardia ora più che mai perché quella poteva essere un'imboscata.

Tenendo bene in pugno l'arma da fuoco, Kay fissò l'armadio a doppio battente, dalla superficie specchiata fumé: era il posto ideale dove nascondersi, per poi uccidere. Ma doveva anche guardarsi dal letto, che posava su piedini abbastanza alti da consentire a un assassino di nascondersi sotto. A quella constatazione, ebbe la sensazione che il sangue si stesse gelando nelle vene, quasi coagulandosi, tant'era agitata! Lasciò trascorrere qualche istante. Trattenendo il respiro a fatica, si avvicinò con cautela all'armadio, fino a trovarsi a distanza di braccio dai battenti. Li aprì entrambi: dentro c'erano solo vestiti! Subito dopo verificò sotto al letto: nessuno. A quel punto, certa di essere sola in camera, toccò il cadavere. Il *rigor mortis* era non solo indicato dalla fissità dello sguardo, quanto dalla temperatura del corpo, in fase di raffreddamento. Non aveva con sé il termometro rettale ma, se mai fosse uscita viva da lì, avrebbe chiamato immediatamente la Scientifica, che avrebbe analizzato tutti i dettagli anche superflui di quel luogo e di quel corpo, alla ricerca di ogni possibile indizio che lei, per mancanza di competenza e strumenti, non avrebbe potuto individuare.

Si chinò sul corpo inerme, tastandole il viso e pinzandole il mento, per controllare la rigidità della mandibola, mentre con la coda dell'occhio scrutava nell'oscurità circostante. Bisognava controllare le ipostasi – l'accumulo di sangue nelle parti basse, tipico dei cadaveri; coagulandosi, finiva sempre con il sedimentare all'estremità inferiore di fibre, muscoli, arti – a mani nude: niente eguagliava la sensibilità della pelle. Si rese conto che erano poco evidenti, solo una lieve ombra violacea attorno al collo apparve alla luce dello smartphone. Nessuna lesione traumatica, a quel primo esame. Quello era il lavoro di un professionista.

Prima di esaminare il fiore, Kay s'inginocchiò, ma sentì all'improvviso un rumore di passi leggeri avvicinarsi. Smise di respirare, il cuore in gola; immaginava si trattasse del suo giustiziere, l'assassino di donne! Poi il rumore di passi cessò. Forse era solo la sua immaginazione, ma da quando aveva messo piede nell'appartamento aveva avuto la sensazione che fosse entrato qualcuno dopo di lei: come se fosse lì, a spiarla. In quel momento sentì di nuovo distintamente altri passi. Trattenne il fiato. Tremava come una foglia. Premette il calcio della pistola contro la guancia – niente in quel momento le sembrò più rassicurante del freddo acciaio dell'arma. Se solo Santos si fosse trovato al suo fianco... Di nuovo il rumore. S'irrigidì. Ma poi capì, e in un attimo un'onda di sollievo alleviò la tensione: era solo un ratto! Se lo sentì addosso: le unghiette che le pizzicavano la pelle, le zampine fredde... doveva essere affamato! A Kay sfuggì uno strillo. Poi, con un titanico sforzo di volontà, riprese il controllo di sé mentre il ratto fuggiva. Lo strillo aveva spaventato la bestiola, ma aveva di certo rivelato la sua presenza all'assassino, nella malaugurata ipotesi che si fosse trovato nei paraggi.

Spense la torcia del telefono, che faceva di lei un bersaglio facile, e il buio calò come una coperta. Ne aveva già commessi troppi, di errori. Ora Kay si schiarì la gola, mettendosi le mani a conca davanti alla faccia, e iniziando a respirare il suo alito. Questo l'avrebbe calmata. Non lasciarti travolgere dalla paura! Forza, devi farcela, disse a se stessa, continuando a respirare lentamente. Doveva rimanere, per procedere ai necessari accertamenti, ma si sentiva sola e vulnerabile! Sapeva che una scena del crimine andava rovesciata come un calzino... eppure non ne aveva il coraggio. Le mani le tremavano, e rivoli di sudore le scorrevano lungo il corpo. Sentì crescere l'avvilente senso d'inferiorità per non essere ancora una volta all'altezza della situazione, ma sentiva anche che era qualcosa che andava al di là delle proprie forze. Quello che Jacob Kibali le aveva detto all'obitorio le rimbombava nelle orecchie: molti assassini sentivano, quasi si trattasse di un odore, la paura della vittima. Per questo doveva andarsene, e subito: se l'assassino si fosse trovato nei paraggi, avrebbe colto il sentore della sua paura, e per lei sarebbe stata la fine. Addossata al muro, pistola alla mano, passo dopo passo, Kay decise di uscire dall'appartamento. Avrebbe taciuto di questo a Santos, gli avrebbe riferito di aver ispezionato la scena nei dettagli, e di non aver trovato niente di rilevante.

Grazie a Dio, Kay uscì sana e salva. Appena si trovò fuori, tirò un profondo sospiro di sollievo. Il parcheggio era male illuminato, ma le parve un paradiso sicuro. Giurò a se stessa che mai e poi mai avrebbe commesso un'imprudenza simile! S'incamminò a passo spedito verso la macchina. Aprì la portiera, si accomodò sul sedile, mise la pistola sul bracciolo di mezzo e la sicura alle porte. Sola alla luce della luna e di un lampione pieno di insetti morti, ebbe la sensazione che quello fosse il più bel posto al mondo. Si fece il segno della croce, poi cercò di mettere in moto, ma il motore non si accese. Provò ancora due, tre volte, e qualche istante dopo, un odore di benzina invase l'abitacolo. L'aveva sempre saputo che, in caso d'emergenza, quel catorcio l'avrebbe tradita! Una profezia che si era avverata. Meno male che attorno non c'era nessun movimento sospetto.

Si guardò nello specchietto retrovisore, sistemandosi i capelli. La mano le tremava, non riusciva a disciplinarli. Prese il telefono e chiamò Santos, aggrappandosi alla speranza di sentire la sua voce burbera e baritonale, così rassicurante, ma la linea era occupata! Sapeva che a fine giornata era nel suo elemento, armato e pericoloso, al volante di un'auto della polizia, con il distintivo appeso al cinturone. Tutti, al commissariato, sapevano che Santos amava guidare alle prime ore della notte, come bussola l'istinto del segugio, che lo portava sempre a stanare malfattori, il primo ad accorrere sulla scena del delitto.

Per questo c'era un tacito accordo: non bisognava telefonargli se non in casi di assoluta emergenza. E Kay si trovava proprio in uno di questi, perciò riprovò a chiamarlo. Nessuna risposta. Allora decise di chiamare la Scientifica, indicando l'indirizzo della scena del crimine. Quindi tentò di riaccendere il motore, che finalmente si attivò: poteva ripartire!

Quando si mise in viaggio, non riuscì a liberarsi del tutto dall'ansia, ebbe la sensazione che qualcuno fosse seduto sul sedile posteriore e che la stesse osservando. Guardò nello specchietto retrovisore e vide il volto della vittima, tutto imbellettato, che tentava disperatamente di comunicarle qualcosa, ma aveva la bocca cucita, e non riusciva a emettere alcun suono. In preda al terrore, frenò e i pneumatici urlarono sull'asfalto; la macchina sbandò, invadendo una parte della corsia opposta. Con una sterzata improvvisa, Kay scampò la collisione con un mezzo pesante, e un istante dopo arrivò l'ululato del clacson del pachiderma. Per lo spavento, non riuscì a riprendere subito la strada. Rimase qualche tempo sul ciglio, cercando di respirare a fondo e convincersi che l'immagine che aveva visto era solo il prodotto dalla sua immaginazione. Poi ripartì.

Per l'intero tragitto che la separava dal cottage, valutò percorsi alternativi, ipotesi per risalire al colpevole: aveva lasciato dietro di sé già tre cadaveri di donna. Pensava alla velocità della luce per vincere l'ansia, per non fissare lo specchietto. Era davvero allo stremo delle forze, preda di allucinazioni. Quanto le avevano insegnato al corso di criminologia avrebbe dovuto confortarla, ma non sortì l'effetto desiderato. Aveva appreso che, quando si lavorava ininterrottamente a un caso raccapricciante, si potevano dare segni di squilibrio mentale: mancanza di appetito, di sete, igiene personale maniacale, praticata per lavare via i brutti pensieri. Occorreva però trovare il modo di non disperarsi né deprimersi, perché, attraversando il calvario di parecchie notti agitate e insonni, l'incantesimo si rompeva e passava tutto, come una febbre che sparisce di colpo. Per qualche sconosciuta ragione, si sturava la psiche, che riattivava le difese, esorcizzando i mostri. Non bisognava farne una malattia, bastava accettare quel disagio come passeggero. Ultimamente si svegliava di soprassalto al minimo rumore quasi ogni notte, ancor prima degli incubi, che da qualche settimana le molestavano il riposo.

La sera precedente, aveva sognato di trovarsi con la testa sott'acqua in una vasca da bagno, con il rumore delle bolle d'aria nelle orecchie, mentre attorno a lei crescevano alghe tentacolari che cercavano di afferrarla, dita verdi che le stringevano il collo, sino a soffocarla, mentre la faccia le diventava cianotica. Il sangue arterioso continuava ad affluire alla testa mentre quello venoso non riusciva a defluire a causa delle alghe strette a cappio intorno al collo, e i capillari si rompevano a uno a uno, formando petecchie sulle palpebre. Era stato orribile, quell'incubo, la sua testa era come un palloncino attaccato a una manichetta: l'acqua entrava, non poteva più uscire e la pressione aumentava finché il palloncino scoppiava. Come risultato Kay si era svegliata di soprassalto, mettendosi a sedere sul letto, ansimante, e palpandosi il naso, le labbra, gli occhi, gli zigomi, ancora vittima della raccapricciante visione del proprio viso deflagrato in minutaglie. Era rimasta così per più di un'ora, lo sguardo fisso nel buio, grondante di sudore, il respiro concitato, lottando per non emettere urla di terrore, per realizzare che sì, dopo tutto, era solo un delirio notturno. Poi, ancora febbricitante, aveva guardato le lancette della sveglia sul comodino, sperando che la mattina fosse vicina, ma erano solo le due di notte. Aveva ancora tutto il tempo di sognare un viaggio di andata e ritorno all'inferno. Ma doveva dormire!

Non ce la faceva più a svegliarsi per le sue stesse urla, per correre in bagno a sciacquarsi il viso, tentatando di rivenire. Doveva trovare una soluzione a quei deliri notturni.

Quella sera, quando arrivò al suo cottage, sprofondato nel buio come una nave affondata, per colpa dei pensieri neri che le turbinavano in testa, le ci volle parecchio per scendere dalla vettura. Al primo passo, fissò con circospezione il muro impenetrabile di oscurità che le si ergeva intorno, come se in ogni angolo si potesse nascondere un malintenzionato. A metà percorso realizzò che, se avesse dato ascolto alle proprie emozioni, sarebbe tornata di corsa in macchina, fuggendo da lì.

Arrivata dinanzi all'uscio, mise la chiave nella toppa e si accorse subito che qualcosa nella serratura non funzionava. Provò più volte, con sempre maggior veemenza, ma niente. Mentre pensava a chi potesse averla manomessa, il brivido gelido della paura ricominciò a correrle su e giù per la schiena. Kay pensò che si trattasse di una trappola, e per un istante credette di non reggere la tensione. Ma poi si rese conto che stava girando la chiave nella direzione sbagliata. Trattenne per l'ennesima volta il respiro, inalò una boccata d'aria, fece con mano ferma il movimento corretto, ed ecco che la serratura emise uno scatto metallico, e si aprì.

Appena varcò la soglia del salone, Kay pensò che avrebbe voluto con tutte le sue forze essere in un posto dove non fosse costretta a trincerarsi in camera da letto, chiudere a chiave la porta e barricarsi dentro con la pistola sotto il cuscino e il telefono acceso. Esisteva forse al mondo un posto simile, in cui sentirsi protetta? Avrebbe dato qualsiasi cosa pur di starci! Ansimante, chiusa la porta d'ingresso alle sue spalle, digitò il codice di accesso alla centralina d'allarme e accese le luci. Ora tre quarti del cottage erano illuminati a giorno, e ciò contribuì a rassicurarla. Aveva lo stomaco che borbottava nonostante l'indiano, ma non sarebbe riuscita a mandare giù nient'altro che una tazza fumante di latte caldo e miele per riprendere un poco le energie.

Non poteva liberarsi da una domanda che la tormentava: dove dormire con la certezza di essere fuori pericolo? In un hotel del centro? Da un'amica? Non sapeva. Sapeva solo che, se fosse rimasta lì, avrebbe passato in bianco l'intera notte, asserragliata in camera da letto. No, non aveva scelta, non poteva rimanere! Si chiese se Santos l'avrebbe ospitata per quella notte… l'indomani si sarebbe adoperata per trovare un'altra soluzione. Sapeva che l'ispettore era uno scapolo incallito, murato nelle proprie abitudini e poco incline a condividere lo spazio vitale con qualcun altro. Eppure, in quella circostanza le pareva che fosse l'unico al mondo in grado di rassicurarla. Sì, inutile negarlo, con quell'uomo nei paraggi, si sentiva protetta.

In quell'istante, si ricordò di quando gli aveva chiesto se avesse mai paura. Lui le aveva risposto divertito: «Paura? No, Kay. È raro che io abbia paura. La paura la conservo per quando sarò morto, mi rovinerà meno la vita!». Non voleva fare lo sbruffone, non era un commento da pugile in disarmo, ex alcolista che voleva fare il *macho* con la collega giovane e inesperta. Era semplicemente la verità. Per quelli come Santos, la paura era un vizio, ne amavano la sensazione, era come una droga che allertava i sensi: era necessaria, perché li faceva sentire vivi in maniera lucida e vibrante. A quel pensiero, Kay si vergognò della propria vulnerabilità. Sapeva che quella sera, al posto suo, Santos, invece di battere in ritirata, avrebbe dato la caccia all'assassino. Ma la paura, per tutti, si accumulava come le alghe lungo la chiglia di una nave, ben al di sotto della linea di galleggiamento: non la si vedeva fino a quando non si apriva una prima crepa, che poi diventava una falla, ed ecco che la nave aveva imbarcato tanta acqua da colare a picco. Perché c'era sempre un punto di rottura oltre il quale ci si lasciava cadere, e questo valeva anche per Santos, ne era sicura! In qualunque poliziotto, Kay lo sapeva bene, si celava potenzialmente un vigliacco. E quanto a lei, il suo punto di rottura era molto più accessibile di quello del burbero ispettore, tutto qui...

In quel momento, il telefono vibrò nella tasca della sua giacca: Santos! Doveva aver visto le sue chiamate di prima. Il senso di sollievo che provò a sentirne la voce fu indescrivibile. Se avesse potuto, lo avrebbe abbracciato, implorandolo di starle vicino. «Oh, sei tu! Che bello sentirti! Devi sapere che è successa una cosa terribile: un altro cadavere, con la stessa firma, il fiore! Tutto combacia... è lui, il killer seriale. Ho rilevato tutti i potenziali indizi e ho chiesto alla Scientifica di fare un sopralluogo!»

Invece di rassicurarla, il rude ispettore, sprovvisto di qualsiasi galanteria, iniziò a farle domande a raffica. Era fatto così, di puro istinto e piuttosto primitivo quanto a intelligenza emotiva. Non gli importava di essere allineato con i propri collaboratori, di essere in empatia. E non appena sentiva l'odore dell'assassino, avvertiva la scarica di adrenalina, cui seguiva l'invasamento – cecità, illuminazione o follia. Allora, come un segugio con la selvaggina, entrava in una sorta di paranoia, preda di un pensiero fisso. Quando però a un certo punto della discussione Kay, estenuata, cominciò a balbettare, perdendo il filo del discorso, cercò di venirle incontro: «Dimmi un po'... stai bene? Perché ti sento parecchio agitata, Kay! Posso forse fare qualcosa?».

«Tutto questo mi fa paura, terribilmente paura, Santos. Anche il posto dove vivo, così isolato, e distante da tutto...» rispose lei.

«Allora vieni da me, è inutile che ti fai tormentare dall'ansia» se ne uscì Santos, come se fosse la cosa più naturale del mondo.

«Oh, grazie! Che sollievo, mi hai letto nel pensiero! Solo per questa notte, giuro, poi troverò una sistemazione. Sembra tu abbia una specie di sesto senso... Allora prendo il necessario, e arrivo da te. Ho davvero bisogno di dormire una notte intera.»

Chiusa la conversazione, come se Santos avesse esercitato su di lei una specie di potere taumaturgico, Kay si sentì liberata dal ripugnante animale della paura, che le era balzato in groppa da quand'era entrata nell'appartamento. Rinfrancata, andò in bagno e prese il beauty. Più per un riflesso condizionato che per vanità, si osservò di sfuggita allo specchio. Si riconobbe a malapena; il volto era bianco come un cencio, aveva i tratti tirati, quasi fosse dieci anni più vecchia. Per rimediare un poco ed evitare di detestarsi, si passò un po' di fard sul volto e si diede una passata di rossetto sulle labbra. Così era presentabile. Poi aprì l'armadio della camera da letto: fra abiti sexy, leggins, maglioni lunghi colorati, top scollati e vestiti aderenti – quelli che amava indossare – c'erano anche quelli che utilizzava al lavoro. Scelse una camicetta di lino e dei pantaloni color seppia.

Kay guidò con prudenza, tenendo a bada le emozioni. A quell'ora, lungo le strade di Cape, il traffico dei pendolari si era già smaltito. Mezz'ora dopo, infatti, Santos le aprì la porta di casa sua. Per l'occasione, indossava una polo blu sbiadita che lasciava intravedere il petto villoso e dei jeans che avevano conosciuto tempi migliori. Invece dei soliti stivaletti di cuoio nero, con la punta rinforzata in metallo, aveva ai piedi delle scarpe da ginnastica. Quel look gli donava. Era proprio un bell'uomo, Santos, pensò Kay in quel momento. Lei, invece, aveva gli occhi tanto arrossati da sembrare la fotografia del *prima* nella pubblicità di un antistaminico. Lo guardò come un gattino spaurito sotto la pioggia, e dovette trattenersi per non gettargli le braccia al collo. Quando lui la vide sull'uscio, con quella cupa lucentezza negli occhi verdi, che sembravano due smeraldi, come un animale braccato ebbe la disarmante consapevolezza che continuava a desiderarla con tutto se stesso.

Non sapeva, Santos, se Kay avesse fatto o meno breccia

nel suo cuore di ghiaccio, ormai ridotto a un muscolo, ma di sicuro aveva acceso dall'inizio il suo appetito sessuale. Santos lo capì in un istante, quando la ragazza era ancora sul pianerottolo, e ne rimase colpito. Lui era un donnaiolo incallito, ma di sguaiate femmine alla deriva, non di fiori ancora da cogliere come Kay. Non si aspettava di vederla così bella, scossa dalla paura, e questo lo eccitò incredibilmente. Doveva stare in guardia; tanti ispettori all'apice delle loro carriere avevano iniziato una parabola discendente quando avevano perso la testa per una collega... Ciò non gli impedì di abbracciarla, a metà tra uno slancio protettivo paterno e una mossa da seduttore, stringendola forte a sé. In quel gesto, Kay trovò una sconcertante forza che la rassicurò, distogliendola dalle sue paure.

Santos viveva in un appartamento d'epoca ristrutturato, che aveva un vasto terrazzo dal quale si vedevano i variopinti terrazzi dei palazzi vicini, i colombi e i gabbiani che riposavano sui tetti della città. Era piuttosto romantico. Quando la accompagnò nell'unica stanza da letto, che con cavalleria le cedette – lui avrebbe dormito sul divano nel salone – rimasta sola, Kay si prese tempo per ispezionare il luogo. Non conosceva nulla del Santos privato, e la cosa la intrigava. Le bastò un'occhiata per scoprire come non avesse la sua stessa concezione di ordine: nonostante gli evidenti sforzi dell'uomo per rendere la camera presentabile, un paio di pantaloni pendevano da una presa elettrica montata alla parete e sull'unica poltrona erano adagiate una camicia e una cravatta. Kay le mise in ordine nel guardaroba, recandosi poi in bagno, per svuotare nel lavandino il fondo di un bicchiere di whisky sfuggito all'occhio del padrone di casa. La stanza aveva le piastrelle del pavimento blu scuro ed era arredata in modo minimale. Kay notò un antiquato pennello e un vero rasoio da barba che facevano bella mostra su una mensola di cristallo. Attratta da quell'oggetto d'altri tempi, Kay lo prese in mano, sfiorando la lama con un dito: sembrava d'argento e sull'impugnatura aveva incise le iniziali AS. Ritornò poi in camera da letto. Sotto una pila di riviste di training, scoprì un piccolo stereo. Lo accese e partì un cd di musica sinfonica. Allora si sedette sul letto, togliendosi le scarpe: la personalità di Santos si rifletteva in quell'ambiente, e lei ci si sentiva a suo agio. Finalmente poteva lasciarsi andare, abbassare le difese, rilassarsi, abbandonarsi a quel senso di protezione tanto desiderato. Le pareti erano tappezzate da litografie e poster di storici match di pugilato: era lo sport preferito da Santos. Una volta le aveva raccontato che da ragazzo lo aveva praticato nei sobborghi di Buenos Aires. Era rimasto un dilettante, ma all'epoca lo consideravano un talento. Poi, quando il padre era stato ucciso durante un regolamento di conti fra bande – militando nei ranghi della *milicia nacional* – poiché aveva dei cugini in Sudafrica, si era trasferito a Città del Capo con sua madre. Da un giorno all'altro, aveva deciso di rinunciare al pugilato. Invece di picchiare la gente, aveva deciso di aiutarla, così era entrato nel corpo di polizia e con il tempo ne aveva scalato la gerarchia, nel solco della tradizione di famiglia: fino a diventare ispettore.

A Kay, la stanza piaceva perché lì dentro tutto parlava di Santos, dei suoi gusti, delle sue manie. Ogni oggetto aveva un'impronta maschile e sapeva di lui: i grossi mobili spigolosi con la patina di polvere da scapolo che non si cura della casa, un narghilè, qualche ricordo di viaggio, fra cui una collezione di lattine di birra dei cinque continenti, oggetti d'artigianato seminole.

Kay rimase seduta sul letto per qualche istante, cercando in ogni oggetto il lasciapassare che l'avrebbe condotta dritta al cuore di quell'uomo. Poi si decise a farsi una doccia, e dopo aver indossato il pigiama, si mise sotto le coperte e si addormentò in un attimo, piombando in un sonno profondissimo.

11

Nella stanza ancora buia, Johnny si rigirò nel letto, le coperte in subbuglio, quando suonò metallica la sveglia. Aprì gli occhi dal lato del comodino con il marchingegno infernale. Si sedette sul bordo del materasso, si strofinò gli occhi ancora arrossati. Era una vecchissima sveglia meccanica, di quelle che ticchettavano, e si caricava con una chiavetta sul retro come certi giocattoli della sua infanzia. Doveva farlo ogni sera fino a far gemere la chiavetta, se non voleva che si fermasse nel mezzo della notte. Non l'aveva mai sostituita con una digitale perché le era troppo affezionato... e poi, una volta caricata, funzionava alla perfezione!

Senza nemmeno vedere l'ora sul quadrante, le diede un colpetto e il rumore cessò immediatamente. Con l'impressione di essere sul bordo di un precipizio, la mente annebbiata dal sonno, pensò che non gli era mai piaciuto svegliarsi presto. Ma qualcosa in lui era cambiato e, per una volta, in positivo. La nausea che provava di solito si era dissolta. Che strano: avere davanti a sé un'intera giornata per spalare merda in trincea non lo gettava più nello sconforto... e questa sensazione aveva a che fare con il fremito di rinascita che portava con sé la promessa di un'esistenza lontana dalla baraccopoli. Quel pensiero, da qualche settimana, lo allietava.

Decise di caricare subito la vecchia cianfrusaglia, sennò più tardi se ne sarebbe dimenticato. La cercò a tentoni nell'oscurità, e la fece cadere a terra. «Merda, il solito imbecille!» imprecò con la voce impastata e rauca del fumatore incallito.

Poi si alzò con incredibile rapidità dal letto, preso da una dannata fretta di lasciarsi alle spalle quella vita dalle misere ambizioni che, come un abito logoro, gli andava troppo stretta. Ancora una settimana, e tutto finirà, si disse. Era diventato il suo mantra: non faceva che ripeterselo, per convincersi che non si trattava di un sogno, uno di quei miraggi che avevano costellato il suo cammino. Si sentiva anche meno stanco. D'accordo, non si poteva dire che scoppiasse di energie come avrebbe voluto. Ma in quel letto umido, sotto un ventilatore vecchio e lento e con addosso tutta la polvere del mondo, in Africa la notte e il giorno erano due facce dello stesso dormiveglia fatto di fango e sfinimento.

Appena alzò le tendine della finestra, la luce cadde sul cuscino scomponendo la stanza come in un quadro puntinista. Aveva capelli così folti da non aver bisogno di pettine: alla mattina erano già a posto come la sera prima di coricarsi. Trascinando i piedi sull'impiantito di legno, si spostò davanti alla finestra, per osservare il sole sorgere sulla strada. Fuori, un manto purpureo avvolgeva ogni cosa. La città si stava svegliando. Nuvole basse sfioravano il quartiere, imprigionando le prime luci in un alone dorato. Johnny assorbì quel silenzio, la strana pace che regnava in quell'angolo di Cape Town. Si poteva quasi credere all'illusione che il mondo si fosse fermato: la via era sgombra, se non per pochi ubriaconi che discutevano su come procurarsi un'altra bevuta prima di accasciarsi all'ombra di qualche tettoia per sfuggire alla canicola del giorno. Un gruppetto di giovani in canottiera e infradito se ne stava rannicchiato sulla soglia di un palazzo, contando gli spiccioli per comprarsi l'ultima sigaretta speziata dallo spacciatore di turno; li conosceva, erano dei violenti, meglio non incontrarli. Ma oltre a quelle ombre fugaci, relitti rigurgitati dall'alta marea della notte sullo squallore delle spiagge di cemento metropolitane, non c'era nessuno in giro. Il quartiere sembrava abbandonato, una città fantasma, e questo senso di solitudine gli piacque. Poi, in pochi istanti, le tinte rosate del primo sole si fecero sempre più luminose e sature di colore, finché il cielo divenne celeste, e l'astro infuocato cominciò la sua scalata.

Johnny rimase sorpreso dalla bellezza di quello spettacolo, di quella trama di luci e ombre che sembrava giocassero a nascondino mentre la città andava risvegliandosi. Non si era mai fermato a guardare con calma l'alba. Aprì la portafinestra, andando in mutande e canottiera sul terrazzino dalla ringhiera scrostata. L'opportunità non bussa mai due volte! Ma, passo dopo passo, non devo abbassare la guardia, ora che il traguardo è vicino, si sorprese a pensare. Stava diventando un filosofo, chissà che Chanel non avesse visto giusto. Non lo aveva forse chiamato *cabezón* dal loro primo incontro? O forse Johnny aveva ricominciato a meditare da quando beveva meno: per tanto tempo, il suo cervello era stato annebbiato dall'alcol. Aveva lavorato in modo meccanico, per abitudine, come un automa. Per questo era diventato un relitto: malati, diagnosi, consultazioni, persino un taglio cesareo da ubriaco era riuscito a fare! Anche se era doloroso, doveva riconoscerlo: la sua vita negli ultimi anni era stata un'interminabile sequenza di riflessi condizionati eseguiti con freddezza. E questa era l'ennesima ragione per mettersi tutto alle spalle e ricominciare. Se ne era convinto: era necessario ripartire, per non cadere preda del disprezzo di sé, in quella voragine di abiezione che lo faceva soffrire.

Sulla strada arrivarono alcuni furgoncini: portavano il pane, il latte e i giornali nelle case. La città ritornava alla vita, e tutti gli attori avrebbero ripreso i loro ruoli da copione, come il dottore dagli occhi tristi. Ora, l'opportunità di una vita nuova si stava finalmente materializzando, tanto che gli pareva fosse già lì, e che per coglierla gli bastasse allungare il braccio. E questo lo metteva per la prima volta su un piedistallo più in alto di quelle formichine che si muovevano là sotto in un affacendato andirivieni, alla ricerca di qualcosa che mai avrebbero ottenuto. Sentirsi un privilegiato lo rallegrò. E si abbandonò a considerarsi un eletto.

Rimase ancora qualche istante sul terrazzino. Da quella posizione, la città gli sembrò sua. Avrebbe voluto rimanerci aggrappato per sempre, a quella sensazione, ma non era la giornata giusta per indulgere a pensieri piacevoli. Però promise a se stesso che nella nuova vita avrebbe bevuto meno la sera e si sarebbe svegliato prima la mattina per assistere al sorgere del sole. Andò in bagno e, dopo essersi fatto una doccia, si preparò il caffè. Fece gocciolare un po' di latte denso dalla confezione nella bevanda scura che profumava di chicchi tostati, mescolò il caffè finché divenne di un bel bruno chiaro. Lo sorseggiò piano, poi si rese conto che aver fatto entrare aria fresca aveva liberato l'appartamento dall'odore di ammoniaca che di solito, tra quelle mura, si accompagnava a quello di cibi andato a male. Allora si accorse che da almeno una settimana aveva lasciato una pila di padelle incrostate, tazze e ciotole sporche, cucchiai lerci a soggiornare nel lavello unto. Si strinse nelle spalle: commiserarsi era inutile. Quella deriva di abbrutimento, in una decina di giorni, sarebbe stata solo uno spiacevole ricordo da rimuovere.

Dopo il primo caffè della giornata, Johnny si accese una sigaretta. Aspirò profondamente il fumo, sentendo la ruvida carezza del catrame sui bronchioli. Guardandone le volute dissolversi nell'aria viziata del cucinino, sussultò: uno scarafaggio sbucò all'improvviso da chissà quale angolo correndo lungo il cornicione della credenza dove teneva il pane. Con uno scatto Johnny lo fece cadere sul pianale, poi lo imprigionò in un bicchiere vuoto. Aspirò ancora a lungo dalla sigaretta e soffiò nel contenitore di vetro per asfissiare l'insetto. «Benvenuto nel sottomondo di Johnny, camerata, per solidarietà con il sottoscritto sarai imprigionato e asfissiato» borbottò. «Come dici? Stavi meglio prima? Be', non ci posso fare nulla, vecchio mio, a parte aumentare la dose, per velocizzare la procedura!» disse, soffiando ancora del fumo nel bicchiere. Lo scarafaggio cominciò a dibattersi, come trafitto da uno stecco, e dopo un minuto, in preda a convulsioni, rimase immobile, la schiena appoggiata al ripiano e le zampette in alto. Stecchito. «Pace all'anima tua, camerata. Alleluia!» proclamò Johnny, e lo gettò nella pattumiera, con il pane della dispensa di cui si era cibato.

Johnny si vestì, e sorretto da quella nuova energia, decise di crederci fino in fondo, alla seconda vita che lo attendeva girato l'angolo. E non c'era modo migliore per celebrare quel cambiamento che concedersi subito un lusso: andare dal barbiere all'angolo, rituale per lui saltuario perché costoso. Appena uscì dall'appartamento, si diresse verso l'edicola e lì lesse a caratteri cubitali in prima pagina di tutti i quotidiani che era stata scoperta una terza vittima con la firma dell'orchidea. Non riuscì a reprimere un sorriso soddisfatto che, per un solo istante, gli illuminò il volto segaligno. Per scaramanzia – era molto superstizioso, il dottore – non ne comprò nemmeno una copia: all'ambulatorio ne avrebbe presa una da un collega.

Entrò invece dal barbiere, che lo fece accomodore su una poltrona di pelle amaranto che esibiva più manopole e levette cromate del tavolo operatorio dell'ambulatorio. Gli sistemò un panno caldo sugli occhi, due intorno al collo e uno dietro la nuca. Si muoveva veloce, quasi in punta di piedi, schioccando ogni tanto la lingua. Sembrava ovunque: alle sue spalle per lisciargli i capelli con sapienti colpi di pettine, al suo fianco per disporre i panni caldi, davanti per accertarsi che il grembiule fosse infilato alla perfezione, impedendo ai peli della barba, che avrebbe tagliato con il rasoio, d'infilarsi nella camicia. Per Johnny era già di per sé un evento trovarsi nel mondo cromato e laccato di quel barbiere italiano – dove un taglio costava cinque volte quello di un autoctono – con le vetrate smerigliate, le pareti coperte di specchi, le collane di lampadine a incorniciarli, l'insegna tricolore. Una volta fuori, tirato a lucido e impomatato, Johnny era di buonumore, anche se senza un soldo in tasca. Così, in sella alla sua sgangherata bicicletta, si mise a pedalare spensierato.

Il piano di abusare di quell'ingenuo idealista di Ernest stava per dargli in premio un bel gruzzolo sufficiente a fargli vivere una seconda giovinezza: quanto chiedeva ancora alla vita, crederci ancora, potersi reinventare. L'espressione allegra, fischiettando un motivetto, pedalò in direzione della prima paziente da visitare. Quella mattina, anche combattere la quotidiana lotta con quel mostro dalle mille teste dell'AIDS, non gli guastò l'umore. E pensare che aveva un conto in sospeso con quella carogna! Per anni, le aveva dato battaglia. Comunicare i risultati del test dell'HIV era un macabro rituale per lui: doveva confrontarsi con centinaia di persone che sedevano nella sala d'attesa, nervose o immobili, tranquille o in preda alla nausea, con la tosse, la testa tra le mani. Ciascuno aspettava di sentir chiamare il proprio nome. E a Johnny toccava l'arduo compito di scoprire il verdetto da un pezzo di carta, e poi di sollevare lo sguardo. Erano i suoi occhi a parlare per primi. Negativo. Positivo. Che strazio! Ormai, in Africa, uomini e donne vivevano in un sistema binario, a seconda che fossero negativi o positivi: chi era destinato a vivere e chi, invece, a essere isolato e morire. Ma ora quello stillicidio era destinato a sparire dalla sua vita!

Si guardò attorno. A quell'ora, la luce accarezzava ancora le superfici, anziché illuminarle con violenza. Si riempì i polmoni dell'odore legnoso e medicinale dell'eucalipto, una fragranza impossibile da immaginare fra gli ingredienti di un profumo, ma che nell'aria aveva un effetto tonificante, poi si rimise a pedalare con più forza e si fermò solo mezz'ora dopo. Dal promontorio sul quale era giunto, prima di prendere velocità lungo la discesa, guardò le fatiscenti baracche ammucchiate nella cunetta sotto di lui: sembravano dadi gettati da un bambino distratto, un saliscendi di colline affollate di casette zafferano, giallo canarino, verde pistacchio, rosso vinaccia. Ernest, che viveva su di una nuvola, e che lui di lì a qualche giorno avrebbe tradito per sempre, gli diceva sempre che da lassù la baraccopoli somigliava a un brutto dipinto dadaista; in effetti, guardando quell'accozzaglia di colori e materiali, non si poteva dargli torto! Per quanto vanitoso, scostante e imprevedibile, Ernest era un ingenuo, vittima di un senso infantile dell'esistenza.

Il camice bianco svolazzante, si lanciò giù per la discesa a rotta di collo, come un adolescente scapestrato, la frangia scompigliata sulla fronte, esposto al pericolo di ruzzolare a terra, mentre delle galline attraversavano starnazzando la strada. La vita, in quell'inferno, era così avara di gratificazioni che occorreva accontentarsi di quelle più piccole e all'apparenza insignificanti, per non rinsecchire come una pianta non innaffiata.

Arrivato alle prime baracche, spiò l'orologio da polso: non sarebbe giunto in ritardo. Gli mancavano cinque minuti per essere a destinazione, anche se adesso, improvvisamente in piano, pedalava sbilenco e a velocità ridotta sul terriccio giallo polenta, inoltrandosi in un dedalo di stradine, le une identiche alle altre, senza guardarsi mai attorno. Le solite casupole, i soliti empori, i soliti negozietti grandi come scatole da scarpe, stipati di mercanzie di ogni genere, le solite stradine con bancarelle di pomodori, piramidi di manghi, caschi di banane. Una marmitta ribollente in cui la gente cuoceva sempre nello stesso brodo. Nera la marea di visi che gli venivano incontro, tutte le sfumature del nero. Gli edifici che facevano da argine a quella fiumana erano quasi tutti a due piani, coperti di crepe e sbilenchi. Sembravano sempre sul punto di crollare, e lui non vedeva l'ora di lasciarsi tutta quella miseria alle spalle.

In cinque minuti fu davanti a una casupola dalla cui ringhiera pendeva un mosaico di bucati variopinti: lì viveva la sua malata. Le mura erano di argilla rivestita di paglia, la porta e le due finestre molto basse, per mantenere l'ambiente fresco durante la canicola dell'estate e un po' caldo nelle notti invernali. Venne ad aprirgli una donna dai capelli folti e ricci, di una trentina d'anni, che lo salutò con gratitudine, anche se non le ispirava grande fiducia quel dottore dal colorito malsano, gli occhi arrossati, le dita tremule e il camice bianco macchiato di unto. Pure, in quel luogo vicino all'inferno, il fatto che un medico si rendesse disponibile per una consultazione a domicilio, era un privilegio: l'ospedale era un lusso fuori portata per quella gente. Accompagnato dalla donna, Johnny entrò nella capanna, portando con sé la borsa nera di cuoio consunto.

Dentro, tutto parlava il linguaggio della miseria – i pazienti che accettavano di fare da cavie erano i più miserabili. Un impiantito di terra battuta e uno sgangherato soffitto lasciavano intravedere il cielo attraverso i buchi del tetto, su cui mancavano parecchie tegole: non era difficile immaginare le pozzanghere d'acqua sul pavimento quando pioveva. Un tavolo dalle gambe rachitiche circondato da sedie di legno di diversa provenienza, un minuscolo cucinino, qualche calebassa contenente cibo disposta sul pavimento. Non c'era altro. Se non, nascosta da una tenda, una misera branda su cui giaceva una donna di una quarantina di anni, gli occhi mascherati da occhiali da sole, nonostante la scarsa illuminazione. Johnny si avvicinò lentamente alla malata, che lo stava guardando: «Allora, cosa posso fare per lei?».

«Dottore, è una benedizione che sia venuto! Sappiamo che le visite ci sono solo il mercoledì e il sabato. Ma venendo oggi potrà dare sollievo immediato a mia sorella. È uno strazio vederla soffrire così» lo accolse la donna che aveva aperto l'uscio.

«Sì, una benedizione» confermò supplichevole la malata, «mi bruciano gli occhi, come avessi del fuoco dentro! La prego, dottore, non voglio diventare cieca!» Biascicava, un po' petulante.

Johnny contrasse il viso in una smorfia dolente. In quel momento non poté sottrarsi al macabro pensiero che no, non sarebbe diventata cieca per il semplice fatto che non ne avrebbe avuto il tempo: sarebbe morta prima. Quella era soltanto la prima di una serie interminabile di visite a malati afflitti dalla sindrome da immunodeficienza acquisita. E lui avrebbe fatto qualsiasi cosa, pur di trovarsi già a Londra a vivere la sua nuova vita, con o senza *muchacha* al suo fianco.

«Non si preoccupi, signora, è solo una banale infezione oculare, perfettamente guaribile!» rispose, cercando di apparire rassicurante, anche se non era mai stato capace di ottenere quell'effetto nei suoi pazienti. Era chiarissimo, purtroppo, che quel male stava devastando il corpo della donna, ormai vicina a esalare l'ultimo respiro. L'herpes era solo una delle malattie favorite dal progressivo indebolimento delle barriere immunitarie. La morte stava corteggiando quella donna, con una gran voglia di portarsela via, e tutti ne erano pienamente consapevoli. Johnny si avvicinò, ma prima di iniziare la visita, si soffermò sulla sistemazione della branda: «Deve trovare il modo per distendersi bene, non serve contorcersi così!» disse, mettendole una mano sotto la testa, e sistemando i cuscini e la coperta sottile. «Ora va meglio, non trova?» chiese poi, fissando i due dischi neri appoggiati sul naso, che le coprivano parte della faccia. Nel punto in cui l'arco superiore della montatura le sfiorava un sopracciglio, notò un'escrescenza di carne grigia e lucida. L'herpes le aveva ridotto il viso a una maschera straziante. Le tolse gli occhiali con delicatezza: l'infezione aveva divorato il tessuto sopra e intorno a un occhio, sfigurandola. Gli zigomi erano taglienti come rasoi sotto la pelle, e un misto di pus sanguinolento colava dalla palpebra inferiore dell'occhio infetto lungo la guancia.

Per arginare quella malattia, occorreva un trattamento di tre settimane e antidepressivi triciclici: ma ne valeva ancora la pena? Sì, decise Johnny, anche solo per alleviarle il dolore. Bisognava anche sottoporla a tutti gli esami necessari ad accertare lo stadio d'evoluzione della malattia: il conteggio delle cellule T, alcuni screen-test, l'analisi delle feci… non tanto per mettere a punto una terapia di guarigione, quanto per perfezionare una terapia antalgica, rendendo più sopportabile il trapasso. Assistere al disfacimento di un essere umano era uno spettacolo raccapricciante che lo prostrava. Non si reputava un salvatore: un po' di cinismo lo aiutava a sopportare l'insopportabile, ma non bastava a costruirgli addosso una corazza di imperturbabile insensibilità. Sapeva bene, però, che era diventato medico non per salvare il mondo ma per curare se stesso. Pochi dottori lo ammettevano, e senz'altro non i più giovani, ma sceglievano questa professione convinti che, soccorrendo gli altri, avrebbero guarito le loro, di ferite. Ma poteva anche verificarsi il contrario, ovvero che le ferite diventassero più profonde, e non più cicatrizzabili.

«Ora mi ascolti. Le farò un'iniezione per sedare il dolore. Andrà subito molto meglio!»

La donna assentì.

Dopo aver fatto l'iniezione, le prese il mento con una mano e le sollevò il viso: «Mi dica, come si sente ora? Va meglio?».

«Sì, un poco, prima era davvero insopportabile... grazie, dottore!»

«Mi lasci vedere la schiena» chiese, facendola sedere sul bordo del letto. Le tirò su la camicia da notte. Picchiettò sulla schiena un po' goffamente: i polmoni, almeno quelli, erano ancora in ordine. Il controllo delle vie respiratorie era un espediente per esaminare la comparsa sull'epidermide delle pustole rosse, un altro sintomo con cui l'AIDS annunciava il suo attacco finale. Non ne riscontrò un'eccessiva presenza, il che lo tranquillizzò. Sollevò le due palpebre cadenti, con una sorta di torbido disagio: «Le prescriverò delle medicine che le faranno persino recuperare qualche diottria dall'occhio infetto. Poi, per... per quanto concerne il resto» non poteva spegnere la fiammella della speranza, per quanto flebile, cui si tenevano aggrappati i malati terminali «ritengo che il trattamento cui è sottoposta sortirà un effetto benefico, e che la malattia finirà col retrocedere, anche se non si può ancora parlare di guarigione completa». Il medico volse lo sguardo intorno, mentre una ruga di preoccupazione gli segnava la fronte, e aggiunse perplesso: «A questo punto, ecco, credo di aver detto tutto, non mi rimane che farle la prescrizione!». Abbozzò persino un sorriso, rivelando una dentatura guasta e grigia. Tirò fuori dalla borsa un bloc-notes e vi annotò il nome di due farmaci, specificandone la posologia alla donna che lo aveva accolto in casa. Strinse poi la mano a entrambe, meticoloso, salutandole: «Ritornerò quanto prima. A presto!». Lo disse con quanta più gentilezza possibile, anche se con la stessa voce pedante di sempre.

Appena fuori dalla catapecchia, il senso di prostrazione venne spodestato dal pensiero che, entro qualche giorno, si sarebbe trovato a migliaia di chilometri da quell'inferno. L'inganno che aveva ordito a scapito del suo amico pittore stava ormai prendendo forma. Ai suoi occhi era solo un temporaneo raggiro; un giorno, se tutto fosse filato per il verso giusto, gli avrebbe restituito i soldi. Ed era proprio quest'idea ad aver cancellato tutte le sue remore: anche se si trattava di un artificio ipocrita per liberarsi del senso di colpa. La malattia di Serena non aveva nulla di mortale: era una forma influenzale acuta, non pericolosa alla sua età, anche se molto debilitante, che causava diarrea e violenti attacchi d'emicrania, il cui decorso Johnny si limitava a tenere sotto controllo, alleggerendo la cura che l'avrebbe restituita alla salute entro una decina di giorni, il tempo necessario per portare a compimento il piano. Far pagare agli altri la sua exit strategy era forse sbagliato? Era certo di no: dopo aver spalato merda in trincea per anni, aveva espiato qualsiasi colpa presente e futura. E ora si trattava con l'indulgenza che andava concessa a un uomo maltrattato da un destino avverso.

L'orologio segnava le undici. Era sabato, e aveva pianificato di andare in ospedale a incontrare Vincent Magawi, il laboratorista; sapeva che era di servizio. Era con lui che, qualche settimana prima, aveva parlato della somiglianza dei sintomi della leucemia mieloblastica con quelli di una forma influenzale che in quel momento si stava propagando in città. Ed era proprio lui ad aver archiviato i vetrini del midollo osseo del malato deceduto di tumore del sangue: approfondirne la cartella clinica l'avrebbe aiutato a rendere più credibile la falsificazione dei sintomi che affliggevano Serena. Se poi il tutto si fosse complicato, per l'intervento di qualche altro medico – scenario che andava comunque previsto – sarebbe stato un gioco da ragazzi scambiare i vetrini del midollo osseo del deceduto con quelli della giovane. In un Paese in cui la corruzione era all'ordine del giorno, e in cui tutto aveva un prezzo, la vita come la morte, Johnny si chiedeva solo come negoziare al meglio il costo di questa pratica, qualora fosse diventato necessario. Era certo che sarebbe riuscito a far intascare le mazzette a Magawi, sua conoscenza di lunga data, comprando così la sua complicità sottobanco; e qualcosa gli diceva anche che avrebbe potuto condurre a buon fine l'operazione a un prezzo abbordabile.

Con quella girandola di pensieri che gli vorticavano in testa, si mise a pedalare in fretta, fendendo la folla, per sfogare la frustrazione che gli ribolliva dentro. Pedalava a capo chino perché odiava osservare gli indigeni che, a loro volta, lo osservavano, attoniti e insieme divertiti da quell'insolito spettacolo. Sapeva bene il motivo per cui li faceva sorridere; la bicicletta era per i poveri, ed era raro vedere un bianco povero! Quanto desiderava, in quei momenti, non trovarsi più lì! Contava le ore, addirittura i minuti, che lo separavano dal suo addio all'Africa. Tanti anni prima, quando aveva iniziato a fare il medico di frontiera, ci aveva riso sopra anche lui; poi, però, con il senso dell'umiliazione che cresceva, non riusciva più a prendere la cosa con la giusta disposizione d'animo. La trovava avvilente, perché quegli sguardi di derisione lo facevano sentire ancora di più un fallito, un misero derelitto, costringendolo a ingoiare polvere. Ma aveva anche i suoi vantaggi, quel mezzo, perché in genere la vista dei fuoristrada delle associazioni mediche scatenava il finimondo: subito si era assediati da orde di venditori ambulanti e storpi. Pedalando, invece, Johnny non invogliava nessuno a corrergli dietro mendicando. E poi c'era il risvolto filosofico della faccenda, che indorava un po' la pillola: in bicicletta poteva relazionarsi agli altri in silenzio, senza arroganza... ma di quest'ultimo aspetto, a dirla tutta, se ne infischiava.

Comunque tutto questo stava per finire. A breve il sipario sarebbe calato sul lurido proscenio della grottesca messinscena del Johnny medico itinerante. Nessuno si sarebbe ricordato di quella marionetta dai fili spezzati. Nemmeno lui, che non vedeva l'ora di far sprofondare tutto nel mare nero dell'oblio.

12

Quando attivò i contatti, le lucine del cruscotto s'illuminarono di una luce verdastra. Poi accese il motore, che in una nuvola di fumo nero iniziò a scoppiettare. Il fuoristrada sembrava un cimelio da museo, ma Santos non si preoccupava certo delle apparenze. La vettura d'ordinanza avrebbe dato troppo nell'occhio per il tragitto che doveva fare quel pomeriggio, e peggio ancora la sua amata Harley Davidson. Con Kay al suo fianco, partì brusco sulla Land Rover e la giovane fece una capriola sul sedile, finendogli quasi in braccio. A quel punto Santos, burbero, si scusò: la partenza brusca era colpa della frizione logora. Poi c'era anche la portiera del conduttore che non si chiudeva bene, ma per il resto, funzionava che era una meraviglia!

L'ispettore imboccò la tangenziale nord, che portava fuori dalla città. Considerata l'austerità del mezzo, per rendere il viaggio più confortevole, Santos aveva messo sul bracciolo due tazze fumanti di caffè. Kay ne aveva bevuto un sorso, ma era disgustoso, amaro e bilioso, un intruglio che solo Santos riusciva a buttare giù. Non sapeva in quale missione la stesse coinvolgendo, ma sicuramente aveva a che fare con il caso delle orchidee.

Era passata quasi una settimana dalla notte in cui Kay aveva dormito da lui. E quella mattina, al commissariato, l'ispettore le aveva chiesto di tenersi libera il pomeriggio, senza darle alcuna spiegazione. Lo stava facendo ora, come suo solito, mentre impugnava il volante, senza preamboli e in fretta: la aggiornò sui nuovi particolari che aveva scoperto: Sundpharma stava sperimentando in quantità limitate e preindustriali la produzione di un nuovo farmaco potenzialmente in grado di debellare il flagello dell'AIDS, il Quadrivia. Però, per bruciare la concorrenza – e in Africa, un farmaco di questo genere sarebbe stato un ammazza mercato – Sundpharma non aveva costruito il necessario impianto di filtraggio a valle dell'impianto di produzione, dove scorreva un fiume. Questione di tempi: chi primo arriva, vince, argomentò l'ispettore. Era possibile che all'origine delle due leucemie, una delle quali aveva già mietuto la sua vittima, ci fosse questa mancanza. La pista che aveva a che fare con Sundpharma e il Quadrivia poteva fornire una chiave anche per i tre cadaveri imbellettati: in fondo, il *fil rouge* che li accomunava era che si trattava di cavie sottoposte al trattamento della nuova molecola o di una dottoressa che aveva a che fare con la casa farmaceutica.

«Be', forse hai ragione a pensare che ci sia una correlazione fra i dipendenti di Sundpharma malati e le morti su cui stiamo indagando. Ma cosa ti fa sospettare che c'entri l'impianto?» La fronte di Kay si corrugò in una sottile filigrana di rughe, molto diverse dai solchi profondi incisi su quella di Santos.

«I tempi, le coincidenze fra l'avviamento della produzione e l'apparire dei casi. Quel mastino di Norah, poi, è riuscita a raccogliere altre informazioni da fonti interne.

E ha scoperto che l'impianto sperimentale è stato molto criticato da chi lavora nell'azienda, perché ne conoscono i rischi. Però Kramer, il proprietario, ha convinto abilmente tutti a farne una corsa contro l'orologio. Per giustificare la fretta ha persino sostenuto che, quanto più rapidamente il Quadrivia sarebbe stato lanciato, meno vittime avrebbe mietuto l'AIDS... Capisci la logica perversa di questa presa di posizione? Tutto è lecito in nome del Dio denaro!»

Kay restò atterrita da quella prospettiva e Santos continuò raccontandole che il responsabile della sicurezza sul lavoro, uno con cui Norah aveva stabilito un contatto, aveva più volte parlato della presenza di scorie tossiche in quel laboratorio, come il benzene, un derivato chimico, la prima potenziale causa della propagazione della leucemia. Poi aveva concluso perentorio: «Stammi bene a sentire: come puoi immaginare, questo ha a che fare con la missione di oggi. Per metterci il cuore in pace dobbiamo prelevare dei campioni alla fonte dello stabilimento. Se le scorie gettate nel fiume sono ad alta concentrazione di benzene, lo si può stabilire solo dalle analisi di laboratorio della Scientifica. Prove alla mano, con le analisi a disposizione, si può attivare una procedura d'urgenza per arrestare la produzione sperimentale anche in poche ore, se necessario».

Kay lo ascoltava assorta: il suo piglio decisionista la affascinava e le faceva molta invidia.

«Quanto a Kramer» proseguì Santos, «si è convinto che sta agendo per il bene della collettività. Ma la realtà è che non rinuncerà mai a una possibile fonte di guadagno. Il profilo che ne traccia Norah non lascia dubbi: è un avido patologico, pronto a tutto per i soldi! Comunque, invece di mandare la Scientifica a fare i prelievi, ce ne occuperemo noi; fidarsi è bene, non fidarsi è meglio, soprattutto se la corruzione è all'ordine del giorno. Così respiriamo un po' del clima aziendale e magari raccogliamo in presa diretta qualche altra informazione.»

Kay annuì e allungò un braccio verso il caffè, in un riflesso condizionato. Ma subito si ricordò del gusto della brodaglia, e lo ritrasse, mentre Santos continuava a ingurgitare sorsate, mantenendo una mano sul volante.

«Considerata la missione, non credi che un mezzo più affidabile sarebbe stato opportuno?» gli chiese, infastidita dal concerto di vibrazioni metalliche.

Lui, come si fosse aspettato la domanda, ribatté a bruciapelo: «La postazione sperimentale dista un centinaio di miglia, ma la strada è troppo sconnessa per una vettura d'ordinanza! Serve un fuoristrada per andare veloci anche sullo sterrato. E poi… questo passa il convento, mettiti l'animo in pace».

La Land Rover aveva superato da parecchio tempo lo stadio del relitto; ammaccata e traballante, sembrava pronta ad andare a pezzi al minimo urto, con i sedili scassati e le sospensioni stremate. Quando era salita, Kay non aveva certo pensato che l'auto sarebbe stata in grado di affrontare una tratta di un centinaio di miglia con una strada dissestata… e invece filava sull'autostrada che era un piacere. In poco più di un'ora, a una biforcazione, imboccarono una pista sterrata. Attraverso la pianura, il vecchio mezzo sembrava persino più affaticato, divorando miglio su miglio sassi e ghiaia. Si arrampicò su una collina senza rallentare, precipitando poi nella discesa, indifferente ai fossi, alle buche, alle rocce, mentre Kay si teneva a tutti gli appigli possibili per non essere scaraventata fuori. Santos invece si divertiva a ogni sobbalzo, con l'adorabile incoscienza di un bambino un po' cresciuto, alle prese con un giocattolo! E proprio come aveva fatto durante il tragitto cittadino in moto, di tanto in tanto osservava Kay con la coda dell'occhio, per guardare come apriva la bocca spaventata. Il perfido piacere che ne traeva lo spingeva a schiacciare sull'acceleratore, guidando al limite, con il motore che rombava e il fischio del vento contro l'abitacolo corroso dalla ruggine. Più volte la radio si unì al concerto di rumori, emettendo suoni distorti, intervallati da scariche elettrostatiche.

Quando, due ore dopo, videro la sagoma dello stabilimento profilarsi nella vegetazione lussureggiante, Kay tirò un sospiro di sollievo: dopo un viaggio come quello, verificare il protocollo di smaltimento dei rifiuti tossici nelle acque del fiume le parve un compito facilissimo. Dietro la macchia grigia dell'edificio principale, sottili ciminiere sputavano pennacchi dalle volute bianche striate che si dissolvevano in cielo. Intorno alla superficie perimetrale del corpo centrale dello stabilimento, circondato da inferriate e telecamere a circuito chiuso, simili a filiazioni di un mostro gigantesco, c'erano silos e container fuori uso.

«Accidenti!» esclamò Santos, «che bel posto di merda... Preferirei passare le vacanze ad Alcatraz!»

«Tranquillo! Il personale qui ci sta solo dal lunedì al venerdì!» ribatté Kay.

Santos fece spallucce: quel particolare non riguardava l'indagine, l'unica cosa che contava ai suoi occhi.

Avvicinandosi alla postazione sperimentale, i due constatarono che al turno pomeridiano c'erano pochi dipendenti, perché solo una decina di auto era parcheggiata all'ingresso. Dirigendosi all'entrata, varcarono una porta doppia di alluminio e vetro, su cui era scritto SUNDPHARMA, LTD. – INGRESSO VIETATO AI NON ADDETTI AI LAVORI. Di solito i nuovi stabilimenti farmaceutici, dentro, erano molto moderni, quasi alberghi di lusso, con sedie di colori vivaci alla reception, banconi più simili a biglietterie di aeroporti e piante ovunque: questo, invece, era stato convertito in una postazione sperimentale da un precedente insediamento chimico. Aveva i suoi anni, e non era per niente accogliente.

Santos e Kay furono accolti con una certa ostilità da un uomo con occhiali spessi come fondi di bottiglia che, dopo qualche sbrigativo convenevole, si presentò come il primo responsabile, il plant manager: Matt Timerlake. Era stato avvisato poco prima della loro visita, e non aveva fatto i salti di gioia: «So che il benzene e il suo smaltimento suscitano molti dibattiti, sia fuori sia dentro l'azienda, ma non c'è da preoccuparsi, è tutto sotto controllo, come da procedura. Lo vedrete con i vostri occhi. Sarò io ad accompagnarvi. Ora seguitemi, prego!».

Diede a ciascuno di loro un camice, una maschera, dei guanti sintetici, e i tre entrarono in un enorme stanzone a due piani, dominato da una fila di apparecchi simili a enormi pentole a pressione. Scalette e passerelle di metallo salivano e s'incrociavano ovunque. Fiancheggiarono una rete metallica, oltre la quale si vedeva un magazzino con le scaffalature piene di contenitori di materie prime pronte per un utilizzo industriale. Il pavimento era in linoleum, grande invenzione postbellica risultato della lotta contro virus e batteri. Mentre si addentravano nello stabilimento, avvertirono odori molto acidi e pungenti; con tutta evidenza, quelli dei preparati chimici che servivano alla produzione. Camminarono lungo corridoi popolati da uomini in camici bianchi e suole di gomma tra tubi, bottiglie e sconosciuti strumenti sibilanti. Uno strano mondo che sembrava sprofondato negli abissi, in un sommergibile, tanto l'isolamento dall'esterno era totale. Un uomo che trasportava su una rastrelliera metallica provette e boccette trasparenti piene di liquidi sorrise al plant manager, che ricambiò.

«E il benzene? Dove si trova?» chiese all'improvviso Kay, dopo una camminata di una decina di minuti. L'andatura troppo lenta di Timerlake iniziava a darle sui nervi.

«Ne abbiamo tanto. Arriva in fusti di centinaia di galloni.»

«E che ne fate dopo averlo usato?»

«Venite, vi faccio vedere... Siamo qui per questo, no?» L'uomo fece strada ai due lungo un corridoio dove c'era un distributore automatico di bibite, oltre il quale si apriva una finestra piombata. Vi si avvicinò e indicò fuori. «Vedete quei serbatoi?»

Santos e Kay guardarono in quella direzione. A una ventina di metri, proprio lungo la riva del fiume, c'erano due serbatoi cilindrici. «Il benzene va a finire anche nel fiume?» domandò Kay al plant manager.

«Assolutamente no, è tossico! La procedura prevede che sia portato via da quei serbatoi su dei camion dalla compagnia addetta all'eliminazione dei rifiuti a elevato rischio di contaminazione. A dire la verità» e qui l'uomo si piegò in avanti come a confidare un segreto, «credo ci siano sistemi meno costosi, come reintegrare il benzene in un ciclo sino a depurarlo della tossicità, ma la tecnologia non è ancora a punto, e non ci sono assicurazioni pronte ad accollarsi il rischio. E quei fottuti della compagnia che si occupa dei rifiuti tossici si fanno pagare una fortuna!» L'occhialuto si prodigò poi fornendo loro tutti i particolari. Risultò convincente quando sostenne che la procedura era a «tolleranza zero» di possibili errori, anche se quello era uno stabilimento chimico non proprio nuovissimo.

Meno di un'ora dopo, Santos e Kay si tolsero i guanti, il camice e la maschera, buttandoli nella spazzatura; non c'era motivo per rimanere in quel posto. Uscendo dallo stabilimento, mentre Santos faticava a digerire quell'occasione andata in fumo, Kay si sentì rinfrancata, anche se il sollievo si dissolse appena pensò che quell'avvelenamento tossico poteva essere stato ordito da una mente criminale o avere a che fare con altre scorie scaricate nel fiume da un'altra azienda. Altrimenti come spiegare il fatto che la leucemia mieloblastica avesse colpito ben due addetti del laboratorio sperimentale? Poteva essere un tentativo di sabotaggio o una vendetta individuale... o si trattava di un caso? Di certo non era un problema di falle nella procedura di controllo: dopo la visita, si sentiva di poterci mettere la mano sul fuoco. Fece per parlarne con Santos, ma si accorse che l'ispettore era scuro in volto: aveva imparato a conoscerlo, Kay, e sapeva che mordeva il freno. Ogni volta che in quella maledetta indagine l'ispettore pensava di essere sulla pista giusta, ecco che un dettaglio lo riportava alla casella di partenza, e quella sensazione di avvilente impotenza lo mandava in bestia. Aveva avuto la prova di quello che già sapeva, che l'impianto, benché non fosse dotato di un depuratore, smaltiva il residuo più tossico, il benzene, stoccandolo in celle, per poi trasportarlo in apposite cisterne in una raffineria in grado di smaltirle, azzerando così qualsiasi rischio di impatto ambientale. Non gli era sfuggito però un particolare che avrebbe potuto rimettere tutto in questione, ma preferì non parlarne con Kay, perché voleva accertarsi prima che i propri sospetti fossero fondati.

Durante il tragitto di ritorno, preso da questi pensieri, non spiccicò una sola parola, e Kay si guardò bene dall'importunarlo con domande fuori luogo, attribuendo al cattivo umore quel silenzio.

Solo poco prima di arrivare in commissariato, arcuando un folto sopracciglio, Santos le rivolse la parola: «Non ti preoccupare, vedrai che tra qualche giorno verrà fuori tutto, e chi dovrà pagare pagherà!».

A quell'affermazione, Kay si voltò di scatto verso di lui: «Perché dici così? Hai visto qualcosa di compromettente di cui io non mi sono accorta? Dài, non tenermi sulle spine... hai una pista, vero?» chiese con impeto giovanile.

«Fidati, ci sono buone possibilità che già domani il caso sia risolto!» la liquidò Santos laconico, lasciando intendere che non avrebbe aggiunto nient'altro.

E infatti il giorno seguente, prendendosi mezza giornata di ferie, l'ispettore si mise di nuovo in viaggio verso lo stabilimento. Quando partì, verso la fine del pomeriggio, una lieve pioggerellina aveva rinfrescato l'aria. Se non avesse piovuto, sarebbe stata la condizione ideale per rendere percorribile a maggior velocità la strada che, nella seconda parte, per lunghi tratti, era sterrata. Arrivò all'imbrunire, quando sulle vetrate dello stabilimento erano disegnati in modo netto dei quadrati di luce gialla cruda. Sul sedile del passeggero, Santos aveva una torcia e dei contenitori vuoti, dal tappo ermetico. Per non essere visto, parcheggiò in una radura immersa nella vegetazione, a quasi cinquecento metri dallo stabilimento. Non si era sbagliato: oltre all'oscurità, che limitava la visibilità, il turno serale era limitato al minimo indispensabile dell'organico. La legge vietava i turni di produzione notturni, se non giustificati da motivazioni specifiche. Quattro vetture sostavano vicino all'ingresso, l'edificio dove erano entrati il giorno prima.

Con la torcia a tracolla e i contenitori alloggiati in uno zaino, Santos si avvicinò con cautela al reticolato sorvegliato da telecamere a circuito chiuso. Notò come, sul lato destro, quello dal quale intendeva penetrare, c'erano mucchi di frammenti di materie plastiche e contenitori vuoti che sembravano piccole montagne di granito. Da quel punto aveva una vista completa della fabbrica. Costeggiò per qualche metro il recinto di rete metallica poi, quando trovò una cunetta che si rialzava, prese i contenitori dallo zaino, che abbandonò per terra, se li mise nelle tasche ampie dei pantaloni e gettò la torcia dall'altra parte della recinzione. Aveva iniziato a piovere più intensamente. Meglio, la nuvolaglia lo avrebbe protetto, anche se rendeva più difficile scavalcare indenne la rete metallica. Infatti vacillò sulla cima, e poi cadde in malo modo dall'altra parte. La pioggia aveva inzuppato l'erba, attutendo la caduta. Non si fece male. Raccolse la torcia e i contenitori e, temendo di essere visto, corse verso la fabbrica.

Da dove si trovava, da un'ampia finestra, riuscì a guardare all'interno: sferraglianti nastri trasportatori trasferivano boccette trasparenti di preparati chimici. In fondo al nastro c'era un contenitore che, una volta riempito, si sollevava all'altezza di una spirale di vetro in cui era immesso il liquido, che lo incanalava in un'infinità di tubi in acciaio – con ogni probabilità dei tubi di raffreddamento. Santos costeggiò la parete su cui era sistemato l'impianto automatico che trasportava i contenitori, per giungere all'estremità dello stabilimento, dove il giorno precedente aveva visto i due serbatoi metallici: davano su un canale di scarico piuttosto largo, che a sua volta correva verso il fiume. Proprio lì, dove il canale si congiungeva al fiume, aveva notato già il giorno prima una moria di pesci, e parecchie carcasse di uccelli. Inoltre aveva visto un liquido sciropposo, una sorta di limo gorgogliante, che aveva l'inconfondibile odore acre dei prodotti chimici. Per questo si era insospettito. Si era subito detto che avrebbe dovuto prendere un campione di quel fluido, certo che da lì nascesse il problema.

Nessuno degli incaricati alla sorveglianza delle installazioni se ne era reso conto, ma da quando le prime molecole si erano introdotte nelle vecchie attrezzature di scarico, avevano intaccato le guarnizioni di gomma usate per chiudere il condotto che faceva confluire la sostanza tossica nei serbatoi. Almeno, questa era la tesi dell'ispettore, che con movimenti rapidi, si piegò sul bordo del canale, proprio sotto i due bidoni di acciaio con la scritta BENZENE e il teschio a indicare che il contenuto era tossico. Riempì i contenitori di quel liquido colloso e scuro, tappandoli con la chiusura ermetica.

Appena risalito sul fuoristrada, iniziò a tuonare e le nuvole s'illuminarono di lampi. I goccioloni s'infittirono e in breve l'aria divenne lattescente: un diluvio. Aspettò mezz'ora prima di ripartire, riuscendo poi ad allontanarsi senza dare nell'occhio. In viaggio telefonò a Kay che, per quanto scettica, ligia come sempre, predispose l'analisi chimica per appurare la natura di quella sostanza. In meno di due ore ebbero il verdetto: quel liquido conteneva più sostanze, ma solo tracce infinitesimali di benzene, diluito a livelli innocui per il corpo umano.

Si era sbagliato, dunque. Era l'ennesimo buco nell'acqua. Allora il burbero ispettore sparì per l'intera sera, e annegò la propria delusione nei boccali di birra di uno dei suoi bar preferiti, riemergendo dall'apnea alcolica solo il giorno dopo.

13

Quel pomeriggio, quando arrivò sul lungomare, aveva la fronte madida di sudore e la camicia fradicia, incollata allo sterno. La brezza dell'oceano, il profumo dei frangipani e il fruscio delle foglie delle palme che davano all'atmosfera un'illusione di freschezza, fecero percepire a Johnny un vago senso di sollievo. Era sabato, e nel fine settimana l'atmosfera che si respirava su quella spiaggia era festosa e spensierata, diversa da quella della baraccopoli, viziata da odori marcescenti e da miasmi di umanità affamata. Ovunque sfilavano matrone con turbanti e lunghe tuniche, il petto giunonico, vestite di fantasie eccentriche con farfalle della giungla, i loro consorti, con bastoni da passeggio dagli intagli preziosi o scacciamosche fatti di code di animali, e poi donne indiane in sari, le braccia tintinnanti di mille braccialetti, e ancora neonati sepolti dai merletti che troneggiavano nelle carrozzine, ragazze dal portamento regale, occhi immensi e sognanti, che lasciavano dietro di sé una scia di profumi inebrianti, e coppie in ghingheri uscite sottobraccio a prendere un po' di fresco. Lungo l'intera passeggiata regnava un luccichio confuso, un'animazione continua, eppure Johnny non riusciva a lasciarsi contagiare da quello spirito allegro: in quel momento era tormentato dal pensiero fisso di non deludere Chanel, che avrebbe voluto con sé nella sua nuova vita londinese.

Appena vide da lontano la sua figura che passeggiava vicino al parapetto, con quell'inconfondibile portamento fiero e strafottente, nascose la bicicletta dietro il fusto di una palma, cercando di rimediare all'effetto doccia asciugandosi sommariamente con il camice, che poi legò al parafango posteriore. Le si avvicinò senza che se ne accorgesse, la salutò con un bacio avvolgente, ma non ricevette un'accoglienza molto calorosa.

«*Hombre*, pensavo mi avessi dimenticata! La puntualità non è proprio il tuo forte, eh? Come al nostro primo appuntamento al ristorante...» lo salutò, con quel ghigno sfrontato che aveva solo lei, e un luccichio birichino negli occhi. Purtroppo aveva ragione: Johnny era in ritardo di almeno mezz'ora.

Il dottore non accampò scuse, ma era anche inutile spiegarle che la visita era durata più del previsto, e che si era scordato di avvisarla.

Chanel indossava una maglietta senza maniche di un arancione scolorito – molto castigata per i suoi standard – jeans con cinturone dalla fibbia molto vistosa, collanine africane al collo, una cascata di bracciali, troppi anelli e orecchini a forma di luna. Era bellissima, come sempre. Per l'occasione si era raccolta sulla nuca i capelli e sembrava più sportiva del solito. Spiccavano nel volto provocante, dai tratti vagamente popolari, le sopracciglia marcate, il mascara spesso, le labbra accese da un rossetto rosso fuoco, sempre impegnate ad aprirsi per gonfiare la cicca e richiudersi con uno schiocco. Tutto questo non toglieva nulla alla sua bellezza, ma diceva molto su chi era e da dove arrivava. Era un'adolescente ribelle coperta di doni da madre natura, eppure quel che Johnny provava per lei era diverso da una semplice infatuazione. Chanel aveva qualcosa che in nessun'altra aveva trovato, ma di cosa si trattasse esattamente, ancora non era riuscito a dirlo.

Non ebbe però il tempo di pensarci su, che lei già lo incalzava: «Ehi, *hombrecito*, sai dove andare? Non farmi aspettare con le mani in mano un'altra mezz'ora, perché ti pianto in asso...».

«Pensavo a... un regalino per segnare il nuovo inizio. Perché presto saremo ricchi!»

«Ricchi? Fantastico, *mi amor*! Ma poi eviteremo di fare come quelli che vanno in giro a pavoneggiarsi, vero? Sono proprio ridicoli...»

Johnny la guardò ammirato, quasi soggiogato; adorava la Chanel ribelle che lottava contro il mondo, che si abbandonava al senso di rivolta, che era cresciuta con il richiamo della lotta di classe.

«Vieni, passeggiamo un po' per la città vecchia, ti va? Ci sono dei negozi che fanno al caso nostro. Ho visto un braccialetto in una gioielleria che mi piace moltissimo... ti starebbe benissimo, andiamo, dài!»

A quel punto Chanel lo fissò, con uno sguardo malizioso ma un po' deluso, per fargli capire che pensava a ben altro che un braccialetto e metterlo così un po' a disagio. Poi si accorse che stava ottenendo l'effetto che voleva su Johnny e sentì il bisogno di rimediare con un broncio simpatico, sbattendo le ciglia civettuola: «*Muy bien, mi caballero!* Ti seguo. Fammi strada».

I due allora abbandonarono il mare e si addentrarono in vicoli che portavano al cuore storico della città. In compagnia della *muchacha*, il dottore aveva cambiato completamente espressione: ora, uno strano brillio gli illuminava il volto, solitamente incupito dalla vita di trincea, tanto da sembrare quasi ringiovanito. Incontrarla lo rendeva elettrico. La *bomba latina*, per contro, esibiva la solita faccia strafottente e spavalda, e a giudicare dall'attività masticatoria, pareva non avesse voglia di parlare. Ogni volta che il palloncino si sgonfiava, la sua lingua scivolava fuori come quella di una lucertola, recuperando la gomma e ricominciando a masticare. A Johnny importava poco. Camminando accanto a lei, si gustava ogni sfumatura del suo atteggiamento, stampandoselo bene in testa per non dimenticarlo. E poi, nonostante la volgarità della ragazza, avere al suo fianco una tipetta così provocante in un luogo in cui si trovava così tanta gente che poteva apprezzare il suo meraviglioso bottino lo gratificava molto!

Passarono accanto a una banda di musicisti sotto gli alberi di Spathodea, che suonava arie d'operetta con un'originale ritmica africana. Giunti nella città vecchia, si addentrarono in un labirinto di viuzze, imbattendosi in bottegucce che vendevano profumi e spezie in fiale, flaconi e bottigliette colorate. In quel quartiere, poco distante, c'era la galleria dove i gioiellieri vendevano le loro creazioni: oro e paccottiglia. Sembravano celle di prigionieri che dietro le sbarre conservavano i loro tesori, lucidati e splendenti. Parecchia gente, in prevalenza uomini – in cerca dell'anello di fidanzamento o della fede nuziale – si accalcava contro le inferriate, mentre gli addetti ai lavori, con eleganti minuetti, aprivano e chiudevano senza posa le casseforti blindate alle loro spalle. Davanti alle sbarre si spingevano anche molti poveri e miserabili: in quasi tutta l'Africa, i gioiellieri erano anche degli usurai. Johnny indugiò dinanzi a un commerciante, cercando il regalo adatto, che facesse colpo e al contempo fosse economicamente abbordabile. Avrebbe fatto qualsiasi cosa per rafforzare il loro legame, e un gioiello lo avrebbe sancito al meglio, rassicurando Johnny, che in quel momento aveva bisogno di conferme.

Chanel l'aveva intuito, e lo trovava francamente ridicolo, se non addirittura comico. Si guardava intorno con aria piuttosto scocciata e indifferente, sempre masticando la cicca. A un tratto, lo fissò con un guizzo impertinente negli occhi: «Guarda che non voglio niente, nessun regalo... Tu proprio non mi conosci, eh? E non fare quella faccia da funerale! Nessuno riuscirà mai a addomesticarmi e a trasformarmi in una gattina che fa le fusa!». Poi lo fissò sporgendo le piccole labbra sottili, in un gesto di provocazione infantile.

Mentre Johnny la fissava in adorazione, quasi intimidito, Chanel l'ammaliatrice decise di trarre vantaggio dall'ingenuità dei sentimenti di quell'uomo trent'anni più vecchio di lei. «Senti, *hombrecito*, non voglio deluderti. Se proprio ci tieni, ti ci porto io in un posto che mi piace, *está bien*?»

«Certo, tesoro, mi va bene qualsiasi cosa, purché piaccia a te!»

«Perfetto, allora ti ci porto subito.»

«È lontano?»

«No, sei fortunato, *hombre*, è proprio qui a qualche isolato.»

Oltre al brusio concitato della strada e al battito sordo delle scarpe sul selciato, in lontananza si sentivano gli schiamazzi dei bambini che giocavano e il latrare dei cani nei cortili. A quell'ora, il cielo era striato di nuvole, e il caldo si era fatto via via più sopportabile e il ronzio confuso della città stava scemando. Chanel sembrava conoscere a menadito la strada, tant'è che in un quarto d'ora i due erano già in un negozio di abbigliamento femminile, che esibiva in vetrina scarpe dai tacchi a stiletto argentati da *lap dancer*, potenzialmente un'arma letale.

«Wow, belle! Sono da spogliarellista, giusto?» sussurrò Johnny alla ragazza, eccitato all'idea di vedere Chanel issarsi su quei trampoli.

«Guarda che si dice "ballerina", non "spogliarellista". È offensivo, ricordatelo!» ribatté Chanel, mostrandogli una lingua rosa appuntita, come quella dei gatti.

Johnny fu contento di farle quel regalo, anche se era piuttosto caro per le sue tasche e, soprattutto, privo dei significati simbolici che avrebbe desiderato. Dovette comunque riconoscere che quelle scarpe le andavano a meraviglia. Chanel ne era entusiasta, e uscì dal negozio indossandole.

«Allo Strip Avenue farai un figurone! Chissà quanti spasimanti… Ma ricordagli che hai già, come dici tu, un *hombrecito*, nella tua vita, ok?» disse con voce tremolante, che poco si addiceva alla sua età. L'eventualità che un più virile corteggiatore potesse conquistare le grazie di Chanel gettava nell'ansia Johnny.

Ma lei trovava quelle insicurezze tragicomiche, e non esitò a rigirare il coltello nella piaga: «Be', dottore, ti mentirei se negassi di avere la coda davanti al camerino dopo ogni esibizione… e io non le dico, le bugie…».

A quelle parole, il pungolo arroventato della gelosia si conficcò nel cuore di Johnny. E quando Chanel si rese conto della reazione, fece un risolino di perfida soddisfazione. Solo i tipi maledetti come lei, le ribelli di periferia dalla mascella squadrata che gli piacevano tanto si comportavano così. Ma era proprio davanti a loro che Johnny era senza difese. Per questo Chanel aveva l'impressione di portare al guinzaglio un barboncino, quel pomeriggio.

«Ti vedo bene a giocare alla *femme fatale* su quei trampoli!» cerco di fare il simpatico Johnny.

«Perché no?» ribatté lei. «Mi sarebbe tanto piaciuto essere una *femme fatale*! Sai cosa? Potrebbe essere la mia autentica vocazione!»

Dopo quello scambio di battute – Chanel era la migliore incarnazione del detto *qui aime bien, châtie bien* – i due passeggiarono sul lungomare, verso il luogo dove si erano dati appuntamento. I tacchi davano a Chanel un'andatura voluttuosa, di sfrontatezza carnale. Per questo ancheggiava più del solito, e quella movenza le donava, eccome se le donava, anche se faceva fatica a camminare su quelle scarpe. Gli sguardi licenziosi dei maschi arrivavano da ogni parte, e lei sembrava goderne a ogni passo.

Giunti a destinazione, si salutarono, perché Chanel aveva un altro appuntamento. Johnny la guardò allontanarsi, questa volta senza il suo solito passo spavaldo, da malafemmina, odiata da tutte le donne in quanto rovinafamiglie. Quando salì sul malandato sellino, per una volta fu riconoscente al destino che gli aveva fatto incontrare un peperino come lei. Non imboccò però la via di casa. Poiché si sentiva alla fine dell'esperienza africana, andò a fare visita a Dave, il reverendo e avventuriero romantico che per vocazione e fede non era inferiore a nessun missionario che avesse mai toccato il suolo africano, dove il cristianesimo era solo un isolotto sulla superficie di un mondo sterminato. Sì, perché in Africa persistevano l'occulto, lo sciamanesimo, la stregoneria e i riti vodoo.

Erano oramai le sette della sera. Mentre il rosso del sole al tramonto si velava di una coltre grigiastra e un odore d'incendio – le carbonelle che cuocevano la cena sui bracieri – invadeva le viuzze della baraccopoli, Johnny pedalava di buona lena. Il sellino durissimo non attutiva i sobbalzi dovuti allo sterrato tutto cunette. Il dottore passò davanti a gruppi di uomini accovacciati sotto a dei manghi che guardavano l'imbrunire, attraversò stradine costeggiate da baracche dietro le quali sentiva il suono di una canzone sonnolenta o una discussione che languiva smorzata. Aveva il cuore grosso, e non solo perché a quell'ora il cielo africano si tingeva di colori di struggente bellezza, quanto perché sapeva di essere giunto a un potenziale giro di boa della sua sofferta esistenza, che ormai gli andava stretta come un abito logoro e sdrucito. Quella sera era l'ultima che aveva per vedere Dave, prima del congedo definitivo: la sua partenza per l'Europa. Arrivato alla canonica, lasciò la bicicletta nell'androne, appoggiata al solito muro. Era un edificio a due piani, piuttosto malridotto e dall'intonaco scrostato, a tal punto che era difficile indovinare il colore d'origine delle mura. Un basso campanile per metà diroccato testimoniava la presenza di una chiesa annessa al corpo centrale della canonica. Il cortile interno a pianta quadrata, chiuso da muri perimetrali d'imponente costruzione, era invaso da uno stuolo di poveracci, miasmi di umanità cenciosa e lercia.

Ogni giorno, alle sei in punto, Dave predicava sotto le fronde del solo albero al centro della spianata. Predicava a cielo aperto, perché nella chiesetta adiacente, il cui ingresso era distante pochi passi, il pavimento sotto la navata odorava di qualcosa di acre, forse un miscuglio di fango e sporcizia, lerciume che, con gli anni, si era incrostato nelle fessure delle assi di legno, trasportato lì da migliaia di suole sporche – nella baraccopoli, nessuna strada era asfaltata – tanto che era diventato impossibile sopportarne l'olezzo. In quel luogo di preghiera, dove tutti aspiravano a purificarsi con canti e preghiere per redimersi e guadagnarsi la vita eterna, c'era puzza di fango e sterco, e questo Dave non lo poteva tollerare; gli pareva un inaccettabile sopruso del profano sul sacro. Così si era risolto a celebrare la messa nel cortile interno, senza il corredo liturgico necessario per rendere solenne il rito. Recitava l'omelia sotto l'albero come un cappellano militare: solo calice, ostia, vino, senza paramenti sacri. Il reverendo era molto popolare nella baraccopoli. Laggiù, nella terra degli Ultimi, finite le funzioni, dava una mano in ogni modo ai diseredati facendo a seconda della necessità il muratore, l'imbianchino, l'autista.

All'inizio, era stato richiamato dai suoi superiori, perché non si risparmiava al servizio della comunità, cuocendo mattoni e fissandoli con fango pestato a piedi nudi, scavando canali di scolo lungo i fianchi delle colline della baraccopoli, e installando latrine in quel saliscendi tra le fronde dei banani.

«Vuole realmente continuare a mettere tubature e latrine?» gli aveva chiesto il suo vescovo, scandalizzato. Cupo e con la fronte corrugata, si era messo a camminare su e giù per la stanza. «Non è questa la nostra missione! Guarda che quelli pensano solo a sbranarti. Se darai loro la punta di un dito, si prenderanno subito tutto il braccio. No, mio caro, non gli fai un favore andando a riparare le loro capanne, anzi, incoraggi la loro pigrizia, trattandoli da inetti assistiti. E poi sai bene che non resterai qui per sempre. Quando tornerai in patria, verranno da me a lamentarsi che il clero non fa niente per loro. E poi, se noi preti fossimo in tutto come loro, non ci rispetterebbero più...» L'idea di cuocere mattoni per le casette della baraccopoli di certo non aveva mai sfiorato il vescovo. E aveva ragione: Dave avrebbe capito solo in seguito che il rifiuto di mescolarsi alla popolazione non nasceva da mancanza di carità, ma dalla preoccupazione di mantenere una distanza, di non diluire l'autorità che era loro riconosciuta – atteggiamento che certamente derivava dal tradizionale rispetto della gerarchia all'interno del clero. Nonostante ciò, il reverendo aveva continuato a fare l'imbianchino e il muratore per la povera gente.

Johnny andava a trovarlo spesso. Gli era riconoscente perché, frequentandolo, un po' della sua fede ispirata aveva addolcito il suo animo indurito dalla vita. Da quando lo conosceva aveva iniziato a intravedere lo spirito di Dio nello spettacolo di un fegato e una milza che si consultavano sotto la volta del diaframma, muovendosi sempre di concerto. Nonostante la sua natura lo spingesse da sempre all'ateismo, il reverendo esercitava un ascendente tale su Johnny che il medico aveva cominciato a credere che ci fosse una forza superiore, di ordine soprannaturale, a muovere quella prodigiosa macchina finalistica che era il corpo umano. E questa intuizione lo aveva avvicinato a un modo di sentire per certi aspetti religioso. Sì, da quando frequentava Dave, Johnny aveva accettato di riconoscere come miracoli i movimenti quotidiani che avvenivano sotto la pelle, le costole e i muscoli, processi nascosti ai proprietari dei corpi, e ascrivibili, probabilmente, a un ordine divino.

Il medico entrò in uno stretto corridoio illuminato da fioche lampadine che pendevano dal soffitto, poi entrò in uno stanzone con enormi finestre: era il refettorio, il luogo dove venivano sfamati i senzatetto. Era ampio, connesso da una porta a battenti alla cucina, con una quindicina di fratine, circondate da sedie di legno e paglericcio. Ci si potevano sedere, a occhio, una cinquantina di persone, ma il posto e il cibo non bastavano mai, perché i reverendi mangiavano agli stessi orari e le stesse pietanze dei diseredati dalla sorte.

In piedi in prossimità di una tavola apparecchiata con sobrietà per la cena, Dave lo stava aspettando. Lo salutò con la solita espressione gioviale e amichevole; Johnny ricambiò con la sua consueta smorfia stiracchiata in un sorriso. A mezz'aria un effluvio di cavolfiore e polenta tutt'altro che appetitoso: il pasto sarebbe iniziato di lì a poco, e di certo non si faceva illusioni sul valore gastronomico dell'esperienza. In quel posto, si mangiavano sempre le stesse cose: l'immancabile minestrone, il classico piatto di riso e, appunto, il nauseante pasticcio di cavolfiore. Nei giorni migliori, qualche pezzo di carne rendeva un po' più saporite le pietanze, ma era un lusso.

A Johnny il refettorio non piaceva; sapeva di stantio, di polveroso, di sacrestia. E lui nelle sacrestie non ci si era mai sentito a suo agio. Quella sera cenarono concedendosi un privilegio raro, un rosso schietto, dal gusto sincero, leggermente fruttato. Affamato dalla lunga pedalata, il dottore terminò comunque in fretta la porzione che il reverendo gli aveva servito. Quando fece per servirsi ancora, si accorse che il pasticcio era quasi finito. Dave lo notò, e non esitò a servirgli quel che rimaneva nel proprio piatto.

«Ma che fai, Dave?» chiese, allontanando con una mano il mestolo. «Sei grande e grosso, devi nutrirti bene!» disse ridendo.

«Non preoccuparti per me. In realtà, il mio è un atto di puro egoismo. Il piacere, per esserlo davvero, è preceduto dall'astinenza. Per provarlo con il cibo, bisogna essere a stomaco vuoto» replicò Dave. «E poi, se si è già sazi, non si è vicini alla povera gente e all'essenza della cose!»

Che uomo, pensò Johnny, a cui capitava raramente di provare ammirazione per qualcuno. Ma il reverendo dava sempre risposte che lo disarmavano e lo riempivano di stupore.

«A proposito, ti devo ringraziare: sai dove sto andando?»

Il dottore lo guardò meravigliato, mentre buttava giù la sua porzione supplementare: il cavolo non era certo una prelibatezza, ma la fame può fare miracoli per il palato.

«Stasera, sono invitato nel quartiere Wakumbee a festeggiare. Anche tu, ovviamente, sei invitato. Non te l'ho detto prima, perché sei sempre così schivo. Abbiamo appena finito i condotti per le tubature dell'acqua potabile. Ora è tutto pronto per l'inaugurazione, tutto funzionante; ti rendi conto? E nel giro di qualche settimana… in Africa! Sembrava impossibile.»

Johnny sarebbe dovuto andare fiero di quel risultato,

ma proprio non ci riusciva: si sentiva schiacciato da una rabbia sorda e impotente di fronte a quel mondo degenerato che lo aveva intrappolato. A nulla era servito dimenarsi per trovare la libertà. E poi il merito spettava più a Dave e ai militanti della chiesa evangelica che non a lui; Johnny si era limitato a svolgere la propria funzione di medico itinerante.

Qualche settimana prima, consultando le cartelle cliniche all'ambulatorio, il dottore aveva riscontrato nel quartiere Wakumbee un numero di decessi assolutamente fuori dalla norma. Appena era riuscito a delimitare il perimetro dell'anomalia, aveva svolto un sopralluogo, iniziando gli accertamenti di routine, che partivano sempre da una verifica delle condizioni igienico-sanitarie. Il punto di partenza era l'analisi delle acque, che spesso risultavano ad alto tasso di tossicità, cariche di virus e microrganismi letali per il corpo umano. Con il microscopio da laboratorio, Johnny aveva riscontrato la presenza di numerosi agenti patogeni, la cui concentrazione fuori norma rappresentava con ogni probabilità la principale causa delle molte malattie che affliggevano la popolazione di quel quartiere ai confini orientali dello slum. La comunità locale, di prevalenza matabele – una tribù zulu – era gestita da una matriarca settuagenaria, secondo la tradizione. A seguito degli approfondimenti diagnostici, il dottore aveva comunicato all'anziana Altea che bisognava procedere alla disinfezione del pozzo acquifero attraverso una stazione di filtraggio. La donna si era opposta fieramente; laggiù, in quel quartiere sovraffollato, regnava la pace sociale perché le donne si sfiancavano ogni giorno camminando chilometri sotto un sole di brace per arrivare al pozzo distante una decina di miglia, in piena campagna. Così, tenendosi occupate a procurarsi l'acqua lontano da casa, riempivano il tempo invece di passarlo a spettegolare e malignare le une contro le altre. Non era concepibile, quindi, togliere valore a quel luogo, il pozzo, costruendo tubature che portassero l'acqua nelle abitazioni: Altea si era mostrata irremovibile. Per nulla sorpreso da quel ragionamento irrazionale e oscurantista, Johnny le aveva chiesto se conosceva le condizioni d'igiene di quell'acqua. Con superiorità mal dissimulata, lei gli aveva risposto che era arrivata a settant'anni bevendola ogni giorno. «E quanti fratelli e sorelle hai ancora?» le aveva domandato lui. «Sono tutti morti di malattia, anche i più giovani» era stata la risposta di Altea. Il dottore a quel punto l'aveva presa per mano, e le aveva fatto vedere un campione dell'acqua in questione al microscopio. L'intuizione si era rivelata giusta. Davanti allo spettacolo di quei germi e bacilli ingigantiti, si era spaventata come davanti a uno spirito demoniaco, e in un baleno aveva accettato tutte le misure preventive richieste da Johnny. A quel punto, il dottore aveva informato Dave, e il reverendo e la sua comunità della chiesa evangelica si erano fatti carico del progetto. Dopo aver raccolto i fondi, avevano installato la stazione di filtraggio al pozzo e, infine, costruito le tubature e i condotti sino a quello scompiglio di baracche fatiscenti. Ora, finalmente, l'apparato era pronto a funzionare.

Terminata la cena, il reverendo propose a Johnny una partita a scacchi, com'era ormai consuetudine fra loro. Ma Johnny rispose che quella sera non se la sentiva, cosa che suonò strana a Dave: non era mai capitato prima. Il dottore sembrava pensieroso; gli occhi liquidi e melanconici guardavano le finestre che davano sul cortile interno, e si fermavano solo di sfuggita sull'amico. Era combattuto, Johnny, se parlare o meno a Dave delle ragioni che lo spingevano a desiderare di abbandonare l'Africa. Alla fine, prevalse l'impulso ad aprirsi, così iniziò piuttosto titubante: «Non ti ho mai fatto sapere nulla dei miei progetti. Ma sei uno dei miei pochi amici qui, ed è venuto il momento. Ho iniziato a riflettere sulla mia vita, e ho realizzato che è così lontana da come avrebbe dovuto e potuto essere, dai miei sogni di bambino… è inutile rimuginarci sopra e farsi il sangue amaro, non porterebbe a nulla, ormai!». Prima di continuare, sorseggiò un po' del vino rimasto, per farsi coraggio.

E ci riuscì. Con slancio spiegò all'altro come, inviato in Africa da una ONG che all'epoca reclutava medici animati da uno spirito genuinamente umanitario e propensi all'avventura, vi aveva trovato il sistema ospedaliero che si occupava della baraccopoli sull'orlo del collasso. Strutture decrepite, spesso senza luce e fognature, con malati chiusi in ambienti che erano più focolai infettivi che luoghi di guarigione. Lì la contiguità tra la vita e la morte era assoluta, e infatti ricordava bene che, all'inizio, aveva un solo pensiero fisso, mentre camminava lungo le corsie lerce: per chi sarebbe suonata la campana quella notte? Era come abitare in una corte dei miracoli: malati gravi colpiti da encefalite, da ascessi purulenti, feriti, amputati, ustionati giacevano alla rinfusa, spesso per terra, mentre le ferite in cancrena emanavano un afrore nauseabondo, tanto che si tenevano aperte tutte le finestre anche quando pioveva a dirotto. Attaccati con dei cordini alle pareti, alle finestre, ai ventilatori guasti, flaconi di siero o di glucosio provavano a far sopravvivere quei moribondi. Spiegò poi a Dave – anche se il reverendo conosceva bene quella realtà di sofferenza – che aveva dovuto lottare ogni giorno contro questa miseria, tra vaccini antitetanici, profilassi antimalariche, terapie per la tubercolosi, o trattamenti contro l'AIDS – farmaci retroantivirali che servivano solo a ritardare lo scempio della malattia. Sì, l'Africa, confidò Johnny al suo interlocutore, era un luogo di realtà inesorabili, e lui non era all'altezza della sfida. Le epidemie reclamavano migliaia, se non centinaia di migliaia di morti. E anche il numero delle vittime d'inondazioni o carestie non era mai nell'ordine delle centinaia. Poi c'erano le siccità che facevano terra bruciata di interi villaggi, d'intere popolazioni. E lui non aveva più la forza d'animo per sopportare, non possedeva, come il suo amico, la fede in una forza superiore salvifica e provvidenziale. Non sapeva bene come spiegarglielo, ma il caos, il caldo, il fango, la sporcizia, il frastuono del giorno e l'implacabile crepitio della notte, lo schifo che trasudava da ogni cosa lo avevano ridotto a una larva. E questo stillicidio del quotidiano, anziché santificarlo, aveva fatto di lui un derelitto.

Erano passate ormai un paio di ore, e le due figure, il medico e il dottore, adesso erano illuminate dall'unico cono di luce acceso nell'ampio stanzone, altrimenti inghiottito da un'oscurità crepuscolare. Tra quelle quattro mura, in cui si parlava e respirava il linguaggio della povertà, il dottore continuò a raccontarsi: in quegli anni la sua vita era stata una continua tensione fra speranza e rassegnazione. Aveva cercato il coraggio per crederci ancora, ma non lo aveva trovato. E il sipario sulla sua esistenza di medico di frontiera era calato. Era al capolinea. Non gli rimaneva più niente, se non una sorda disperazione che lo consumava come un tarlo segreto: Dave doveva credergli, quando gli confidava di non farcela più. Si sistemò il ciuffo sale e pepe e poi biascicò con un filo di voce: «Sono venuto a dirti che mi arrendo, che non voglio continuare a vivere nell'ipocrisia. Questa sera è il momento della resa. Il dottore Johnny ha perso... Secondo te devo sentirmi in colpa per questo?».

Il reverendo Dave fece subito cenno di no con il capo, mettendogli una mano sulla spalla per rassicurarlo.

«Grazie, Dave, sapevo e soprattutto speravo che mi avresti sostenuto in questa scelta di abbandonare il campo e provare a farcela da qualche altra parte!» disse Johnny. Poi fece una pausa, fissando il reverendo, e riprese. «Finalmente stasera ho capito perché non vuoi confessare: perché lo fai già ogni volta che guardi la gente dritto negli occhi, ispirando fiducia, a tu per tu, non nell'oscurità di un confessionale. Questo è il modo migliore di incontrare l'uomo, e non solo il peccatore che si trova in ciascuno di noi. Perché è impossibile capire l'uno senza conoscere l'altro, vero, Dave?»

Il reverendo lo guardò con un largo sorriso benevolo. In passato aveva avuto non pochi problemi con il suo vescovo per essersi sottratto al sacramento della confessione. Ma Dave non si era piegato, e aveva continuato a non confessare, semplicemente perché riteneva di non esserne degno.

«Prima di andarmene, voglio che tu sappia una cosa, amico mio, qualcosa che non ti ho mai detto, ma che ho sempre pensato, dal primo istante in cui ti ho visto: non sei un sacerdote diverso, come credi tu, sentendoti inadeguato, quasi si trattasse di una colpa. Tu sei un sacerdote migliore, intagliato nel legno più pregiato, tienilo bene a mente. Sempre. Sono fiero di te, e so che per te ha significato solo agire secondo le leggi di Dio. Sei la persona più nobile d'animo che io conosca. Ti porterò ogni giorno nel cuore, fratello, perché senza te sarei caduto molto prima.» Così dicendo, si alzò e lo strinse forte a sé, poi si allontanò, sgraziato come una marionetta dai meccanismi usurati.

In quel momento, osservandone la figura allontanarsi, Dave si sentì molto più solo.

Quando Johnny uscì dalla missione e iniziò a pedalare lungo la strada, i lampioni che illuminavano il selciato gli sembrarono brillanti uova di struzzo disposte in fila. La notte era calata su Cape Town e l'oscurità aveva divorato anche gli ultimi bagliori del giorno. Ed era una notte benvenuta, perché portava con sé il sollievo della frescura, soprattutto durante giornate estive come quella. Pedalava in fretta, anche se non c'era nessuno ad aspettarlo a casa, fendendo la folla, a capo chino, pervaso da una nuova energia. Da un po' di giorni, Johnny si sentiva riempito dalla meravigliosa certezza che, come un frutto maturo che pende dal ramo e chiede solo di essere colto, la vita gli stesse promettendo felicità e appagamento: proprio a lui, che da anni si nutriva di sogni infranti e ambizioni negate. Ma con ogni probabilità, già a partire dall'indomani, di quel macilento medico dallo sguardo triste si sarebbero perse le tracce. Il grande giorno stava per arrivare: aveva trovato il grimaldello utile per uscire da quella prigione a cielo aperto che era diventata la sua vita. Il suo soggiorno forzato in Africa, quel continente che tanto lo aveva fatto soffrire, era ormai agli sgoccioli.

Il pomeriggio del giorno prima, infatti, aveva saltato alcune visite, per andare in banca a incassare in contanti l'assegno che Ernest, con la solita noncurante fiducia con cui trattava le questioni materiali, gli aveva firmato. In contanti per due ragioni: non aveva un conto all'estero – né dimestichezza a trasferire somme da una banca all'altra – e poi voleva evitare di insospettire le autorità fiscali, lui, Johnny, squattrinato che faticava ad arrivare a fine mese. Come avrebbe potuto giustificare una somma di quel genere comparsa all'improvviso sul suo conto corrente? Così si era deciso a disporre le mazzette di banconote in valigia tra i vestiti. Forse per questo, per la prima volta, entrato nell'appartamento, Johnny non si attaccò alla bottiglia di whisky per trovare l'oblio. Si sedette alla scrivania e controllò al computer gli orari dei voli Cape Town-Londra nei due giorni successivi e ne scelse uno, acquistandolo. Non riusciva ancora a immaginarsela in ogni dettaglio, quella vita nuova: i posti in cui lui e Chanel avrebbero vissuto, le persone che avrebbero frequentato... Provava a fissarsi in testa ogni scena per godere la dolce illusione di viverle proprio in quel momento. E lo faceva fischiettando, fino a che non si rese conto che qualcuno stava insistentemente suonando alla porta. Ma chi poteva essere a quell'ora?

Si pettinò indietro i capelli con le dita mentre il campanello non la finiva di suonare e andò ad aprire. Sul pianerottolo c'era la sua teppista preferita, la *muchacha*.

Johnny la squadrò da capo a piedi: qualcosa in lei era cambiato. Aveva un taglio mascolino che le stava benissimo. Era la prima volta che la vedeva con i capelli corti, e gli sembrò ancora più bella. Che stupido era stato: chi, se non lei, poteva premere con quell'insistenza irrispettosa il campanello a quell'ora della sera? Di certo, tra tutte le visite inaspettate, quella era la più gradita.

Chanel andò subito al sodo, spiegandogli perché era venuta a trovarlo senza preavviso: tra qualche ora, allo Strip Avenue, ci sarebbe stata una serata mondana alla quale la *guapa* non avrebbe voluto mancare per nessuna ragione al mondo. Era una sorpresa, ecco perché non gliene aveva parlato durante la loro ultima passeggiata. «Sarai il mio *caballero*, vero?! Quindi vedi di darti una mossa...»

«Be'» fece lui, colto alla sprovvista. «Dammi almeno il tempo di vestirmi, no? Se l'avessi saputo, ora sarei già pronto!»

Chanel si limitò a lanciargli un'occhiata strafottente, facendo spallucce: chi accidenti credeva che fosse, un'educanda con lo scrupolo delle buone maniere? Lei era un'anima ribelle, se non se n'era accorto...

Ma Johnny, in quel momento, non riuscì a sottrarsi alla tentazione di confessarle tutto quello che stava per succedere: «Stammi a sentire, Chanel: ho una splendida notizia da darti. Ho guardato i viaggi, e c'è un volo per Heathrow che parte domani alle ventitré. Ho già fatto i biglietti... che ne dici? Parti con me, così ti fai un'idea di com'è Londra, e poi potrai tornare qui, se ti sarà piaciuta, a mettere a posto tutte le faccende, fare le valigie e trasferirti definitivamente!».

«Londra? *Madre de Dios, que me dices?* Ma con che soldi hai comprato i biglietti? Ti è morto uno zio d'America e non mi hai detto nulla?» gli chiese con una risatina sarcastica.

«Be', diciamo che ho una buona… stella, mettiamola così! Dai un'occhiata qui» ribatté, portandola con sé in camera da letto, dove aprì davanti al suo sguardo incredulo la valigia con le mazzette di banconote ben nascoste tra i vestiti. Facevano una certa impressione, viste così, tutte impilate.

«Incredibile! Eccome, se voglio venire con te! Allora domani sarà il gran giorno, *mi caballero*!» esclamò, con gli occhi attraversati da un lampo di follia, come se un pensiero inconfessato e inconfessabile le fosse balenato nella mente. «Ora, però, festeggiamo come si deve!» aggiunse trionfante, quasi toccando con mano il sogno di sempre, liberarsi dal giogo della miseria, e quello nuovo, il pensiero di un'immaginaria e dorata vita a Londra. Prima di uscire dalla stanza con il solito passo fiero, si fermò davanti alla propria immagine riflessa al vecchio specchio appeso nel salone, tutto picchiettato di puntini neri. Si scrutò prima di profilo, poi di fronte, quasi fosse sorpresa di riconoscersi, nonostante i capelli corti: ma era lei, il suo viso furbo, provocante, gli occhi accesi. Adesso aveva davvero un'aria da maschietta: «E dimmi, *hombrecito*, sono meglio di prima? Voglio solo sapere se ti piaccio!» gli domandò, sporgendo le labbra in fuori con fare infantile.

«Sei semplicemente irresistibile!» rispose Johnny. Ed era sincero.

Il complimento lusingò la *guapa*, che concesse al medico un sorriso voluttoso. Aveva un fascino singolare, equivoco, un fascino da ermafrodita, ma ora quel taglio enfatizzava l'espressione di sempre, quella da piccola teppista che da bambina aveva vissuto nelle strade e nei cortili, facendo la lotta con i suoi amichetti. Sì, quel taglio svelava ancora di più la sua vera anima da ragazzina che ogni giorno gioca a denti stretti con la legge di quartiere.

«Andiamo allo Strip, dài! Ora sono curioso anch'io di vedere lo spettacolo! E poi... è un posto speciale, è lì che ci siamo incontrati per la prima volta... Potrebbe persino essere romantico, per la nostra ultima sera qui. Forza, scendiamo a prendere un taxi» disse Johnny.

«Senti, *hombrecito*, non è meglio prima di uscire nascondere i soldi sotto il materasso? Se stasera vengono i ladri, fine di ogni sogno!» esclamò Chanel, mentre erano ancora sull'uscio.

Soldi: pensava solo a quello, la ragazza. Forse perché mai ne aveva visti tanti insieme. Altro che sogni, vita londinese, amore... Tutto questo le dava il voltastomaco solo a pensarci, e quello sprovveduto di Johnny non ne aveva il minimo sospetto.

«Ma figurati, tesoro! Chi vuoi che venga a rubare in questa topaia?» ribatté il dottore, ingenuo. La vicinanza di Chanel gli faceva perdere ogni raziocinio, trasformandolo in un adolescente cinquantenne sottoposto a una tempesta ormonale.

«Va bene, se lo dici tu...» replicò Chanel stizzita, con un'espressione avida stampata sul volto. Chissà cosa le turbinava mai in quella mente da scaltra opportunista di periferia! Di certo, non ci sarebbero volute doti paranormali per accorgersene!

Johnny non se ne rese conto, limitandosi a seguirla giù

per le scale. Poiché per la prima volta da anni la vita gli sorrideva, si sentiva generoso, e questa ricchezza interiore lo portava a essere indulgente, in una sorta di stato di grazia inedito per un cinico come lui.

A quell'ora non ci misero molto per arrivare al locale. Chanel si fece mettere il timbrino sul dorso della mano dal cassiere: non vedeva l'ora di cominciare la *fiesta*. Johnny invece, appena spostò i pesanti tendoni neri, si rese conto che la musica era troppo alta, le luci troppo violente per la vista e la pista troppo affollata: gli mancava l'aria. L'impatto fu così sgradevole da indurlo a pensare subito a una scusa per andarsene senza perdere la faccia davanti a Chanel. La osservò: fremente di eccitazione, la *conchita* lo aveva abbandonato per mischiarsi alla folla, ubriaca di emozioni, smarrendosi nel mare di suoni e corpi. Come un pesce fuor d'acqua, si guardò intorno. Dal ritmo della musica, alle risate argentine che a tratti sovrastavano la techno, alla stretta dei corpi allacciati nella frenesia della danza, tutto in quella sala, respingeva Johnny. Il dottore tentò comunque di buttarsi in quella fiumana di luce, immerso nella marea umana. Stentava a credere ai suoi occhi: lui, che da almeno un quarto di secolo non metteva piede in una discoteca, un dinosauro, che si dimenava in mezzo a orde di invasati *millennials*. Anche da sobri, non doveva essere difficile abbandonarsi a quello stordimento, pensò il dottore, sorpreso che quella vertigine lo stesse colpendo come tutti gli altri, che appartenevano a un'altra generazione.

Iniziò a ballare, tragicamente scoordinato nelle movenze: sembrava un ritratto cubista mal riuscito, ecco cosa avrebbe pensato di lui Ernest in quel frangente. Ma non gli importava. Attorno a lui, un gruppo di ragazzine, di cui avrebbe potuto essere il padre. Dopo qualche tempo vagò con lo sguardo alla ricerca di Chanel, e si rese conto che stava incarnando alla perfezione il ruolo di *femme fatale*, fumando e chiacchierando spiritosa con altri uomini – certo per farlo ingelosire o stuzzicare il suo desiderio... Sembrava divertirsi un mondo.

Le dieci.

Le undici.

Mezzanotte.

Johnny continuava a ballare, concedendosi solo ogni tanto qualche pausa. Era una questione d'orgoglio, ormai, non fermarsi. A un tratto, però, sfinito e con le gambe che non lo reggevano più, percepì la stretta di una mano delicata ed esile che lo attirava a sé. Chanel, finalmente.

«Ehi!» lo chiamò divertita lei, squadrandolo tutto grondante di sudore, con il solito guizzo nello sguardo. «Frequentarmi ti fa bene! Sai ancora lasciarti andare, non sei il caso disperato che pensavo. Ora, però, *hombrecito*, seguimi!»

Con Johnny trotterellante al seguito, un barboncino addomesticato, Chanel si fece largo attraverso la folla, portandolo fuori, dove presero un altro taxi, che li accompagnò all'appartamento del dottore.

Appena soli, la vulcanica *guapa* gli disse: «Prenditi questa... Per farti girare la *cabeza*, *es mucho mejor* dello champagne! E dentro c'è la taurina, *mi amor*, *entiendes*?». Aveva uno strano luccichio negli occhi, mentre tirava fuori dalla borsa un sacchettino contenente un indefinito miscuglio di erba, e poi un pacchetto di cartine. Ne rollò una, e lo fissò con quel guizzo negli occhi che Johnny aveva imparato a conoscere, di sfacciata derisione. Gli stava proponendo una sorta di prova iniziatica.

Johnny prese la sigaretta e la accese, chiedendosi perché Chanel volesse sempre provocarlo: era forse per quel suo piacere rabbioso di buttarsi via, per la voluttà di precipitare? Insomma, perché rifugiarsi in un paradiso artificiale una sera memorabile come quella, l'ultima della loro vecchia vita? Non era forse già tremendamente eccitante il trovarsi lì a fare all'amore? Non seppe darsi risposta, ma forse il problema era lui, che era troppo vecchio...

Chanel, con un'espressione divertita, lo osservava attenta, quasi si trattasse di un esperimento scientifico.

Dopo qualche generosa boccata, sotto lo sguardo inquisitorio del tipino maledetto, Johnny iniziò a lasciar liberi i pensieri in modo circolare, finché persero ogni parvenza di senso: altro che taurina, quello che provava ora era l'effetto del THC, tetraidrocannabinolo. Insomma, si stavano fumando una canna. Ma aveva ragione la sua ribelle: stava meglio di come si fosse mai sentito dopo aver bevuto qualunque cosa e assunto droghe composte da preparati di farmacia, come faceva ai tempi duri dell'Afghanistan. Era acqua piovana che inzuppa un suolo inaridito, la droga: anche i muscoli, irrigiditi dalla danza, intrisi di acido lattico, si rilassarono, e il corpo cominciò a sembrargli leggero, come se galleggiasse in aria. Gli venne da ridere, tutto pareva assurdo, la realtà si stava capovolgendo, non c'era più ordine. Non si rese conto, Johnny, che Chanel non aveva ancora fatto un tiro. A un certo punto, dovette perfino sedersi sulla sedia di fronte allo specchio, perché stava perdendo l'equilibrio.

«Sai una cosa, *cabezon*? Mi piace più essere una *mujer*,

non vorrei proprio essere un uomo. Siete troppo primitivi e rozzi, e non capite niente di seduzione. Invece noi… Ma lasciamo perdere!» esclamò piccata, osservando la faccia stralunata dell'altro. «Aspettami qui un attimo, che tra poco ci divertiamo davvero, io e te, eh?» disse con uno sguardo di sfida.

Johnny scoppiò in una risata ebete che sfociò subito in una convulsa crisi ridanciana: aveva gli occhi spiritati, la bocca aperta con un'espressione stupida.

«Ehi, *hombrecito*, mi sa che sei tu il sesso debole… Basta una di queste» mugugnò, indicando la canna «ed ecco che vai subito alla deriva!» Poi sparì in bagno.

Qualche minuto dopo, riapparve: come in un gioco di prestigio, si era completamente trasformata in una creatura splendida e arrapante, così femminile nonostante i capelli alla maschietta. Le era bastato infilarsi un baby doll di seta rosa, annodato dietro il collo *et voilà*… il gioco era fatto! Era uno spettacolo per gli occhi, una festa per i sensi, uno schianto. Come inebriata della propria bellezza, che in quel momento stregava il povero Johnny, iniziò a muoversi con aria sensuale, intonando una canzone immaginaria e battendo le mani. Finì poi a sedersi a cavalcioni su di lui, sulle sue ginocchia spigolose, e lo attirò violentemente a sé. Stringendolo in un primo bacio malato, gli strappò di dosso i vestiti. Lo trascinò in un groviglio di corpi sudati e si nutrì dei suoi umori, inebriata. Abusò di lui con foga giovanile più volte in quella notte di passione e stordimento, finché, sfinito, Johnny non si abbandonò inerme nelle braccia della *mujer*, cadendo in un sonno profondo, dal quale nessuno avrebbe potuto svegliarlo.

14

Il filo di Arianna dell'indagine non stava portando da nessuna parte. Ma la coppia professionale formata dal rude Santos, pugile in disarmo, e dalla dolce e inesperta Kay, poliziotta alle prime armi, era sempre più affiatata. Eppure erano il giorno e la notte, e la loro alchimia era difficile da capire. Lui era sanguigno e viscerale, lei riflessiva e così conciliante che i suoi scatti d'ira esplodevano come in una camera di decompressione, senza che nulla trapelasse fuori. Erano ai poli opposti anche riguardo allo stile investigativo: in balìa dell'istinto, Santos era tutto improvvisazione; Kay, invece, razionale e scrupolosa fino al minimo dettaglio, tutta metodo. Lui era forte delle centinaia di indagini alle spalle, e aveva la stoffa dell'uomo d'azione, lei, di un candore virginale, si trovava ancora alla casella di partenza, e preferiva il lavoro a tavolino. Per questo, in pochi al commissariato avrebbero scommesso che i due sarebbero mai riusciti ad amalgamarsi in una collaudata coppia d'investigatori. E invece avevano trovato un loro *modus operandi*, completandosi alla perfezione. E anche se questo finora non aveva decretato il successo dell'indagine, ne era senz'altro il propellente. Il fatto che Kay dormisse ormai quasi ogni sera da Santos aveva solo aumentato la confidenza tra i due. Sotto lo stesso tetto, parlavano del caso ogni momento, stimolandosi a vicenda a trovare nuove piste.

Per sdebitarsi dell'ospitalità e soprattutto inorridita dell'alimentazione sregolata di Santos – un trionfo di *junk food*, dalla pizza surgelata al pollo fritto – Kay aveva programmato di cucinare per lui a casa sua quella sera. Voleva dare un senso particolare all'evento, e cacciare un po' di quella solitudine, quella sindrome da eterni scapoli tipica degli uomini della brigata anticrimine, a cui le attività investigative lasciavano poco tempo per coltivare relazioni stabili. Anche la giovane si era sorpresa a pensare che sarebbe stato meglio potersi riprodurre per partenogenesi, perché a causa del lavoro che aveva incautamente scelto non avrebbe mai avuto il tempo di mettere su famiglia.

Quanto a Santos, uomo dai pensieri molto più terreni di Kay, e ormai abituato agli orari sregolati della brigata, sperava che la ragazza gli preparasse il suo piatto preferito che senza complimenti si era curato di farle sapere in anticipo: la lombata al sangue con patate ripiene e cipolle fritte – insomma, un piatto che, solo guardandolo, poteva otturarti un'arteria, creando le condizioni ottimali per un infarto. Kay era rimasta inorridita dal suggerimento, ma l'ispettore aveva insistito, facendole sapere che, a mezzogiorno, si sarebbe tenuto leggero con un'insalatina per prepararsi alla cena che si aspettava ricca e sostanziosa. Ma non era stato fedele al proposito, e di certo non per colpa sua.

Non avendo avuto tempo di concedersi un pranzo seduto, aveva mangiato un hot dog condito a regola d'arte con senape e ketchup, che erano colati ovunque, imbrattandogli le mani e la camicia. Si era guardato bene dal dirlo a Kay, consapevole che una crociata salutista come lei gli avrebbe lanciato contro un anatema. Gli avrebbe fatto una bella predica, sostenendo che ordinare un hot dog da una bancarella era come giocare alla roulette russa con il proprio apparato digerente. Ma Santos da ragazzo aveva fatto la fame, e oggi il suo stomaco avrebbe digerito anche il piombo! Comunque, quella sera non voleva fare la figura dell'orso con la giovane collega, presentandosi a mani vuote. Così nel pomeriggio, per le vie pedonali del centro sulle tracce di uno spacciatore, si era fermato davanti a una gioielleria, attirato da una pietra che risplendeva in vetrina in bella mostra: aveva lo stesso colore delle iridi di Kay, luminosi cristalli di menta. Ispirato, era subito entrato in negozio per chiedere il prezzo, convinto che quel verde le avrebbe donato. Il proprietario aveva fatto in fretta la sua valutazione su Santos, nonostante quel giorno fosse quasi elegante, in un gessato blu di flanella stile Chicago anni Trenta: aveva calcolato i carati e poi gli aveva spiegato che gli smeraldi di buon taglio costavano più dei diamanti e che forse avrebbe fatto meglio a prendere in considerazione qualcos'altro, magari un bell'opale, se proprio doveva essere verde, o della bigiotteria. L'ispettore se ne era andato cupo in volto: la paga di un anno sarebbe stata appena sufficiente a comprare quelli meno cari, molto meno belli di quello in vetrina. Era frustrato marcio. Sarebbe stato più proficuo continuare a fare a cazzotti su un ring – magari così sarebbe diventato famoso, facendo soldi a palate! – che non rischiare la pelle ogni giorno per una paga da fame. Al diavolo la brigata criminale e la polizia, pensò. E per giunta, ogni anno cresceva il numero dei delitti e degli omicidi, ma le forze dell'ordine erano sempre più esigue e con meno potere.

Quando Santos entrò nell'appartamento di lei, Kay lo salutò sorridente; nemmeno per un istante aveva pensato a un omaggio da parte del suo capo. E invece lui le aveva portato un mazzo di rose. Un colpo da maestro.

Per l'occasione, Kay lo accolse con un grembiule che le donava parecchio, stretto in vita in modo da mettere in evidenza le curve sinuose del corpo, e corto tanto da lasciarle in vista le gambe slanciate. Sotto lo sguardo intrigato dell'uomo, che la vedeva per la prima volta in versione casalinga, si mise ad armeggiare con pentole e utensili da cucina. In un attimo aveva preso dal frigo salmone, patate, una cipolla e una confezione di panna acida, ed ecco che già la pelle del pesce sfrigolava nel burro.

«Non vorrei darti troppo disturbo... siamo sempre in tempo a mangiarci qualcosa al ristorante giù all'angolo, se vuoi!» disse Santos in un ultimo, disperato tentativo di procurarsi una cena carnivora – ovviamente il locale era una *churrascaria*. La voce con cui parlò, arrocchita dal desiderio, non sembrava la sua, e tradiva l'impulso di possederla lì in quel momento, da dietro, lei con le mani appoggiate al ripiano della cucina; a ogni spinta, a ogni affondo, immaginava che le tubature avrebbero emesso un gemito e il vetro della finestra avrebbe riflesso il viso di lei contratto dal piacere. Non poteva farci niente: il suo sangue *caliente* sudamericano lo rendeve sempre molto sensibile alle belle donne. Appena ne aveva accanto una, provava la stessa eccitazione e cercava di convincersi che si trattasse di un riflesso pavloviano. Provò a distogliere i pensieri da quel corpo seducente.

Mentre le fantasie erotiche di Santos lentamente si spegnevano, Kay, terminata la cottura, versò in una ciotola trasparente una montagna d'insalata, le patate e i filetti di pesce coperti dalla pelle croccante. Aveva un sorriso smagliante, che Santos trovò irresistibile. Purtroppo non poteva dire altrettanto del cibo: altro che lombata al sangue! La portata era sì bella da guardare, con la verdura disposta in modo ornamentale e la salsa tutt'intorno, ma non stuzzicava le papille gustative di Santos, abituate ad assaporare ben altre carni! La cuoca provetta, cui sfuggì la velata espressione di disappunto dell'uomo, subito dopo prese congedo togliendosi il grembiule con civetteria e lo lasciò solo per andare a vestirsi per la serata. Non intendeva rinunciare alla propria femminilità, ma più per piacere a se stessa che non per conquistare Santos.

Quando si ripresentò a lui, Santos la vide scendere dalle scale – la stanza da letto e il bagno erano in mansarda –: era sfavillante! Per la prima volta da quando la conosceva, sfoggiava una mise davvero sensuale. Indossava un vaporoso abito di voile verde scuro, che lasciava la schiena scoperta, décolleté verdi col tacco alto, al collo un pendaglio d'argento a forma di cuore e, infine, orecchini di smeraldo – evidentemente, dato il suo stipendio, di bigiotteria – che completavano il look da madre natura: erano proprio simili a quelli che avrebbe voluto comprarle quel pomeriggio, che coincidenza! Era bella, bellissima, e in quel momento Santos si chiese perché ci fosse in lei una volontà tanto ostinata di nascondere quella grazia con un abbigliamento trascurato e l'assenza di trucco.

La giovane mise un piede, cauta, sul primo scalino; improvvisamente i tacchi le sembrarono instabili, forse perché non era abituata a portarli. Ma poi ritrovò l'equilibrio e alzò lo sguardo. Santos era ai piedi della scala. I suoi occhi brillavano e Kay ebbe l'impressione di sentirne il calore sulla pelle. Non sapeva che, recitando per quell'uomo impulsivo e viscerale il copione della seduzione, si sarebbe potuta scottare. Ma si sentì ammirata e desiderata per la prima volta dopo tanto tempo, e pronta a ricevere i suoi apprezzamenti.

Come ultimo tocco nella preparazione della cena, pose al centro della tavola illuminata da una candela, un bianco secco di Paarl, una cuvée millesimata, in un secchiello pieno di cubetti di ghiaccio.

I due presero poi posto a tavola. Kay servì Santos e aspettò che avesse assaggiato il salmone per chiedergli: «Che mi dici, ti piace? È cotto il giusto, vero?».

«Mmm, delizioso» mentì, ma con stile. «E anche la salsa è una delizia!» Non era proprio quello che pensava, ma, in fin dei conti, doveva ammettere che era meglio del solito fast food. Prese poi la baguette al centro della tavola, la spezzò, e ne diede metà a Kay. Della sua infanzia nei quartieri proletari di Buenos Aires, Santos aveva conservato alcuni gesti. Però la giovane, maniaca dell'igiene, lo accettò con un po' di disagio, chiedendogli: «Bene, spero ti piaccia! Ora, parlando di argomenti seri, le informazioni che abbiamo sul caso non ci permettono di tracciare alcun profilo sicuro, d'accordo... Ma tu, non foss'altro che per fare qualche supposizione, non vuoi nemmeno provarci?».

«Ma sì, se proprio ci tieni!» bofonchiò Santos, a bocca piena. Nel frattempo pensava che, tutto sommato, il salmone non era poi così male: «Ok. Ammettendo che si tratti di un esercizio puramente teorico, un *rough cut*, va bene? Ecco quello che penso su di lui. È un uomo. E, di certo, non ama le donne…».

«Be'» lo interruppe Kay maliziosa, «se così fosse, questo ti escluderebbe dalla lista dei sospetti…»

A quella battuta, Santos lanciò indietro la testa ed esplose in una sonora risata. «Bella, questa, Kay…» Poco dopo, riprese la parola: «Potrebbe essere un omosessuale represso. Uno che con le donne non riesce a passare all'azione. Allora si vendica. Il fatto che le trucchi, e metta loro in mano un fiore esotico, è forse un'espressione di ultima sublimazione romantica della vendetta…» A quel punto si versò una generosa sorsata di vino.

«Non male, come primo schizzo… vai avanti, dài!»

«D'accordo. Deve aver vissuto un'adolescenza piuttosto punitiva e violenta. Da parte del padre, forse. Militare di carriera… o insegnante vecchio stampo, direi, rigido all'inverosimile. Fino a una certa età, magari, il nostro è stato un ragazzo brillante, ma poi di colpo è crollato tutto! Direi che vive solo, ma non ha finito gli studi. Socievole, ma permaloso.»

«Intendi uno che se la prende appena lo si contraria? Sai che non ho mai pensato a un assassino seriale in quest'ottica! Qualcuno di sensibile cui non bisogna urtare la suscettibilità… e qui ti sei chiamato definitivamente fuori, eh?» gli strizzò l'occhio Kay.

Questa volta Santos non rise. Da quando la testa si era messa in moto per tracciare il profilo dell'assassino, si era fatto più cupo, inquieto: era tornato il poliziotto infaticabile che passava le sue notti insonne, a inseguire criminali.

«In sintesi, uno psicopatico dalla personalità borderline e narcisistica. Il modo rituale in cui uccide le sue vittime sostituisce l'atto sessuale. Magari uccidere le donne è un modo per sfogare la sua frustrazione verso di loro, che in realtà non gli interessano...» Santos si fermò un istante, il tempo di assaporare un altro boccone di salmone. Non era affatto male! Poi riprese: «Di solito un killer trova la sua prima vittima in una zona che ben conosce, e...».

«Su questo hai ragione, ne convengo, ma sul resto non saprei davvero. Sono semplici congetture, vero?» lo interruppe Kay, assetata di sapere. Quanto avrebbe voluto che quel profilo corrispondesse davvero a quello dell'assassino, e servisse a stanarlo!

«Ma certo! È troppo presto, considerando le poche informazioni di cui disponiamo! Ricordati, Kay, sei tu che mi hai stimolato, ma il tentativo d'identikit non avanza alcuna pretesa reale.»

«Lo so, lo so! E poi, in questa fase, è fondamentale che tu mantenga il caso separato da quello che ti succede intorno, giusto?»

«Cosa vuoi dire?» chiese l'altro, portandosi alla bocca il calice di vino ma accorgendosi ben presto che era vuoto. Lo riempì di nuovo fino all'orlo.

«Me lo hai detto tu una volta... E mi hai anche detto che cercare di imporre al killer uno schema d'azione è il modo migliore per andare fuori strada! Bisogna conservare una mentalità aperta e lasciare che sia lui a svelarsi, dico bene?»

«Hai imparato perfettamente la lezione, Kay. Eccoti un altro suggerimento: se pensi a lui spesso e fai più sopralluoghi nei posti dov'è stato, acquisirai una specie di sintonia con lui. Poi, se avrai fortuna, da tutte le informazioni, ne emergerà una che s'imporrà alla tua attenzione. E quando succederà, avvisami, perché a quel punto l'esperienza può fare davvero la differenza! Fidati dei tuoi occhi. Ascolta te stessa, e affina l'intuito, il tuo sesto senso!» S'interruppe, il tempo di bere un altro sorso, poi continuò, mettendosi le mani sul volto, e parlando fra le dita: «È un errore anticipare troppo il profilo di un assassino sulla base di sole deduzioni, quindi quello che abbiamo discusso è solo un insieme di congetture. Però è anche vero che spesso i serial killer seguono le indagini da vicino, per essere fisicamente nel luogo dove si svolgono. Lo considerano un gioco con la polizia, e molti hanno confessato che disorientare gli investigatori li esaltava. Se vuoi un suggerimento, è da lì che dobbiamo ripartire! Da dove si è svolto il primo omicidio. Mi sembra una buona traccia. Aspettati anche che l'assassino diventi sempre più sicuro di sé, che non si limiti a imbellettare la vittima. O magari finirà per perdere il controllo e la situazione gli sfuggirà di mano. Quel maledetto vuol mostrare a tutti quanto è bravo! Ma sta facendo l'errore di mettere in mostra i suoi delitti, e questo dall'inizio. La sua è una richiesta di attenzione, per soddisfare il suo ego smisurato. Purtroppo, nei primi due omicidi non ha lasciato la minima traccia. Obiezioni?». Santos sparpagliò briciole intorno al piatto.

Pareva nervoso. Kay, che a tavola era sempre impeccabile, provò una stretta al cuore, anche se aveva lo sguardo volitivo e concentrato delle grandi occasioni. Dopo qualche istante di riflessione, fissando le briciole, ribatté: «Obiezioni? Direi di no. Dimmi, però: fra le tre vittime c'è qualche elemento che le differenzi?».

«Credo di no» rispose lui, «non viene fuori nemmeno una propensione al sadismo. Non tortura la vittima, la uccide e basta, senza profanarne il cadavere. Nella sua follia è equilibrato. Ma ti ripeto, ora, dobbiamo pensare a lui sempre: presto o tardi, si lascerà dietro qualche indizio, anche se infinitesimale. E noi dobbiamo essere pronti, capisci? Per ora, la regia e il controllo sono ancora nelle sue mani...» Concluse la frase e bevve di nuovo.

«Pensi questo, vecchio saggio?» scherzò Kay, distogliendo lo sguardo dalla tavola.

«Lezione numero uno: non sono vecchio, sei tu che sei troppo giovane, ancora da svezzare! Lezione numero due: definirmi "saggio" è come insultarmi...» ribatté lui.

«Per ora possiamo fare poco: scartare gli individui che non corrispondono per statura e peso alle descrizioni e studiare il profilo di quelli che corrispondono psicologicamente a quello del nostro killer, rimessi in libertà dopo aver scontato una condanna o in regime di semidetenzione o libertà provvisoria. È tutto!»

A quel punto, forse per il troppo vino che lo aveva disinibito, senz'altro per il fascino di Kay e per il suo sangue *caliente*, osservando la ragazza riconobbe di esserne violentemente attratto e si convinse che anche lei lo volesse. Ma era stanco di congetturare: in assenza di riscontri concreti, era solo aria fritta. Così si alzò da tavola e andò verso di lei; ora erano vicinissimi.

Avevano passato il limite dei reciproci spazi fisici, ma invece di allontanarsi, Kay restò dov'era. E a quella distanza – non più di una spanna li separava – notò come le labbra dell'uomo fossero ben disegnate. Aveva la barba ispida di un giorno, e a un tratto lei desiderò il contatto di quelle gote sulle sue, intuendo che l'uomo le avrebbe letto nello sguardo quella voglia. Il sapore della sua bocca e il suo odore di uomo accrebbero il desiderio. Erano soli, in uno spazio privato, lontano da occhi indiscreti. E Santos era bello, nel pieno delle forze, e lei lo aveva sempre ammirato. Ora una strana luce brillava nei suoi occhi.

«Si è fatto tardi, e domani la giornata è impegnativa. Buonanotte, Santos!» finì col dire, in un ultimo, blando tentativo per cercare di evitare l'inevitabile.

«Buonanotte, Kay!» rispose laconico lui, facendo per andarsene.

Entrambi, però, indugiarono qualche secondo di troppo a fissarsi negli occhi, rendendo visibile il reciproco desiderio di congiungersi l'uno con l'altro. Troppo tardi... erano andati oltre.

Fu Santos a rompere gli indugi. Le cinse il collo con le dita, delicatamente, sussurrandole in un orecchio: «Ho dimenticato di dirti una cosa...».

«Cosa?» chiese lei. Le si erano velati gli occhi, i suoi due smeraldi, che si erano trasformati in un verde mare seducente. Era troppo tardi ormai per tirarsi indietro.

«Ti desidero dal primo giorno...»

«No, non... ti prego! Anch'io...» mormorò, senza riuscire ad andare oltre.

In quell'istante, chiuse gli occhi e sollevò il mento. Lui le sfiorò il collo con le labbra, e Kay emise un mugolio che le fece vibrare la pelle. Con avidità, ora, la bocca di Santos risalì fino al mento per congiungersi a quella di lei, disegnata dal rossetto, che si aprì per accogliere la lingua dell'uomo. Le dette un primo bacio. La sua pelle. Il suo profumo l'inebriò di una dolce vertigine.

Santos la strinse forte a sé: «Ti voglio!» disse, con voce profonda, «ti voglio, hai capito? Ti voglio solo per me!».

«Non... non sai quello che fai! Non... non superiamo il limite, ti prego! Sei il mio capo!» cercò di opporsi, scandendo bene quest'ultima parola, ultima barriera tra loro.

«Basta con questi scrupoli! Anche tu mi vuoi... lo sento» sbottò Santos, baciandola ora con una tale foga da farla cadere sul divano. Proiettate sul soffitto come ombre cinesi, le loro due sagome si fondevano in una sola. I freni inibitori erano saltati e le due bocche si scambiarono una tempesta di baci roventi. Kay però trasalì quando sentì sotto i pantaloni la sua virilità arrogante.

«No» gemette lei cercando di staccarsi, ma lui la trattenne. «Non, non...» ripeteva, ma gli offriva sempre la bocca, e la sua lingua gli rispondeva, e le sue mani carezzevoli, e il suo corpo flessuoso e sodo lo accoglieva vibrando per lui. Alla fine, Kay ruppe gli argini, come un fiume in piena: «Sì, sì, anch'io, anch'io ti voglio, Santos... oh, quanto ti voglio!».

In quell'istante, invece di abbandonarsi al tumultuoso e primordiale piacere carnale, fondendo i due corpi in uno, rimasero immobili e avvinghiati e si guardarono ammutoliti, sorpresi dall'essersi lasciati trascinare l'uno nelle braccia dell'altro, in preda al cieco istinto. Intuivano di essere andati troppo di corsa: lavoravano entrambi al commissariato, sullo stesso caso, fra loro c'erano una relazione gerarchica, e quasi vent'anni di differenza. Forse, appagato il desiderio, l'indomani si sarebbero pentiti di quella foga che li aveva travolti. Ci sarebbero state troppe scorie, lo sapevano entrambi... Eppure erano anche consapevoli che a quel punto sarebbe accaduto quello che normalmente accadeva tra un uomo e una donna in quella situazione. Per un attimo, si scostarono l'uno dall'altra, guardandosi con un'improvvisa solennità. Poi fu ancora Santos a rompere gli indugi. La prese per mano, accompagnandola di sopra, nella stanza da letto. Lì, i baci si fecero più avidi, le mani più ardite. Quando la penetrò lei non emise alcun suono, solo un sospiro. Poi lui cominciò a muoversi, piano. Aprì gli occhi, incrociò lo sguardo di Kay. Le pupille sembravano dilatate. Fece un primo affondo, poi ancora un altro, la vide divincolarsi dal piacere. Allora, accelerò il ritmo, e Kay iniziò a gemere; in quella lotta di corpi che si dimenavano, il desiderio di Santos generava altro desiderio. Sì, accelerando cercava di spegnere un incendio con la benzina.

Travolta dal piacere, Kay gettò la testa indietro, gemendo con voce acuta. In quel delirio, Santos sentì l'acme avvicinarsi, non avrebbe resistito, avvertiva un dolore dolcissimo che tendeva allo spasmo i muscoli dell'addome. L'orgasmo di Kay arrivò insieme al suo, violento, con un urlo. E poi quell'espressione estasiata, quasi sofferente, come se fosse stata colta di sorpresa. Subito dopo, lei gli si accasciò accanto, poggiando la fronte sul cuscino. Sentì il rombo di automobili lontane, il ronzio del sangue nelle orecchie e un senso di benessere inondarla. Poi fissò per qualche istante il soffitto e si addormentò, il respiro leggero e calmo. Era stato bello, bellissimo per lei.

Santos invece, nonostante fosse esausto, aveva lo sguardo corrucciato e dalla singolare fissità, come quando rifletteva su qualcosa che lo assillava. Sperava che potessero continuare a lavorare a braccetto all'indagine, anche se appena qualche istante prima si erano cibati l'uno dell'altra. E se si fosse saputo qualcosa al commissariato, sarebbe scoppiato un caso, condito dal solito verminaio di pettegolezzi che avrebbe minato le loro carriere. Ma Santos non poteva nascondere a se stesso che, anche nella migliore delle ipotesi, quella notte avrebbe portato profonde modifiche nella percezione che avevano l'uno dell'altra. Avevano varcato insieme il confine che separava la vita privata da quella professionale: niente sarebbe stato più come prima. Ciò che il commissario ignorava era che Kay vedeva in lui la figura rassicurante dell'uomo maturo, in grado di proteggerla e guidarla, il porto sicuro nel quale attraccare quando in mare infuriava la tempesta: e il suo orizzonte interiore non era certo in un periodo di bonaccia... Se lo avesse saputo, Santos si sarebbe preoccupato ancora di più: non si sarebbe mai lasciato mettere il cappio al collo da una donna – amava troppo la libertà o, meglio, la sua idea di libertà. Si chiese invece perché, abituato di solito a un mordi e fuggi da scapolo, si fosse lasciato andare con tanta noncurante leggerezza nel soffocante abbraccio di una donna. Il malumore indotto da quell'esperienza d'intimità che poco prima l'aveva estasiato gli guastò il sonno.

Il giorno dopo, quando l'alba stava per rosseggiare sull'oceano e le ombre iniziavano a dileguarsi, squillò il telefono. Santos, che non era riuscito a chiudere occhio, balzò fuori dal letto con uno scatto felino. Al terzo squillo era già in piedi, il cellulare incollato all'orecchio, mentre Kay si nascondeva sotto le coperte.

La voce di Norah, di solito lenta e strascicata, gli sembrò invece tesa dall'impazienza. Doveva trattarsi di una circostanza eccezionale, pensò Santos, e un cambio di passo avrebbe forse permesso all'indagine di accelerare il proprio corso.

Quella mattina occorreva perlustrare la casa di chi, alla luce dei nuovi indizi, poteva rivelarsi l'uomo delle orchidee. Non c'era un istante da perdere, il sospetto andava interrogato subito, perché aveva appena rassegnato le dimissioni presso l'ambulatorio medico dove prestava servizio e, dalle informazioni di cui Norah disponeva, le risultava che stesse partendo per l'Inghilterra. Si trattava di un certo Johnny Hoover, un dottore generalista dalla reputazione piuttosto ambigua ma dalla fedina penale immacolata. Norah aveva motivo di credere che coltivasse in casa quei fiori esotici, perché il medico aveva visitato il negozio PASSIONS FLOREALES in cerca di informazioni su come coltivarli. Santos, che ben conosceva la tenacia della donna nel battere piste controintuitive, lontane dagli steccati disciplinari classici, non rimase sorpreso da quell'accelerazione improvvisa al corso delle indagini, guardandosi bene dal porre domande che avrebbero compromesso la risorsa più preziosa in quel frangente: il tempo! Si fidava delle intuizioni dell'ispettore aggiunto. Pure, la sua cocciutaggine nell'aspettare l'occasione giusta le consentiva assai di anticipare sempre tutti, finendo con l'arrivare prima al traguardo! L'ispettore non ne era invidioso, forse perché lei era maestra nell'arte di aspettare, mentre lui vittima spesso del cieco istinto, suo peggior nemico, che lo trascinava ad affrettare conclusioni e le faceva combaciare a forza con la realtà. Pretendeva, Santos, un quadro, una risposta, la sensazione di aver unito i puntini.

Indispettita del dover rinunciare a cullarsi tra le braccia di Morfeo, Kay stava ancora stropicciandosi gli occhi che già Santos la incitava a vestirsi, spiegandole la missione. La giovane ci mise qualche istante a capire, ma non appena le balenò alla mente la possibilità di catturare il colpevole, saltò giù dal letto con foga giovanile per vestirsi in un attimo. Sorseggiando un caffè di pura *robusta*, sul pianerottolo Santos la fissava mentre si legava i capelli in una coda di cavallo, chiedendosi perché non provava la stessa eccitazione della collega. Dov'era finita la scarica di adrenalina che di solito lo attraversava prima di una perquisizione che poteva evolvere in un arresto? Forse si sentiva in quel modo perché sapeva che presto sarebbe stata sostituita dalla sensazione di vuoto che lo aspettava al termine di qualsiasi indagine? In quel momento, gli parve così lontano il periodo in cui era un ispettore alle prime armi e aveva le viscere contorte dal delizioso brivido della caccia all'uomo. Ma adesso era stanco e aveva lo stomaco vuoto e, più che alla notizia dell'identificazione di un potenziale colpevole, il disincanto indotto dai troppi anni di militanza nella polizia lo portava a non pensare ad altro che a uova sode con burro e una macinata di pepe, a pancetta e pane appena sfornato. Cos'avrebbe dato, quella mattina, per una bella colazione! Mentre stava pensando a tutto ciò con l'acquolina in bocca, Kay gli chiese a bruciapelo: «Ehi, ti vedo pensieroso! Stai già meditando su come incastrarlo, vero?». Siccome Santos restò zitto, Kay lo fissò ancora un istante, cercando di decifrarne inutilmente l'aria stralunata: «Scommetto di sì... Norah però è proprio brava, sembra ferma e invece...». Poi emise un lungo sospiro. Sperava di diventare come lei.

«Norah?» accennò Santos distratto, poi fece sì con il capo.

Nonostante il brusco risveglio – non erano ancora le sei! – chiusa la porta di casa, i due non persero tempo. In pochi istanti già filavano sull'utilitaria di Kay verso l'indirizzo che Norah gli aveva inviato con un SMS.

A qualche miglio di distanza, ignaro della tempesta che si stava abbattendo su di lui, Johnny si svegliò con un'emicrania fortissima. Appena riuscì a tenersi in piedi, si rese conto che non c'era traccia di Chanel in casa. Dilaniato da un sospetto più che legittimo, barcollò verso l'ingresso, dove si arrese all'evidenza: la valigia con i soldi era sparita! Maledetta ladruncola di periferia! In quel momento, nonostante lo stato confusionale, intuì che dall'inizio la loro relazione era stata solo una misera pantomima che aveva fatto di lui l'ultimo anello di una catena di raggiri iniziata con il sotterfugio che lui stesso aveva ordito ai danni del suo amico pittore. A fronte della cocente umiliazione che sentiva, cresceva sempre più l'odio verso se stesso: che imbecille era stato a farsi abbindolare così! La fottuta ribelle non aveva fatto che manipolarlo, e nonostante i quasi trent'anni di differenza, la tragedia era che lui ci era cascato a peso morto, senza mai sospettare nulla, come un ragazzino! Allora cadde a terra in ginocchio, emettendo il suono gutturale di un animale ferito e braccato: non gli restava che sparire dalla circolazione... altro che vita nuova!

Non fece in tempo a crogiolarsi nell'abisso di prostrazione, che sentì qualcuno bussare violentemente alla porta. Si chiese se non fosse tutto l'alcol che aveva bevuto in quegli anni ad allucinargli le percezioni. Chi poteva essere a quell'ora? Ma certo! Era lei, la teppista che, divorata dal rimorso, era venuta a chiedergli perdono! L'avrebbe perdonata?

Con la speranza che gli palpitava in petto, aprì d'impeto l'uscio. Ma sul pianerottolo c'erano, purtroppo, due sconosciuti: un uomo di mezza età dallo sguardo cupo e il fisico nerboruto e possente, che sembrava pronto a sbranarlo, e una donna sotto i trent'anni.

Il dottore, osservandoli con fissità, rimase pietrificato: cosa volevano da lui? Senza proferire parola, l'uomo brandì il distintivo della polizia. Ma Johnny, ancora immerso nelle nebbie del tetraidrocannabinolo, non riusciva a capacitarsi della ragione della loro visita.

Dopo che Kay fu entrata, senza accennare a una stretta di mano, Santos si limitò a comunicargli che aveva ricevuto l'autorizzazione a perquisire l'appartamento, poiché lui era entrato nella lista degli indiziati per il caso di un pluriomicida.

L'espressione del dottore si contrasse nella smorfia di disperazione di un uomo condannato al patibolo, reazione che non fece che rafforzare i sospetti di Santos. Tremante, Johnny li lasciò entrare; cos'altro poteva fare? I due si misero subito al lavoro. Essendo l'appartamento minuscolo, in poco tempo lo rivoltarono, sotto lo sguardo atterrito del dottore. Non trovarono niente, se non il disordine prodotto dallo stile di vita disperato dell'uomo, a cominciare dalla cucina, dove rimasugli di pasti emanavano un odore poco piacevole. In ogni caso, non c'era alcun indizio che potesse confermare la tesi che fosse lui l'omicida, tanto meno tracce delle orchidee.

Frustrato dalla levataccia e dall'inutilità della perquisizione, Santos raggiunse l'unica portafinestra del salone che dava su un terrazzino esterno. Voleva fumarsi un sigaro, il suo scacciapensieri. Appena il dottore capì l'intenzione, cercò di evitarlo in ogni modo: il fumo non lo infastidiva, Santos poteva sedersi tranquillamente sul divano. Ma lui si rivelò irremovibile, e uscì: da lassù al decimo piano, il panorama della città era uno spettacolo che seduceva, in particolare a quell'ora del mattino e con quella luce diffusa. Santos amava quella visione della città ancora sprofondata nella calma indolente, la giornata che appena accennava a cominciare.

Inalava ed espirava, osservando le volute di bianco striato dissolversi in spirali e poi, quando liberò ancora una volta il fumo emettendo soltanto un lungo sibilo, si disse pronto a rientrare, ma in quel momento si accorse della scala d'acciaio all'estremità del terrazzino, che dava direttamente sul tetto del palazzo. Salì e notò che all'estremità opposta del tetto c'era una capannina formata da teloni verde scuro. Li aprì e sbirciò dentro: c'erano file di lampade al sodio, sistemi di climatizzazione e di innaffiamento automatico e sacchi di concime. E, ancora più sorprendente, crescevano in vasi di terracotta una decina di piante di orchidea nera. Notò anche come in tre di questi vasi – tre come il numero dei fiori ritrovati sul corpo delle vittime – mancavano dei fiori, di cui erano rimasti solo gli steli. Forse, ancora una volta, la pazienza e l'intuito di Norah avevano centrato il bersaglio. In effetti anche lui, all'inizio dell'indagine, si era messo sulle tracce di Serena, la fiorista, ma alla prima difficoltà – l'indisponibilità della potenziale testimone causa malattia – aveva lasciato perdere. E ora Johnny gli avrebbe dovuto parecchie spiegazioni per tirarsi fuori dall'accusa di essere il killer che tutti cercavano. Per prima cosa, però, doveva pensare a proteggere Kay, che era nell'appartamento di un presunto omicida: bisognava anticipare e spiazzare il sospetto, bruciando i tempi per renderlo inoffensivo.

Sudava, ma non aveva paura, Santos, non era dotato di istinto di autoconservazione. Anche se il killer aveva ucciso almeno tre persone, e ora si trovava a tu per tu con Kay che, inesperta e per di più donna, era il suo target perfetto. Scendendo rapido dalla scaletta, estrasse la pistola dalla fondina, aprì la sicura, e si lanciò con un balzo attraverso la finestra. In un attimo, Johnny si trovò con la pistola puntata alla tempia e gli occhi fuori dalle orbite. Con l'altra mano, Santos lo afferrò per il colletto, tirandolo verso di sé, finché i loro nasi non si toccarono: «Stammi bene a sentire, stronzo: adesso che ho fatto il mio giro turistico sul tetto, dove c'è proprio una gran vista e dei bellissimi fiori, ho le prove che mi servono per sostenere che, con buona probabilità, sei tu lo sciagurato responsabile della morte delle tre vittime! Con delle donne, e anche malate, te la prendi, fottuto bastardo! Un codardo, ecco cosa sei, un pezzo di merda!». Dalla sua espressione truce, si capiva che moriva dalla voglia di mettergli le mani addosso. «Le cose per te si mettono male, molto male. Quanto a me, odio perdere tempo e, per i miei gusti, ho già parlato troppo! Confessa subito, o passerai un brutto momento...» urlò, facendo tremare tutti i vetri.

«Sì, sì...» balbettò l'altro impaurito, «dirò tutto... ma io non ho ammazzato nessuno, no! Proprio nessuno!» Chiazze rosse gli erano comparse sul viso. Aveva bisogno di tempo per trovare le argomentazioni giuste per scagionarsi. Ma cercare un filo logico in quella situazione non era semplice, tant'è che finì con l'irrigidirsi in un mutismo che irritò oltre misura l'ispettore.

Santos perse le staffe. Sapeva che era un gesto stupido, ma non riuscì a trattenersi e la sua mano colpì il dottore in pieno mento, e si sentì lo schiocco della bocca che si chiudeva.

Kay trasalì, coprendosi il volto con una mano e Johnny barcollò per il dolore: dovette piegarsi su se stesso e disse a Kay, accasciandosi: «Tu, ti prego, digli di non farmi male… è pazzo!». Si era lasciato scappare l'insulto senza rendersene conto. E l'ultima cosa di cui Santos aveva bisogno, quella mattina, era essere provocato!

Appena sentì l'offesa, s'immobilizzò. Aveva gli occhi fuori dalle orbite, la bocca aperta, le narici dilatate: quel miserabile gli aveva dato del pazzo! Come osava? In un attimo, il fuoco dell'ira gli accecò la mente, tant'è che nella minuscola stanza l'aria sembrava carica di elettricità, come prima di un temporale.

«Dai del pazzo a me, verme? Ora ti uccido!» riuscì a farfugliare, con le vene delle tempie gonfie. Si gettò su Johnny, prendendolo per un braccio e strattonandolo.

«No, no!» gridò esasperata Kay, temendo il peggio: «Non fargli del male… ti prego!».

Con uno sforzo tremendo per trattenersi, l'ispettore sibilò minaccioso: «Ascoltami bene, cagasotto, è l'ultima volta che te lo chiedo con gentilezza. Vuota il sacco! Fai quello che ti dico, e subito, sennò ti spacco la faccia davvero. Spiegami perché hai una certa coltivazione sul tetto e non azzardarti a raccontare balle! Mancano tre orchidee, e tre è esattamente il numero delle vittime. Prega di trovare una spiegazione credibile…».

«Aspetta, Angel, non c'è bisogno di rincarare la dose. Non vedi che sta tremando di paura?» s'intromise Kay, convinta che avere un distintivo non conferisse il diritto di amministrare la giustizia secondo il proprio arbitrio. Santos era un esponente delle forze dell'ordine in missione: nessuno con la divisa dell'anticrimine poteva scordarselo neanche per un istante! Kay sapeva di essere dalla parte della ragione.

«Ha solo ucciso tre persone, dopo tutto, no?» ruggì l'altro, contrariato da quell'intrusione. Aveva gli occhi iniettati di sangue e un'espressione spaventosa in volto.

«Ora... ora vi spiego! Vi spiego tutto, tutto quanto, lo giuro!» biascicò Johnny, rinfrancato dalla presenza della giovane. «Prima cosa: non ho ucciso nessuno! Semmai, credetemi, è vero il contrario: per lavoro ho salvato tante vite umane!» Poi sembrò che le parole gli si strozzassero in gola. Era l'effetto ritardato della paura che lo paralizzava. Balbettò ancora qualcosa d'incomprensibile, nel tentativo di riprendere il controllo delle proprie facoltà, ma non ce la faceva.

Santos si sentì preso in giro, e gli si avvicinò per scuoterlo come un sacco di patate, ma Kay lo fermò prima che potesse sfiorarlo. «Lascialo! Sei un ispettore di polizia, nel pieno esercizio delle proprie funzioni. Rischi una commissione d'inchiesta per abuso di potere e comportamento violento!» sbottò perentoria. A quel richiamo, Santos calmò la sua foga, il che incoraggiò Johnny a ricomporsi.

«Grazie» sussurrò con una voce flebile. «Ora, però, devo partire dall'inizio dell'intera faccenda. Ci vorrà un po' di tempo, ma solo così potrete capire. Giudicherete poi. Ma non voglio più subire violenza... non accadrà più, vero?» chiese, lanciando un'occhiata a Santos, che annuì.

«Va bene, mi fido. Statemi a sentire. E vi prego di credermi sulla parola. Da circa trent'anni, da quando è comparso l'AIDS, il sogno nel cassetto di qualsiasi azienda farmaceutica sudafricana, inclusa ovviamente Sundpharma, è di brevettare un farmaco in grado di debellare la malattia. Purtroppo non c'è niente di filantropico in questo sogno: la ricerca obbedisce solo agli ordini del Dio denaro. Una volta provato nella sua efficacia, è chiaro che un farmaco del genere ammazzerebbe il mercato e diventerebbe una miniera d'oro inesauribile per il suo inventore.» A quel punto Johnny si fermò, per capire se i suoi interlocutori, sprovvisti di competenze mediche, lo stavano seguendo. Ma sapeva che ogni pausa avrebbe innervosito l'energumeno dagli avambracci tatuati, così pochi secondi dopo continuò, spedito: «Ora il discorso si fa più difficile. Purtroppo, a oggi, nonostante questo farmaco non sia stato scoperto, il progresso delle scienze mediche gioca a sfavore!».

«Ho capito bene? È la prima volta che sento dire che il progresso gioca a sfavore!» disse Kay sorpresa.

«Proprio così, anche se sembra paradossale, perché la modellizzazione molecolare realizzata attraverso software informatici sta velocizzando enormemente la messa a punto di nuove medicine. Seguitemi su questo punto. Solo una decina d'anni fa, senza la tecnologia informatica, era impossibile riprodurre in laboratorio le reazioni chimiche. Oggi invece, la combinazione di algoritmi al computer consente di elaborare *in vitro* generazioni di nuovi farmaci!»

«Ehi, amico, falla semplice, capito?» lo interruppe Santos, minaccioso: «Non è che stai menando il can per l'aia, per guadagnare tempo, con i tuoi paroloni? Io voglio solo sapere il perché di quelle tre morti, e non me ne frega un cazzo della mo... modellizzazione molecolare! Se è vero che non ti sei macchiato le mani di sangue, fammi capire chi si nasconde dietro questi delitti. Voglio solo far sì che l'assassino non sia più in grado di nuocere, capito?»

«Certo, certo... ma vi serve questa spiegazione, per capire, non è inutile. Non è così facile da dipanare questa matassa. La premessa è indispensabile!»

E così Johnny mantenne fede alla promessa, introducendo Kay e Santos dietro le quinte di una messinscena tragica e complessa, senza indugiare in pause. Lo fece con lucidità, senza mai perdere il filo del discorso, anche se il suo viso, a mano a mano che parlava, si incupì al punto di assumere la drammaticità di un attore del teatro shakespeariano. Spiegò come l'avanzamento tecnologico avesse portato le società farmaceutiche, anche meno attrezzate di Sundpharma, a elaborare farmaci *in vitro*. Ma qui nasceva il problema: se da una parte potevano inventare nuove molecole, non avevano il muscolo finanziario per attendere i risultati delle sperimentazioni. Perché spesso, tra verifiche e protocolli di autorizzazione delle autorità competenti, servivano non meno di dieci anni prima di poter lanciare un nuovo farmaco sul mercato. Johnny spiegò come le aziende farmaceutiche locali disponessero di un intero repertorio di cavie clandestine per anticipare eventuali inefficienze terapeutiche delle nuove molecole alla base dei farmaci che solo dopo sarebbero stati sottoposti ai controlli prebrevetto. La sperimentazione di nuove molecole su cavie clandestine era poco costosa e rapida nel rendere disponibili i risultati, benché infrangesse tutte le regole della deontologia, ignorando le procedure di controllo. Questo era appunto il caso del Quadrivia, un trattamento farmacologico contro l'AIDS.

A quel punto, dinanzi ai due poliziotti attoniti, Johnny spiegò che nessuno aveva mai sentito nominare il Quadrivia nella comunità Scientifica né al ministero della Salute. Questo perché Sundpharma agiva nell'ombra, ignorando le procedure ufficiali. Niente test di tossicità sugli animali, nessun contatto con un qualsivoglia comitato etico, nessun certificato di autorizzazione di sperimentazione clinica. Tutto si stava svolgendo nella più assoluta clandestinità, contro la Dichiarazione di Helsinki. In pratica, spiegò, si trovavano in prova da vasca n. 4, senza preoccuparsi di essere passati attraverso le prime tre! Per attenersi alla procedura standard, invece, occorreva applicare un protocollo secondo cui, prima di qualsiasi sperimentazione umana, ogni medicamento o nuova formula modificata doveva essere sottoposta a una batteria di test utilizzando ratti di laboratorio o altri mammiferi. Solo in seguito, superati certi criteri, il comitato etico dava l'autorizzazione alla vasca 1, che permetteva di testare la molecola o il farmaco su un numero ristretto di volontari in buona salute. In caso di successo, si poteva passare alla fase 2, in cui qualche centinaio di pazienti veniva testato per determinare l'efficacia e il dosaggio ottimale. La vasca 3 implicava la mobilitazione di un migliaio di volontari, per test di efficacia e sicurezza. Se il medicamento superava la fase 3, la società farmaceutica poteva depositare presso l'agenzia di controllo dei medicamenti una domanda di licenza. Negli Stati Uniti, era la Food and Drug Administration a occuparsene. Dopo l'ottenimento della licenza, si era autorizzati a procedere alle prove di vasca 4, uno studio di sorveglianza fatto dopo la messa sul mercato attraverso una squadra di medici che controllavano migliaia di pazienti, per un periodo di circa un anno. Il tasso di successo era irrisoriamente basso: soltanto uno dei diecimila componenti messi alla prova riusciva ad avere la licenza. E, considerando l'intero processo d'ideazione, prototipazione e verifica, ci volevano quindici anni e centinaia di milioni di dollari perché una nuova medicina potesse essere messa sul mercato. Un insuccesso rappresentava una voragine finanziaria, capace di far fallire un'azienda. Da qui il comportamento illegale di Sundpharma. La società versava in cattive acque economiche: non aveva le risorse per ottemperare alle procedure corrette nella messa a punto di nuovi farmaci. Così, per scongiurare il fallimento, aveva rischiato il tutto per tutto, confidando nel potenziale lancio del Quadrivia.

Con voce soffocata ed espressione sofferente, Johnny disse loro che la prima vittima, Maggie, era stata la sua amante, un medico di grande talento. Una delle sue pazienti era stata segretamente contattata da un reclutatore di Sundpharma, pronto a finanziare la cura dell'AIDS attraverso farmaci sperimentali, in cambio di riservatezza. Appena lo aveva saputo, Maggie aveva iniziato a indagare da sola, senza precauzioni, perché non aveva alcuna fiducia nella polizia, ritenendola corrotta. La sera dell'omicidio, Johnny le aveva telefonato per sapere a che punto fosse, e poi, insospettito dal fatto che non gli avesse risposto, era andato al suo appartamento, di cui aveva le chiavi nonostante la loro relazione fosse finita da tempo, per accertarsi che stesse bene. Maggie aveva già ricevuto più di un avvertimento a non ficcare il naso in questioni che non la riguardavano: una sera, al suo ritorno dall'ospedale, aveva trovato l'appartamento sottosopra, aveva sempre l'impressione di essere pedinata e, una volta, aveva scampato per un soffio il pericolo di essere investita da un'auto in pieno centro. Poi si aggiungeva il telefono, che iniziava a squillare nel cuore della notte, senza nessuno che rispondesse all'altro capo del filo. Maggie, però, era un'idealista, e viveva la missione di soccorrere il prossimo con il fervore di una crociata. Purtroppo aveva pagato con la vita i suoi sogni di giustizia. Era stato proprio Johnny a scoprirne il cadavere. Con voce rotta dall'emozione, questa volta dopo una lunga pausa, continuò.

Chi si era macchiato di quel crimine non poteva essere che un sicario di Sundpharma. Svelare i retroscena della loro condotta immorale aveva un costo: la vita. E il dottore lo sapeva bene, dopo tutti quegli anni nel continente nero. Accecato dall'ira e dal dolore, raccontò che era stato allora che aveva deciso di non permettere a Sundpharma di farla franca. Doveva stare attento a non esporsi, però, sennò avrebbe subìto la stessa sorte di Maggie. Aveva intrapreso così ricerche sul profilo del direttore generale di Sundpharma, il grande burattinaio: da numerose interviste che aveva rilasciato, era emersa la sua passione per le orchidee. Sapeva che nella sua villa, alla periferia di Cape Town, si trovavano serre dove coltivava fiori esotici. Era stata quella la chiave, l'idea che aveva avuto per far conoscere a tutti la verità. Attraverso il fiore impugnato, fiore che in una dichiarazione il magnate aveva dichiarato di coltivare solo lui in Sudafrica – con l'aiuto di una fiorista di fiducia di cui non aveva rivelato il nome –, intendeva far sapere al mondo che il crimine era stato commesso da Sundpharma, e che non sarebbe passato impunito. La giustizia avrebbe fatto il suo corso, finendo per stanarlo, quel bastardo! Così era penetrato clandestinamente di sera nelle serre della villa e aveva preso alcuni fiori con sé. Poi era tornato nell'appartamento di Maggie, senza lasciare tracce, e gliene aveva fatto impugnare uno: l'orchidea sarebbe stata l'indizio che avrebbe condotto a lui, al mandante di quell'omicidio e, in definitiva, a Sundpharma. Si era anche recato nel negozio più rinomato in città, PASSIONS FLOREALES, chiedendo informazioni su come mantenere freschi fiori tanto delicati come le orchidee nere.

«Bene, adesso il quadro è chiaro, ma non pensare di cavartela tanto facilmente! Per soddisfare la tua sete di vendetta, hai sulla coscienza due morti! Anche tu sei solo un criminale!» sentenziò Kay, indignata.

Johnny, che durante la spiegazione non aveva mai menzionato il raggiro ai danni di Ernest, la rassicurò subito: la seconda vittima, quando il dottore era andato a visitarla per scoprire qualcosa sulle pratiche di Sundpharma, era già in fin di vita. L'avevano privata del Quadrivia perché si era comportata in modo scorretto, vendendo al mercato nero una parte dei medicinali. Purtroppo questo aveva accelerato il decorso della malattia, facendola cadere preda di dolori lancinanti. Per questo lo aveva pregato di aiutarla a morire: sapeva di essere allo stadio terminale e voleva che le venissero risparmiate le ultime sofferenze.

Per pietà, Johnny aveva chiamato un medico di sua conoscenza, che si era già prestato a operazioni simili. Questi le aveva somministrato per endovena morfina unita a veleno, obbedendo alle ultime volontà della malata. La sua morte aveva alimentato la psicosi dell'assassino, che l'aveva già trovata morta da qualche ora e così era andato a uccidere la terza vittima, Vivianne, probabilmente con del veleno. Su entrambi i cadaveri era stato Johnny a ripassare, infilando tra le mani delle defunte le orchidee rubate a Kramer, per fornire alla polizia una pista indiziaria verso il magnate farmaceutico. Dovevano credergli sul suo onore: Johnny non aveva ammazzato nessuna delle due!

Contro ogni logica, Santos iniziò a provare solidarietà per quell'uomo. Se si fosse trovato al posto di Johnny, avrebbe seguito anche lui la legge del taglione. E proprio per questa empatia improvvisa, intervenne in sua difesa, dinanzi a una sbalordita Kay: «Se dici la verità, finora non hai ucciso, e questa è la cosa più importante. Ai miei occhi farsi vendetta per amore, per giunta ai danni di un'organizzazione criminale, non è un reato!». Poi si schiarì la gola, consapevole che potesse suonare strano quello che stava per dire, e riprese perentorio: «E non lo è nemmeno il tentare di proteggere migliaia d'innocenti che per necessità sono ridotti a cavie per farmaci sperimentali. In sede di testimonianza davanti alla giustizia, molto per te dipenderà da come riuscirai ad argomentare la tua posizione, e dalla benevolenza di chi sarà chiamato a esprimere in merito un verdetto, i giudici, per l'appunto. Ora, ascoltami bene, non lo ripeterò due volte. Ti propongo questo patto: metti da parte la foga giustizialista.

Sappi solo che Sundpharma non avrà scampo, e anche il responsabile degli omicidi. Bisogna però ancora individuarlo con sicurezza: essere il direttore generale della multinazionale non è di per sé una prova di colpevolezza. Ma è solo questione di tempo, credimi. Alla fine, metteremo le mani su quei pezzi di merda. Fino a quel momento, ti proteggeremo noi, anche a costo di coprirti per mezzo di un'identità falsa, e di farti sparire per qualche tempo. Sta a te, però, scagionarti, fornendo le prove di quello che ci hai detto. Per ora, comunque, te ne starai in stato di fermo: ci siamo capiti, vero?»

A quelle parole, la tensione abbandonò di colpo Johnny: anche quel burbero ispettore aveva un cuore, perché gli aveva riconosciuto il diritto di farsi giustizia. Così, accasciandosi sulla sedia, concluse, con un filo di voce: «Qualunque cosa, pur di vendicare Maggie e ripulire il mondo da questa feccia».

15

Quella mattina, per colpa di una pioggia fitta e incessante – rara per la stagione – Ernest rinunciò alle sue solite quattrocento bracciate in mare aperto. I capelli ancora scompigliati, gli occhi arrossati dal sonno, l'uomo gettò uno sguardo rapido dalla finestra. Folate di vento sferzavano la superficie delle acque, formando cavalloni dalle creste argentate che si infrangevano sulla battigia in una processione infinita. In giornate simili, le forti correnti rischiavano di trascinarti al largo: no, sarebbe stata un'imprudenza concedersi l'abituale nuotata. Per convincersene, guardò il paesaggio fuori ancora una volta. Il sole, dietro il grigio della pioggia e dei nuvoloni, spuntava a tratti spruzzato d'argento, facendo risplendere le sagome delle navi in lontananza. Si sarebbe rifatto, pensò Ernest: a quelle latitudini, il brutto tempo non durava mai troppi giorni.

Per risvegliarsi, si preparò il solito caffè. Invece di accomodarsi sulla sedia a dondolo sul belvedere coperto dai rampicanti, salì a piedi nudi la scala a chiocciola che conduceva alla stanza dei ritratti, percependo una lieve vertigine. Non era riposato, perché quella notte aveva dormito poco, un sonno leggero e disturbato. Nell'ultimo periodo, purtroppo, notti come quella erano diventate la regola. E, considerate le circostanze, non c'era da sorprendersi. Un dolore muto lo atterriva a causa della malattia che affliggeva la sua Galatea, e poi sentiva un senso di vuoto, come se la felicità gli stesse defluendo dall'animo, come quando sui fondali la marea inverte la direzione e l'acqua si ritira per decine di metri. Durante la sua vita, aveva visto svanire sentimenti e persone che credeva imprescindibili, visto affievolirsi il ricordo di sguardi e momenti e spegnersi troppe speranze; forse quello scoramento aveva a che fare con questo e non solo con la patologia che aveva colpito la giovane. Era la consapevolezza che la vita scorreva via, come sabbia fra le mani, a renderlo così scettico rispetto alle sue aspettative di felicità. Questa crudeltà impietosa dell'esistenza lo sconcertava, ferendo nel profondo il suo narcisismo. Era troppo esperto della vita per cadere preda di facili illusioni: anche se la sua Serena si fosse salvata, la riabilitazione sarebbe durata anni, e chissà se sarebbe mai guarita davvero... La sua musa non sarebbe più venuta a dare un po' di leggerezza alle sue serate per chissà quanto tempo: che colpo! Proprio ora che iniziava a credere in un nuovo periodo aureo... Da quando era entrata nella sua vita, Serena aveva piantato fiori nel deserto arido della sua solitudine, una terra assetata e polverosa, e per miracolo questi fiori erano sbocciati, colorando d'arcobaleno le sue giornate profumandole di quella giovinezza che credeva di aver dimenticato. Ernest non barava con la primavera, e proprio per questo non si nascondeva l'importanza di quella ragazza, che amava di un tenero e malinconico amore paterno. E ora, invece, proprio quando pensava di essersi conquistato un posto di felicità, ecco che il destino sembrava portargli via tutto e lasciarlo ancora solo, ogni giorno più solo.

Quanto alla solitudine, Ernest non era un cenobita, uno di quegli artisti che si allontanano dal mondo per creare, chiudendosi in uno splendido isolamento. La sua fonte d'ispirazione, infatti, erano il brulicare di figure umane e gli sterminati paesaggi che gli si offrivano alla vista durante i suoi viaggi: erano loro a metterlo al riparo dal veleno dell'isolamento. Anche se da un pezzo, ormai, aveva imparato a vivere la sua vocazione senza mai sentirsi troppo solo, l'arrivo di Serena aveva sconvolto i suoi rituali quotidiani, e ora riprendere la vita di prima gli sembrava impossibile. Certo, ritrovarsi solo gli avrebbe consentito di lavorare tranquillo, senza dover rinunciare alle ore migliori della giornata – quelle alla fine del pomeriggio – per dispensare consigli alla ragazza su come sgrezzare il suo talento pittorico. Ma sapeva anche che, dopo due o tre giorni di solipsistico godimento della libertà, avrebbe cominciato a soffrire la sua mancanza. Perché Serena si era rivelata in ogni suo gesto un'appassionata della vita, un entusiasmo che comunicava con quella sua risata cristallina che era una sinfonia per le sue orecchie da troppo abituate al silenzio. Lei gli aveva riempito la vita molto più della pittura, questo ormai Ernest lo aveva capito; con quel suo essere sempre su di giri – all'inizio della loro frequentazione gli aveva ricordato una di quelle trottole con cui giocava da bambino – lo stava guarendo dalle sue paranoie esistenziali. Da quando l'aveva conosciuta in negozio, ogni giorno di più il suo paesaggio affettivo era stato pervaso dalla nostalgia del paradiso perduto. Ora Serena occupava una porzione significativa del suo cuore, e l'idea di poterla perdere era per Ernest particolarmente penosa, anche solo da immaginare. Nonostante Johnny lo avesse avvertito che il decorso della malattia poteva essere letale, il pittore continuava a rimuovere dentro di sé questa eventualità tragica: ignorava la natura del disagio che aveva colpito la giovane e, inoltre, per la sua natura di artista, in lui prevaleva la speranza sulla realtà. Per questo era convinto che il tempo gliel'avrebbe restituita come gliel'aveva consegnata: integra e radiosa.

Ora per sopravvivere in attesa del suo ritorno dall'ospedale, dopo essere stato a trovarla ogni mattina e ogni pomeriggio, doveva ricorrere a tutte le abitudini e le distrazioni possibili. Come quella che stava per mettere in atto.

Giunto nella galleria, si avvicinò al ritratto illuminato che occupava solitario il muro di fondo. Era l'unico che non aveva venduto, quello di Emma, la donna che aveva amato e che tuttora amava, scomparsa dalla sua vita come una stella cadente. Era tratteggiata con il viso adombrato di mistero, l'espressione distante, smarrita. La tela era completamente diversa dalle altre: le pennellate erano delicate, le sfumature dai colori tenui, non sembrava nemmeno fosse stato realizzato dalla sua mano. Dipingere quel volto era stata un'esperienza particolare rispetto a lavorare su quello delle modelle che era solito ritrarre, e che avevano bisogno di tempo per mettersi in posa, e concentrazione per mantenerla. Emma, invece, lo aveva sorpreso sin dall'inizio anche in questo: si era messa in mostra con disinvoltura, offrendo la sua nudità in modo così naturale da sembrare quasi priva di ogni pudore. Durante le cinque ore della seduta, a ogni pausa attraversava la stanza per osservare in silenzio il lavoro del pittore. Ernest, che di solito lavorava mentre le modelle si riposavano, aveva trovato imbarazzante quell'esame. Nondimeno, non aveva smesso di dipingere, ma in modo diverso da come faceva di solito: infatti si era scoperto restio a ritoccare il viso sotto gli occhi di Emma, e si era dedicato a riconsiderare altri elementi dell'opera, più di contorno. Il risultato era magnifico, un autentico prodigio, una creatura da cui non avrebbe potuto separarsi per nulla al mondo, e non solo perché quel dipinto aveva catturato la quintessenza di Emma, quanto perché, e a detta di tutti, quella tela era stata definita un capolavoro, il fiore all'occhiello della sua vita artistica.

In quell'istante, in piedi a qualche metro dal dipinto, Ernest rivide Emma davanti a sé in carne e ossa. Gli succedeva con disarmante regolarità: fissando la tela, il pittore ricordava tutto di lei. Mentre con il pensiero evocava le sue movenze perfette, Ernest pensò che quel ritratto non aveva bisogno di alcuna illuminazione: di giorno o di notte, Emma emanava luce come se avesse un riflettore puntato contro. In quel momento, Ernest ammise che di quella donna aveva amato prima l'immagine e poi la persona, la sua era stata un'infatuazione prima da artista che da uomo, e questo lo spinse a interrogarsi sulla profondità dei sentimenti che aveva nutrito verso di lei. Osservare quel dipinto, però, gli era necessario, e infatti lo faceva ogni giorno, perché era il solo modo che aveva di esorcizzare l'assenza di Emma. Aveva bisogno di aggrapparsi alla speranza di rivederla: era troppo difficile, se non impossibile, elaborare un lutto senza un corpo da seppellire, senza una tomba su cui piangere. Se avesse potuto scegliere, avrebbe voluto conoscere Emma prima, quando era più giovane, senza perdere tutto quel tempo a credere che la felicità potesse arrivargli dal successo come artista. Quella donna gli aveva fatto capire che la felicità risiedeva in una cosa semplice e complessa insieme: l'amore. E lui, invece, aveva sprecato anni a viaggiare per il mondo per dimostrare a se stesso ciò di cui era capace come pittore, con l'unico risultato che adesso si trovava di nuovo lì, nel *buen retiro*, a invecchiare con la sua ombra, a mani vuote e con il cuore gonfio, animato da un unico desiderio: aspettare che il destino pareggiasse i conti, restituendogli almeno Serena, dato che Emma non poteva più averla.

Ora, finalmente, aveva capito una grande verità: la sua natura di cacciatore di luce non lo sottraeva alle impietose leggi che governano l'esistenza umana. La storia della sua vita, dalla culla alla tomba, sarebbe stata contraddistinta da tre luci: la prima, purtroppo, l'aveva alle spalle da tempo, ed era stata tanto abbagliante da illuminargli il cammino durante la giovinezza; la seconda, ancora vigorosa, era quella dell'età adulta, che stava attraversando ora; la terza, fioca, flebile, destinata a diminuire progressivamente d'intensità sino a diventare crepuscolare e a spegnersi con la morte, l'avrebbe conosciuta con la vecchiaia.

Forse, pensò in quel momento, a giudicare dalla cassetta dei colori che stava preparando con cura – fatta di blu, indaco e nero, tinte scure che riflettevano il suo stato d'animo – era già arrivato senza accorgersene al capolinea, alla terza fase... E pensare che aveva sempre amato i colori vividi e luminosi: il suo preferito, sino a qualche tempo prima, era sempre stato il rosso, il colore del primo chakra. Il nome sanscrito era *muladhara*, che significa radice, ovvero il simbolo di tutto ciò che c'è di viscerale, la quintessenza della vita in quanto colore del sangue. Ma da un po' di tempo a questa parte, i suoi quadri lasciavano trasparire il suo senso di smarrimento nei confronti della vita: erano quadri dall'atmosfera cupa e angosciosa. Da cacciatore di luce si stava trasformando in un uomo perseguitato dalle tenebre... ma ora era così abbattuto e depresso che non gli importava nulla di ciò che era stato. Si ricordò allora di un proverbio arabo: "Il tempo è il solo padrone di coloro che non ne hanno". E gli parve che descrivesse a meraviglia la sua parabola esistenziale.

Decise in quell'istante che non voleva arrendersi: avrebbe dipinto l'immagine della giovane con nostalgica e malinconica passione creatrice. Sì, poterla prima dipingere e poi osservare a lungo, parlarle come se fosse lì davanti a lui: questo l'avrebbe sollevato dalla solitudine che lo assediava con veemenza.

Scelse una tela vergine laccata e si chiese, un po' preoccupato, da dove cominciare: dalla curva delicata del mento, dal voluttuoso corallo della bocca, dalla seta dei capelli? Rimase qualche minuto a esaminare ogni elemento visivo, fissando l'espressione della giovane con gli occhi del cuore, per ricordarsela prima della malattia. Poi prese la teglia da forno che utilizzava a mo' di tavolozza, miscelò i colori per raggiungere la gradazione desiderata e v'intinse il pennello. Prima d'iniziare, però, ebbe un sussulto; la suggestione era così forte da dargli l'impressione, insieme all'odore di resina balsamica e di mare, di percepire anche il profumo di Serena, del suo vellutato aroma di vaniglia.

Poi, sulla lucentezza della tela, gli parve di scorgere un'ombra che s'incurvava su di lui. Sorpreso, si tolse gli occhiali che da tempo ormai usava per dipingere, se li pulì sulla camicia e sospirò, ad alta voce: «Forse imbratto tele da troppo, tanti anni passati a far questo possono far perdere la cognizione della realtà!».

Fu allora che l'ombra si allungò, e il cuore del pittore ebbe un altro sussulto. Era dominato dalla strana sensazione che in quella stanza ci fosse Serena, in carne e ossa. Ma anche questa percezione, per quanto allucinata, gli era familiare quando lavorava al ritratto di una persona cara: era una sorta di stato di veglia, a metà strada fra realtà e sogno, condizione ibrida in cui le due dimensioni si mescolavano.

A un tratto, udì un rumore di perle di rugiada che gocciavano contro il pavimento. Con un vestito di lino fradicio di pioggia, Serena gli posò una mano sulla spalla. Rimasero entrambi immobili, godendosi il tocco dell'uno sull'altra. Ora Ernest ne vedeva distintamente l'immagine riflessa sulla tela laccata. Mentre lei teneva salda la mano su di lui, una ciocca di capelli intrisi di pioggia le sfuggì dalla coda in cui erano legati. Ernest percepì una sorta di lieve solletico sul collo. Chiuse gli occhi e Serena avvicinò il suo volto a sfiorare la guancia di Ernest. La teglia dei colori cadde al suolo, e le loro mani s'intrecciarono. Lui girò lievemente la testa, con gli occhi chiusi. Poi respirò l'odore dei capelli bagnati di lei.

Tutto, allora, si fermò, mentre la luce del mattino iniziava a danzare sui loro visi. Rimasero così per un tempo che nessuno dei due avrebbe saputo dire, un'eternità senza dimensione. Poi, l'uomo mormorò con una voce che era un soffio: «Sei tu! Sei proprio tu? Ti avrei aspettato una vita, fino all'ultimo respiro. Ma ti prego, ora devi lasciarmi qualche istante per riprendermi... ci metto sempre un po' a tornare alla realtà quando sto lavorando al ritratto di una persona che amo. Per me è come essere in un altro mondo». La sua espressione era estatica, in quel momento. Esisteva solo Serena, e il suo sorriso.

«Per me, caro maestro e amico, essere qui adesso è come essermi svegliata da un incubo! Ti sono grata non solo perché sono guarita, ma anche perché ho sempre saputo che su di te avrei potuto contare. E questo mi fa sentire leggera come una di quelle nuvole!» esclamò, indicando con una mano un pezzo di cielo.

A quelle parole, Ernest si rasserenò del tutto, perché comprese che Serena non era più in pericolo di vita. Si bloccò, incredulo, mentre sottili lacrime gli rigavano le guance. Non erano di dolore. Erano un pianto dolce e malinconico, quello di un uomo maturo che credeva di doversi ormai rassegnare alla solitudine. «Povera mia Galatea, quanto devi aver sofferto!» mormorò poi, la voce rotta per l'emozione. Poi le prese il viso fra le mani e la abbracciò, dandole un tenero bacio sulla guancia, un bacio che sapeva di speranza e disperazione, tragedia e salvezza, morte e rinascita insieme. In quel momento, Serena gli parve una dea dell'Olimpo. «Un miracolo, un vero miracolo!» continuò.

Lei scrollò delicatamente il capo, facendo cenno di no, e rispose, con voce flebile, ma ferma: «Non proprio...

bisogna che tu sappia tutto, anche se ti risparmierei volentieri la delusione. Perché purtroppo la mia guarigione non ha nulla di miracoloso». Fece una pausa, si tolse dalla fronte le ciocche bagnate e proseguì, lo sguardo incupito e il tono grave: «Siamo stati vittime di una frode, Ernest, una frode ordita da un tuo caro amico di lunga data. È Johnny l'artefice».

Il pittore puntò i due occhi smarriti, ancora inondati dalle lacrime, in quelli della giovane, che non tardò a spiegare tutto, per filo e per segno, a un Ernest atterrito e incredulo: Johnny conosceva un altro medico che aveva in cura all'ospedale un malato affetto da leucemia mieloblastica. Approfittando dell'influenza che aveva colpito Serena, Johnny era riuscito a farla ricoverare nello stesso ospedale, dove aveva preso dei campioni residuali degli esami del sangue e del midollo del paziente leucemico e li aveva spacciati per quelli di Serena. Poi, grazie ad alcuni farmaci mirati – non nocivi per l'organismo – l'aveva indebolita ad arte, rafforzando la virulenza dell'attacco influenzale per fargli assumere i sintomi della temibile leucemia. Così, per un effetto placebo perverso, era riuscito a convincere lei – e anche il suo amico – di aver contratto la malattia. Ma soprattutto, parlando a Ernest dell'onerosità delle cure, si era fatto girare da lui un cospicuo quantitativo di denaro destinato a salvare Serena.

A quel punto, basito, Ernest indicò alla ragazza le pareti dell'atelier, qualche settimana prima tappezzate di quadri, litografie, disegni, e ora tristemente vuote. Aveva venduto tutto per finanziare una presunta cura innovativa che ora si rivelava totalmente inutile! Non riusciva a crederci. Continuava a pensare al momento in cui Johnny gli aveva fatto la terribile dichiarazione. Solo in quell'istante si rese conto che da giorni, ormai, l'amico si era come volatilizzato, sparendo dalla circolazione. Ma, come gli spiegò Serena, in ospedale il diabolico sotterfugio era venuto a galla troppo tardi.

Nonostante il carico di angoscia che nelle ultime settimane aveva afflitto sia lui sia Serena, la prostrazione morale causata dal tradimento di un amico, il danno economico subìto – che corrispondeva a una buona metà dei suoi averi – e la certezza che sarebbe diventato lo zimbello della città appena l'intrigo sarebbe diventato pubblico, ebbene, in quel momento Ernest, peccando forse di ingenuità, non riuscì a provare alcun moto di rabbia e risentimento per Johnny: lo conosceva da troppo, il dottore, e sapeva bene che ormai non gli bastava più nemmeno bere per sopportare l'eterna sconfitta e l'inutile lotta contro le malattie che mietevano vittime su vittime nella baraccopoli. Lì dentro la vita era solo caos, afa, fango, sporcizia, frastuono di giorno e crepitio di notte. E poi assenza di speranza. Come si poteva evitare di ridursi allo stato larvale in condizioni simili? Questo si chiese Ernest, che sapeva di vivere protetto da tutto questo, in uno splendido isolamento nel suo *buen retiro*, dov'era riuscito a fare del mondo un soggetto puramente estetico. Da anni, e questo il pittore lo sapeva, Johnny vagava come una piuma al vento, muovendosi più per inerzia che per altro, commettendo piccole disonestà qua e là; persino da lui aveva preso in prestito somme di denaro senza poi restituirle, farfugliando sempre qualche pretesto.

Mentre Serena si dilungava a raccontare i dettagli della truffa, Ernest ricordò quando, pochi giorni prima, era andato a fargli visita all'ambulatorio e non lo aveva trovato, perché Johnny stava mangiando alla mensa riservata alle infermiere e al personale di servizio, dove tutti malignavano sul fatto che alzasse un po' troppo il gomito. Lo additavano di nascosto quando passava, e mormoravano: «Quello è Johnny! Che pena, guardate come si è lasciato andare, povero Cristo!». Ecco cos'era accaduto, pensò Ernest, con il tempo il dottore era stato sopraffatto dalla stanchezza, dall'umiliazione, dalle sconfitte, dal desolante squallore del suo inferno quotidiano. L'idealista umanitario, audace sostenitore della medicina dal volto umano, pronto a qualsiasi sacrificio pur di far trionfare il bene sul male, che Ernest aveva conosciuto quando era arrivato a Cape Town, ormai non esisteva più. A quei tempi Johnny pensava di essere dalla parte giusta, di avere una missione, pensava che se avesse lavorato duro e a lungo, avrebbe vinto la sfida con se stesso, e quella era l'unica cosa che contava, perché lui si sentiva un eroe. Purtroppo quel Johnny era morto, ed era rimasto solo un uomo derelitto, il carapace vuoto di chi, con spavalderia, si considerava pronto a ogni battaglia. Forse Johnny aveva capito troppo tardi di non avere la forza per fare la vita avventurosa del medico itinerante, forse era un debole, una patetica creatura intrappolata in una scelta sbagliata, e incapace di affrontare sfide estreme: con gli anni era diventato lo zoppicante antieroe dell'ambulatorio medico. Cosa gli era successo? si chiese Ernest in quel momento.

Conosceva bene la risposta, perché lo stesso Johnny gliel'aveva fornita a più riprese durante i loro discorsi: era finito nella minoranza, non stava più vincendo, stava perdendo, più lavorava, più si sacrificava, più l'AIDS si diffondeva e falcidiava vite.

Dicono che un cane vive quanto i suoi denti; Johnny, i suoi li aveva già persi tutti, strappati dalla vita di trincea. Solo, si domandava affranto il pittore, perché tutta quella messinscena, perché non gli aveva chiesto semplicemente aiuto? Lui avrebbe fatto il possibile per soccorrerlo e regalargli una nuova partenza.

Caro, vecchio compagno di viaggio... chissà dove si trovava in quel momento. Era stata la sfiducia a guidare le sue scelte, le sue voragini interiori erano state la sua debolezza, perché il mondo da sempre apparteneva a quanti, nelle difficoltà, nella lotta, nelle sfide, sapevano scorgere la luce grazie alla speranza.

Povero vecchio Johnny, assediato dai suoi fantasmi! Se n'era andato con i suoi soldi, ma in qualche modo gli aveva restituito Serena insieme alla gioia di vivere, uno scambio che non gli dispiaceva per niente, un dono da vero amico, che riportava i conti in pareggio: ecco come avrebbe considerato l'intera faccenda d'ora in avanti. E così, immaginandoselo lontano, in chissà quale continente, gli augurò ogni bene.

Decise allora che mai avrebbe rinunciato a pensare a Johnny come all'amico di sempre, ma non lo avrebbe detto a Serena, che di certo non avrebbe potuto perdonarlo per la tremenda sofferenza che le aveva ingiustamente inflitto. Vai in pace, trova la tua strada e sii felice, vecchia pellaccia: fu questo l'ultimo pensiero che gli rivolse. Poi tornò a concentrarsi, trepidante, sulla grazia inaspettata che aveva ricevuto: Serena, la sua principessa, la sua musa ispiratrice, centro gravitazionale del tutto, era di nuovo al suo fianco. E il sole della speranza già si stava aprendo un varco tra la spessa nuvolaglia, inondandolo del calore dei suoi raggi.

Ora poteva essere di nuovo un cacciatore di luce, e rendere il mondo un posto più luminoso per tutti quelli che amava.

Ringraziamenti

Un sentito grazie a Caterina Campanini, senza il cui prezioso contributo il libro non sarebbe quello che è, e ai continui, illuminanti suggerimenti di Michele Rossi.

Finito di stampare nel mese di gennaio 2016
presso Grafica Veneta S.p.A. - via Malcanton, 2 Trebaseleghe (PD)

Printed in Italy